Die Festung der Huren

Svenney O Shea´s wahre Abenteuer Band 2

Dun Bleisce Doon in Irland

SoS Band 2
De wahren Abenteuer des Svenney O´Shea

Die Festung der Huren

Leise, leise pickt die Meise, in die Scheiße!

Wenn jemand sagt, es geht ihm um das Prinzip
und nicht ums Geld,
dann geht es ihm um Geld (Netzfund)

Wir sollten den Kindern zum Geburtstag einfach
mal ein selbstgemaltes Bild schenken.
Damit sie mal wissen, wie das ist!

(Sven M. Bork 10.10.2020)

Ersterscheinung November 11.11 2020

Sven Bork

SoS
Die wahren Abenteuer des Svenney O´Shea.

Die Festung der Huren
Dun Bleice Doon Irland

Impressum

E-Mails für Feedback, über die meine Frau und ich mich freuen.

Erzähler :   svenneyoshea@gmail.com
             Svenneyoshea@aol.com
Grafiken: vipybork@aol.com
             Querart@aol.com
Facebook SvenneyOShea

Bibliografische Information der Deutschen Nationalbibliothek:
Die Deutsche Nationalbibliothek verzeichnet diese Publikation in der Deutschen Nationalbibliografie; detaillierte bibliografische Daten sind im Internet über http://dnb.dnb.de abrufbar.

TWENTYSIX – Der Self-Publishing-Verlag
Eine Kooperation zwischen der Verlagsgruppe Random House und BoD – Books on Demand

© 2020 Sven M. Bork
        Querart geschützte Wortmarke
        Vipy Bork   Tong Cartoons

Herstellung und Verlag:
BoD – Books on Demand, Norderstedt

ISBN: 9783740768942

Illustration: Vipy Bork

Zeichnungen von Vipy
Die Zeichnerin

Inhaltsverzeichnis

Der Erzähler →

1. Svenney in Limerick
2. Svenney im blutigen Knochen
3. Intermezzo Moses und die 13 Gebote
4. Aiden welche Leiden
5. Svenney Instal. Exe der Neustart
6. Gorg-O-n Zolla oder das Ziegenmelken
7. Irisches Frühstück
8. Bernadette in Rage
9. Ashton der Kutscher
10. Svenney und Bernadette
11. der „Spanische" Lektor
12. Svenney, Bernadett ooh oh der Lektor
13. der alte, blinde Schreinermeister
14. Die Tür
15. Dun Bleisce Doon, die Festung der Huren
15.1 Die Mamma San
15.2 Der Baader
15.3 Der Ostarius
15.4 Die Maria und der Eddie
16. Lolas Pinte
17. Epilog
18. Die anderen Bände SoS 1-3

Dun Bleisce Doon die Festung der Huren

Vorwort

Nach dem ich den Lektor geschrieben habe Band 1 dieser Reihe, stellte ich fest, dass Schreiben gar nicht mein Fall ist, mir fehlt dazu alles.
Die wohlgeformte Sekretärin, die auf dem Schoß sitzend, diese Gedanken aufnimmt, sortiert und niederschreibt, fehlt als Erstes.
Stundenlanges Sitzen an diesem digitalen Eingabegerät, ist so gar nicht meins.
Lieber würde ich auf der Chaiselongue, liegend erzählen und all die Ideen sprechend in diese Kiste einlassen, um den Text dann zu speichern.
Leider funktioniert keine der von mir getesteten Software.
Wer sich schon mal mit Siri herumgeärgert hat, weiß was ich meine.
Von zehn Versuchen, Siri etwas mitzuteilen, scheitert sie bei neun kläglich.
Aber fragt man Sie etwas und sie versteht es ausnahmsweise richtig, geht einem das an die Substanz und an das Ego.
„Siri, wieso bin ich noch Single?"
Fragte Ansgar Kötter den Sprachassistenten, mit der tollen weiblichen Stimme, worauf Siri die Frontkamera öffnete.
So und ähnlich funktionieren, die diktier Apps, andere Programme, die dazu programmiert sind, Sprache in Text zu verwandeln.
Egal, die Vision mit der drallen, wohlgeformten Sekretärin gefällt mir am besten, meiner Frau die diese Cartoons und Illustrationen hier zeichnet ebenso, aber eine zweite für mich können wir uns nicht leisten.

Warum ich überhaupt schreibe, habe ich im Vorwort vom „ Der Lektor, Band 1" beschrieben, ist auch egal, wer liest den die Einleitung, ich überfliege es meistens.

Wichtiger und interessanter für den Leser dieses Buches, der Band 1 nicht kennt, wird eher sein, was ist den bisher passiert.

Das ist schnell erzählt.

Neulich
Irgendwann im 17 Jahrhundert und ein
paar mal
Übermorgen

Svenney O´Shea oder besser SOS (Gefahr)wenn dieser Held kommt, ist alles zu spät.
Nur Bernadette seine Liebe, hat dieses „kommen" noch nicht erlebt.

Helden in Strumpfhosen gab es schon aber Svenney, „to be on Top, ist sein Job" und sein unsagbares Glück verwickelt ihn in einen Mordanschlag, er erfährt dabei nicht nur das Geheimnis von einem riesigen Schatz.
Mit einer unglaublichen Liebe zu sich selbst, einem Ego groß wie ein Planet und sehr wenig Einfühlungsvermögen, bar jeglichen Talents außer dem Gespür für Fettnäpfe und völlig frei von irgendwelchen Werten, Grips und Verstand, schafft es unser Held, sich über die Seiten zu retten. Denn dies ist keine Geschichte, es ist eine

Erzählung und ich selbst bin jedes Mal, wie der Held selbst überrascht, wie sich alles entwickelt.
Der Lektor, hat alle Mühe die Welt, in dieser Novelle, die so schrill und schräg, wie amüsant ist, mit all seinen Huren, Helden und obskuren Figuren, den Un aber doch glaubwürdigen Abenteuern, im Griff zu behalten, dass er gleich selbst zur Figur wird und diese Erzählung aktiv beeinflusst.

Dieser Svenney, verliebt in eine adelige Namens Bernadette, wird von dieser mit den nötigen Goldstücken ausgestattet, um den Schatz zu suchen, von dem der Barde kurz vor seinem Tod geredet hat.
Aber nicht nur seine Holde hat Interesse an dem gewaltigen Schatz.
Ein dubioser Typ, der unteranderem seine Gestalt ändern kann und einige andere Tricks auf Lager hat, der in einem Gartenhaus wohnt, dass von innen eher wie das Universum erscheint, weil auch mehrere Universen tatsächlich in diesem Gartenhaus vorkommen, interessiert sich ebenfalls für diesen Schatz.

Der Lektor.
Allerdings interessiert dieser sich mehr für die 10 Schlüssel, welche Svenney finden muss, die dann wiederum 10 Schlösser mit den passenden Hinweisen für das jeweils nächste Schlüsselversteck enthalten.

Svenney macht sich auf die Socken, erlebt auf seinem Weg von Antrim, nach Limerick* in

Limmerick** allerhand unglaubliches Gedönse, wie den Garten des Lektors, die Freuden gespendet durch damenhafte Seidenstrümpfe, die er unterwegs von einer verunglückten´s Fuße streift.
Auch ansonsten zeigt der Held, dass er irgendwie nicht ganz dicht ist, und schafft es den Weg, den er zu seiner ersten Prüfung zu bewältigen hat, durchaus in die Länge zu ziehen in der Lage ist. So sehr, dass der Lektor ihm als Greif erscheinen muss, um Ihn wieder in Bewegung zu versetzen.
Am Ende des 1 Bandes ist er auf dem Weg nach Limerick* und daher heißt das erste Kapitel, dieses Band 2 dann auch Svenney in Limmerick**

* Limerick und ** Limmerick wird im Anschluss erklärt.

Limerick und Limmerick

 Stadtwappen

Limerick irisch Luimneach ist die Hauptstadt der Grafschaft Limmerick, im Südwesten der Republik Irland.

Ab und an findet man die Bezeichnung Limmerick als Grafschaft, mit einem m, ab und an mit 2 mm. Deswegen kommt es auch vor, dass ich Limerick auch mal Limmerick schreibe.

Limerick als Stadt würde der Anhalter durch die Galaxis als größtenteils harmlos bezeichnen, was sie auch ist.

Ärgerlicherweise war die Stadt lange Zeit eher für ihre kriminellen Auswüchse als für ihre kulturelle Schönheit bekannt. Der Grund: Limerick war (und ist womöglich immer noch) ein Drehkreuz des irischen Drogenhandels und -schmuggels. Über Jahre kämpften zwei rivalisierende Clans um die Vorherrschaft am Markt, was längst nicht immer geräuschlos ablief. Vor Gewalt und auch Mord schreckten beide Seiten dabei nicht zurück.

Vielleicht ein Grund, warum der erste Weg unseres Helden in diese Stadt führt.
Der Rugby der dort knallhart gespielt wird, kann es nicht sein, den gab es im 17 Jahrhundert gar nicht.

Offen ist hingegen bis heute, ob der Limerick (Gedicht) seinen Namen von Limerick (Stadt) geerbt hat. Möglich wäre es, vielleicht sogar wünschenswert, ist aber alles nicht bewiesen.

Wie schreibt man einen Limerick?

Für alle, die es auch mal versuchen möchten, hier ein paar Tricks:

Macht Euch eine Tabelle mit neun Spalten und fünf Zeilen. Jeweils die erste, zweite und fünfte Zeile eines Reims dürfen je acht oder neun Silben haben, die dritte und vierte je fünf oder sechs. Mit der vierten Zeile arbeitet ihr auf die Pointe, die in der fünften Zeile kommt, hin, verratet sie aber noch nicht. Und behaltet beim Texten immer den Rhythmus im Kopf:

Anapästisches Metrum – zwei kurze, betonte Silben gefolgt von einer langen:
da-da-DAHM, da-da-DAHM
Amphibrachisches Metrum – eine lange, betonte Silbe „eingerahmt" von zwei kurzen:
da-DAHM-da, da-DAHM-da

Dann müsst Ihr nur noch kreativ sein und das Gerüst mit eigenem Text füllen. Am Ende der ersten Zeile setzt Ihr einfach einen Ort Eurer Wahl (z. B. Ham/burg, Ber/lin, Bonn, Ful/da) ein. Der Rest ergibt sich aus Eurer Fantasie. Traditionell darf der Text gerne ins Schrille oder Obszöne abdriften.

Mehr gibt Limerick nicht her.

Daher noch eine kleine Info zu irish Coffe

An einem kalten Tag im Jahre 1942 kam der Flughafenchef von Foynes, Joe Sheridan, auf die Idee, einen Kaffee mit einem Schlückchen irischem Whiskey zu servieren, um den fröstelnden Passagieren die Wartezeit zu verkürzen und sie etwas aufzuwärmen. Ein Amerikaner soll nachgefragt haben: „Is this Brazilian Coffee?" – ob dies brasilianischer Kaffee sei. „No", sagte Sheridan, "that's Irish Coffee".

Svenney spricht dem irischen Coffee extrem zu, auch wenn er Sahne und Kaffee, eher nicht in seinen Whiskey lässt. Vielleicht erwähne ich diesen Umstand deswegen.

Dun Bleisce Doon

Der Kampf um die Hurenfestung
Ein Dorf in der Grafschaft Limerick hat den Kampf um seinen historischen Namen gewonnen und nennt sich ab sofort offiziell Dún Bleisce, Hurenfestung.

Seit Jahrhunderten war der Ort im Englischen als Doon und im Irischen als Dún Bleisce bekannt, doch als im Jahr 2003 beschlossen wurde, in den Geltungsgebieten nur noch irische Ortsnamen gelten zu lassen, legte eine regierungsamtliche Kommission An Dún (die Festung) als Ortsnamen fest.
Das wollten sich die Einwohner nicht gefallen lassen und unterschrieben eine Petition, in der sie darauf hinwiesen, dass die Ortsbezeichnung Dún Bleisce bereits im Jahr 774 erwähnt wurde.
Die wörtliche Übersetzung von Bleisce möge zwar Hure sein, doch dürfe man eine solche nicht mit heutigen Huren vergleichen. In den alten Zeiten könne es sich um eine starke Powerfrau gehandelt haben, eine Feministin, wie die Grafschaftsrätin Mary Jackman meinte.

Worauf die Namenskommission nun einen Rückzieher machte und Gaeltachtminister Éamon Ó Cuív heute eine Verordnung unterzeichnete, nach der die Bewohner das Dorfes wieder stolz in einer Hurenfestung leben.

Sveeney in Limerick

Hier traf Svenney ein, auf seinem Weg zur Hurenfestung, eine gute Gelegenheit, Wegzehrung, vor allem Wein oder besser Whiskey oder zur Not ein Krüglein Bier zu erwerben. Das staubige Wams zu lüften und zu reinigen und, sich das Kleinod, seinen Schaaaaaaaaaatz, den er auf der letzten Etappe erwarb genau zu betrachten. Diesen Schatz hatte er sorgfältig in Seidenpapier gewickelt, dass er nebenbei fand, plus einiger Goldstücke und ein hübsches weiteres Accessoire, er war nur erbärmlich betrübt, dass eine hälfte des Schatzes in solch traurigen Zustand war.
Zu dem Juwel, der keiner war, nur für Sweeney von unschätzbaren Wert, weshalb auch immer. Es wird vermutet, dass es daher rührte, dass er als Kind oft unter dem Esstisch spielte, wenn seine Mutter dort nähte. Und er immer fasziniert auf ihre wundervoll bestrumpften Beine blickte, sie ansah, anfasste, streichelte und elektrisiert war, von dem Gefühl das dieses hauchzarte nichts, in seinen Kinderhänden so knisterte.
Die Mutter schien es ebenfalls, recht elektrisch zu laden, den meist zog sie den Lümmel unter dem Tisch hervor und was der Bengel dann zu schätzen lernte, war ein ebenso perfekt bestrumpfter Fuß, der gewaltig in seinen Arsch getreten wurde.

Svenney steuerte zielsicher und auch etwas bis stark erregt, auf die Herberge Haus Eaton Place zu, wo ihm von einem steifen Butler, die Tür geöffnet wurde, was praktisch war, den durch die geschlossene Tür, hätte er schlecht eintreten können.

Er ging direkt zur Rezeption und läutete, worauf der Butler ihn zurechtwies, dass alte Butler keine D Züge sind. Was Sweeney nicht so recht verstand, da Bahnen erst zur viktorianischen Zeit aktuell wurden, und da eher Dampf als Diesel betrieben. Aber keine Angst ich bleibe jetzt bei Sveeney, von Königin Viktoria kann ich andermal berichten.

„Sir", näselte der Butler hochnäsig, „was ist ihr Begehr?"

„Begehren tu ich Bernadette, nur es tut nichts zur Sache und geht sie nichts an, alles andere habe ich bei mir sicher verwahrt, aber ein Zimmer für die Nacht, Speise und Trank, wären ein Anfang."

„Sir" näselte es erneut, „wir hätten ein Zimmer frei, eine Suite sogar und einen Salon, den blauen oder den roten, den grünen und ach, ...das lila Gemach und die Nummer 8,9, bis 13. Sie können jedes Zimmer haben, wir haben keine Gäste."

„Dann nehme ich das „Jedes Zimmer", was ist dort so besonderes? Ich nehme an es heißt so, weil jeder es will".

„Sir" näselte es erneut, „Nein, weil es jeder bekommt, der dafür bezahlt, es hat eine Wanne und je einen Spiegel, an den Wänden und sogar einen an der Decke."

„Fein" freute sich Sveeney, dann muss ich zum Ankleiden gar nicht mehr aufstehen und ich wollte schon immer mal wissen, wie ich nach dem wachwerden so wirke, aussehe und überhaupt."

„Sir, die Nacht für ein Pfund, das Zimmermädchen ist inklusive".

„Das Zimmer reicht, ich werde mir Mädchen genug sein, außerdem bin ich verlobt, verliebt zumindest".

„Sir"

„Was ist den noch"?

„Sir, es bleibt bei dem Pfund, dafür bekommen Sie ein late Check out gutgeschrieben und die Minibar geht aufs Haus."

„Minibar? Gibt es den hier keine Richtige, mit Black Jack und Nutten, ich bin weit gereist und habe einen gesunden Durst, einen Hunger und ..

„Sir" das Pfund bitte, tragen Sie sich in das Register ein und ich bringe Sie zu ihrem Zimmer."

Formalitäten erledigt, auf dem Weg zum Zimmer, fasste Svenney in seine Tasche und fühlte das sein Schatz, sein Kleinod da war und das stimmte ihn froh.

Als die Tür aufgeschlossen ward, trat o Shea voller Vorfreude auf Ruhe, Entspannung und sein Mitbringsel, sein Fundstück und auf die Speisung als auch einige Krüge Bier oder Härteres, in das Zimmer ein.

Er wollte nur alleine sein, doch was sieht er da 4 Spieglein, an jeder Wand einen. Außerdem einen an der Decke und darin.... ein liederliches Weibsstück, das sich da fläzt und räkelt und gutturale Laute von sich gebend, die Hand im Schritt, fordernd und beginnend zu beben.

Svenney tat das, was ich niemals getan hätte.

Ich habe jetzt Lust, von der viktorianischen Zeit zu erzählen. Weil das, was ich gerne erzählt hätte, nicht stattfinden wird. Dafür etwas, Widerwärtigeres, aber eins nach dem anderen.
„Hinweg, Du Dirne, hebe dich aus meinem Bett und vergiss nicht, deinen Leib zur Tür hinaus zu schaffen".
Donnerte der Svenney, mit seinem Bariton in Richtung der doch wohlgeformten Magd, die mit weißen Schenkeln, kräftig ausgeprägt in den Leinen lag und einen phantastischen Abdruck in die Matratze warf.
Die auch ansonsten, beeindruckend erotisch aussah. Was von perfekten Brüsten, die von seidigem Haar umsponnen waren, im Restsonnenlicht, das durch eines der Fenster eintrat, untermalt wurde.

    Diese zögerte in ihrem Erbeben, stellte ihre Lust gänzlich ein, schaute den Sweeney an wie einen perversen, das hatte sie nie erlebt und trollte sich zum Ausgang.
    „Nimm Deinen Fummel mit, Schickse liederliche und heb dich hinfort".
    Die Dirne im Magdgewand tat dem so und jetzt war der Svenney alleine.
    Das wird spannend.

    Ohh mein Schatz, Svenney legte das Seidenpapier auf die Schlafstatt, die warm war und duftete, nach allerlei Ausdünstungen. Wollust, dem Aroma von der aus Schenkeln geriebenem Lust, Haut und Sommer, nach Weib

und dabei muffig, bis übel, den Duschen war damals nicht so angesagt, man badete 2 Mal im Monat, ob es nötig war oder nicht.

Was sich ihm zeigte im matt glänzenden Papier, war sein Schatz.
 Seidig, fein und so zart und unschuldig, ein dezenter Duft nach Limburger Käse. Das Licht brach sich in den Maschen, die so fein waren. Alles perfekt, nur ein Loch, durch das vor wenigen Stunden ein Knochen ragte. Ja Blut ebenfalls und ein paar Maschen waren gefallen. In seiner Intensität, seiner Perfektion reizte unseren Helden, das erregende Beinkleid, dass er erst vor kurzem einer Maid, die mit einer Kutsche verunglückt war, vom Fuße pflückte, weil er nicht widerstehen konnte.
Sinnlich betrachtete er das Ensemble, weiblichen Reizwerkzeuges.
 Er stellt Sie sich vor, Bernadette die liebreizende Perfektion, einer Eva nach Gottes Bild und Willen geformt, den breiten Schoß, die endlosen Gleise der Beine, die zum Gleisdreieck und in den Bahnhof mündeten.
 Wie herrlich müsse Bernadette diese seidene Pracht stehen, er dachte es sich und befand sich in Erregung.

Aiden und Kortex

Aiden

Aiden indes, auf seinem Kortex gegürtet, trabte rückwärtig dahin. Er schleuderte mal rücklings und mal nach vorne, was aber hinten war und kam dem Kortex seinem Podex mehr als einmal gefährlich nahe. Sein Gesicht hatte eine gesunde braune Farbe, was aber nicht von der irischen Sonne kam.

Wie er da so ritt und Kortex schritt, fielen ihm allerlei Vergangenheiten aus seinem Leben ein. Die Orgien mit Huren, Suff und endlos Wein im Becher.

Dem Verstand des Aiden wurde es extrem langweilig, auf dieser Reise. So verabschiedete dieser sich dann zu gerne und fuhr aus Aiden´s Körper zeitweise aus. Dieser begann sich langsam aber immer sicherer als eine Minze zu fühlen, die in heisses Wasser getaucht, ihr Aroma in dieses abgeben sollte.

 Die dann im Tee gelöst, erkaltet war und unter Zugabe von Eiswürfeln und Gin, einen leidlichen Drink abgab. Aiden wusste jetzt genau wie ein Trank, dessen Hauptbestandteil Gin nicht Minze war, sich so fühlte.

Er dachte darüber nach und befand, dass ihm das gefiel.

Zeitweise war er eine Zitronenscheibe, die in ein Gin Glas hüpfte und wieder daraus hervorkam, um erneut hinein zu hüpfen. „Yipiie" jubilierte er laut und Leute, die am Wegesrand zufällig seinen Weg kreuzten, sahen ihm die Freude an, rückwärts auf einen Klepper gebunden, des Weges zu ziehen.

Deswegen kam niemand auf die Idee, den Aiden aus dieser Lage zu befreien.
 Sah man doch, welchen Spaß es ihm machte, natürlich ahnte keiner, das Aiden zur Zeit eine Zitrone im Wechsel zu einem Minzblatt war und jetzt als Apfelscheibe, sich in einem trockenen Wein, zur Bowle zu verschmelzen bereit war. So ritt der Vertriebene auf dem geächteten Pferderücken, gen Limerick in Limerick, das zufällig auf seinem oder des Pferdes Weg lag.

Ein Ziel hatte er nicht.

Svenney das Gasthaus zum blutigen Knochen

Inzwischen ist Svenney mit seiner abartigen Gier, seinem Fetisch fertig. Ich werde wieder an den eigentlichen Helden dieser Geschichte, der mir bisher armselig vorkommt, nicht helle aber erfrischend unterhaltsam, anknüpfen.

Svenney öffnete ein Auge und erschrak. Da war jemand und er hätte schwören können, es ist sein Zwillingsbruder. Aber er hatte gar keinen Bruder.

Mama dachte er, Mutter hast Du mir alles erzählt?

Wieso heute, warum jetzt und hier, wo war er überhaupt und dann wurde es klar, der geile Typ war über ihm, neben und seitwärts und im Spiegel, er selbst war es.

Er bewunderte sich und wie er sein Spiegelbild musterte, blieb der Blick wohlwollend an seinem Bein hängen.

Das zart beseidet mit einer perfekten Naht, die Kaktuswaden nur unvollständig bedeckte. Und wieder wallte es im Unterleib, beim Anblick seines Schatzes, der seinen Fuß zierte.

Aiden Intermezzo

Ich hätte einige Meilen warten sollen, die Aiden zurücklegt, bevor ich wieder von ihm erzähle. Aber es passiert gerade nichts.
Außer das Aiden jetzt Kokosraspeln gleich, mit einem Wodka verschmolz und mit einer Kirsche tauschte, die in einen Martini hüpfte. Aber ich hätte euch das elend wie mir gerne erspart und so tippe ich jetzt ein paar Leerzeichen TAB TAB TAB....
Und schon ist O Shea der erneuten Selbstbefleckung entkommen. Fertig angezogen und bereit im Wirtshaus, zum blutigen Knochen, ein paar Krüge zu stemmen, an einer Schweinshaxe zu zerren oder sich dem Glücksspiel hinzugeben.
Beim betreten des Foyers, passierte er wieder den Butler und ohne ihn anzusehen, grummelte Svenney, das er Donnerstage nicht mag, da er mit ihnen so gar nicht klar käme, worauf ein, "Sir, wie gut das heute Dienstag ist", ihm den Weg versüßte.
Der blutige Knochen, war eine beliebte Spelunke, allerlei seefahrendes Volk, aber auch Soldaten der Majestät und Söldner, die sich hier und dort anwerben ließen, kehrten gerne ein und orderten die Spezialität des Hauses.
Lieber hätten Sie alle ein Whiskey Cola bestellt. Aber Cola gab es damals gar nicht. So griff man auf den Gorg-O-n'Zolla zurück. Ein Höllengebräu aus vergorener Ziegenmilch. Gemischt mit einem irischen Whiskey mit Pfirsicharoma.

Dazu einige Kräuter, die in Holland heute legal sind, es damals aber überall waren, welche Rauschzustände bescherten, die galaktisch waren, man nannte es den Zorn des Kahn oder Wahn, was am wahrscheinlichsten ist.
Die Tür zur Spelunke war offen, der Radau, der aus diesem Loch schwappte, war ölig, fettig und gehaltvoll, doch ich meine den Geräuschpegel, an Düften setzte es dem Betrachter vor der Türe viel ärger zu.
Iren lieben Lamm, und zwar gebraten, gegrillt, gesotten, gekocht, gebacken und wenn nichts von dem möglich war roh.
Vor der Zubereitung wird in Irland, das Lamm geschlachtet, was ungemein praktisch ist, den so hat das Tier weniger Schmerzen und liegt still da, sodas der Koch gleichmäßige Schnitzel und Filets aus dem Lamm schneiden kann oder die beliebten Koteletts.

Iren ordern am liebsten Kotelett und Zeugs, und zwar zusammen.
„2 mal Kotelett und Zeugs bitte, und zwar dalli" eine typisch irische Bestellung, an deren Ende niemals ein Danke oder Bitte zu vernehmen ist.

Dieses Kotelett Material heute war schon tot, und zwar sehr lange.
Für gewöhnlich störte das keinen irischen Koch, den Gewürze gab es in Irland reichlich.
„Geh doch dahin, wo der Pfeffer wächst", eine beliebte Redewendung damals.
Schwarzer Pfeffer oder der Paprika, den man in Irland reichlich zum Würzen solcher

kulinarischer Kadaver verwendete, hatte die angenehme Eigenschaft, mit seiner Schärfe, den Verwesungsgeruch zu eliminieren.

Die Iren empfanden im 17 Jahrhundert, den Geruch verwesenden Fleisches als unangenehm. Weshalb sich die Sitte etablierte, seine so geliebten Toten zu beerdigen, anstatt sie auf dem alten angestammten Platz sitzen zu lassen, um sich weiter am Familienleben zu erfreuen.

 Der Ire eher schweigsam und in sich gekehrt, wie die meisten Kartoffelesser, neigte außer im PUB ohnehin nicht zu spontanen Gefühlsbekundungen.
 Welche man heutigentags gekünstelt Emotionen nennt, von den die Frauen uns vorwerfen, das wir Männer davon zu wenige haben.
Kurz, man hätte es gar nicht bemerkt bei den meisten Iren, wenn sie tot am Tisch gesessen hätten.
 Es sei den es passierte, dass sie mit dem Gesicht in die Suppe fielen, wobei selbst das in Irland KEIN Indiz für einen tatsächlichen Tod darstellte. Auch ein starrer Blick, konnte nicht zu 100% dafür herhalten, jemanden für Tod zu erklären. Denn manch wüstes Gebräu in den Pubs war durchaus in der Lage, einen Blick in einer Richtung ein zu frieren, aber auch dümmlich grinsend vor sich hin zu stieren.
Ein tatsächliches Indiz hingegen war, wenn das Antlitz belebter war als je zuvor. Wie von Sinnen zuckte und walkte. In der Gerichtsmedizin sagt man kalt, Madenfraß. Die kamen dadurch, dass

aufgrund der eisernen Regel, 2 Mal im Monat zu baden, ob es nötig war oder nicht, Stubenfliegen, sich gerne auf den Kameraden setzen und Ihre Eier darauf ablegten.
Nach diesem Status wechselt der Leichnam dann gerne in die Mumifizierung über. Was für viele Gatten, die ihr kantiges, grantiges, vom leben hart gezeichnetes Weib verloren hatten und diese nach der Mumifizierung, wenn der Teint ledrig wurde, doppelt so hübsch und zart erschien, wie zu Lebzeiten.

Aber nun begrub man die Seinen ja.
Pfeffer war wie alle Gewürze zu teuer und schwer zu haben, als das man Tante Hermine, mit ihren haarigen Warzen, länger bei sich sitzen haben wolle.
 Selbst wenn die „neue"Tante Hermine so herrlich still war, und das Gackerlachhafte verlor, das vorher so ungemein an den Nerven zerrte, wenn Sie zu Tisch saß mit den Ihren und einfach nicht die Klappe halten konnte.
Svenney trat ein, kämpfte gegen eine Wand, aus Ausdünstung. Rauch, Ammoniak ähnlich, was Urin sein musste, sauer Erbrochenen. Am schlimmsten war der Duft, der aus der Küche entfloh.
Der übelste war nicht mal der Ecke entstiegen in dem die Kartoffeln vergammelten. Dieser penetrant säuerliche Duft von Kompostmüll.
 Nicht der Duft aus der anderen Ecke, wo schwärendes Fleisch abhing, welches sicher vom Großvater des Metzgers gemeuchelt war. ....

Lassen wir den Blick in der Küche, ein wenig schweifen. Dann manifestiert er sich schon. Dieser Ort des Entstehens des größtmöglichen Miefes, seit Geschichten durch Erzählungen überliefert werden.

Zuerst erkennt man gar nichts, den in der Küche ist es dunkel, was praktisch ist, denn so sieht man das ganze Ungeziefer nicht. Besser für das Gekeuche, den das muss dann nicht den Quell all dieser Pestilenz ertragen.
Mittenmang, an einer Feuerstelle, welche das einzige Licht in dieses Grauen warf, bewegte es sich, schnell wuselig, wabbelig eklig. Vage konnte man einen Korpus erkennen, auf dem so etwas wie ein Kopf, aufgeschraubt war. An den Seiten hingen eitrig glänzende Stücke, die aus dem Korpus zu kommen schienen. Arme würden dieser Beschreibung spotten und doch übernehmen sie die ähnliche Funktion, zumindest in einer der klodeckelgroßen Hände, mit 5 Daumen statt 5 Finger, steckte ein Kochlöffel.

    Daran konnte man, sofern die Flamme auflöderte und Licht in das Dunkle brachte, einen Koch erkennen. Eine Kochhaube hatte er mal besessen, zum Vermeiden, dass Haare sich in die Suppe verirrten, aber man hatte aufgegeben zu kontrollieren, ob er sie aufsetzte. Wenn man sich ansonsten in dieser Küche umsah, eher egal. Zumal Haare ein weitaus köstlicherer Bestandteil eines Menüs darstellte, als das was sonst so auf der Platte gärte.

Es war der Koch, der den größten Anteil, dessen stellte, was als Mief aus dem Etablissement strömte und gegen das Sweeney erfolgreich ankämpfte.

Forsch unternahm er etwas, dass man den heldenhaften Versuch, einen Raum zu durchqueren nennen würde.

Er scheiterte kurz, an etwas weichen, Schmierigen das unter seinen Schuhen die Haftreibung deutlich reduzierte. Nach der Formel Masse und irgendwas mit 9,82, der Schwerkraft recht gab, indem er krachend auf den Boden schlug.

Sofort näherten sich Arme, dem Gestürzten nicht etwa zur Hilfe, sondern eher die Taschen nach Verwertbaren durchsuchend. Um diese fremden beweglichen Gegenstände in die eigene Hosentasche zu überführen.

Juristisch gesehen und wir wissen, wie kompliziert Jura Deutsch oder Irisch sein kann, spricht man von Diebstahl.

Sweeney aber, der schon erfahren hat, dass er der Held dieser Geschichte ist, was für ein passables Selbstbewusstsein dienlich ist, zog sofort blank. Aus der Rocktasche heraus, blitzschnell wie in einem Italo-Western zog er die Waffe und alles um ihn herum sollte erstarren.

Tat es aber nicht, den was Svenney in seiner Hand hielt, war sein Schatz ein durch Unfall und unsachgemäßer Behandlung derangierter Damenstrumpf.

Schallendes Gelächter und etwas, dass sich ihm wahnsinnig schnell von Links näherte, eine Backpfeife waren zu vernehmen. O Shea sprang auf und nahm die Pose eines Boxers ein, in der

vagen Hoffnung etwas Eindruck zu schinden. Was so aber mit einem Damenstrumpf in der Hand nicht gelang.
So band er sich diesen um die Stirn, was ihn wie er dachte verwegen aussehen lies und tatsächlich lies die Meute von ihm ab.
Warum das würdet ihr gerne erfahren liebe Leser, genau wie ich, aber mir fällt im Moment dazu nichts ein.
Svenney vollendete den heldenhaften Versuch, durchquerte den Saal und steuerte auf einen Tisch in der Ecke zu. Was ihm diesmal leidlich gelang und so konnte er sich selbstbewusst auf den Schemel krachen lassen, was dieser ihm verübelte und lustlos in sich zusammen brach.
Svenney aber lies sich nichts anmerken und studierte die untere Tischseite aufmerksam und verkündete wie faszinierend die geflammte Textur auf ihn wirkt. Obwohl er von oben eine konzentrische Maserung auf dem Tisch festgestellt hätte.
„Tischdecke", aus dem Mund des Wirtes gepresst, was Licht in das Dunkle bringen sollte.
Das den Geist des Sweeney so langsam verhüllte und so stellt er die Untersuchung des „under the Tables" ein, zog sich einen weiteren Schemel heran und setzte sich vorsichtiger auf diesen.
Das machte dem Hocker Eindruck, er mochte Leute, die aus Fehlern lernen und so hielt er stand. Es saß ja der HELD auf ihm, der mit seinem Seidenstrumpf Stirnband doch recht merkwürdig herüberkam.
„Alles was Küche und Keller zu bieten hat" auf diesen Tisch.

So sprach es unter der Seiden bestrumpften Stirne hervor und der Wirt fragte, nur ob Sweeney sich das nicht nochmal überlegen wollte.
„Dann eben das beste, was ihr zu bieten habt, dazu einen frischen Krug Bier oder wenn ihr habt, einen feinen Wein."
„Sagt hinterher nicht, ich hätt euch nicht gewarnt", der Wirt sprach es und schlurfte dahin, wo der strenge Duft am intensivsten ist, zur Küche.
Kaum sass er da alleine der Sweeney, gesellte sich schon ein elegant gewandeter Geschäftsmann zu ihm an den Tisch.
„Ihr seht weit gereist aus", öffnete er den Dialog mit einer Vermutung.
Die Sweeney mit einem „Stimmt" bestätigte.

„Wohin des Weges, so man fragen darf".
„Wenn ihr auf eine Antwort keinen Wert legt, dann dürft ihr das durchaus anfragen" so der Svenney.
„Ah, ich verstehe, inkognito unterwegs, gar im Auftrag ihrer Majestät, wie geheimnisvoll".
Es entstand eine durchaus angenehm, peinliche Stille.
„Oder einen Drachen erlegen"?
Forschte er weiter um der Maid, deren Strumpfband ihr am Herzen tragen solltet, statt an der Stirn, zu gefallen?"
„Ihr kennt die Mutter meiner liebsten zu gut, aber wisset, das der Drachen schon das Gras aus den

Taschen, wachsen hat, den sie ist längst ihrem Mann dem Geizhals gefolgt, ins Grab".
So ging der Dialog weiter und immerfort und wurde dadurch aber nicht besser.
Inzwischen kam der Wirt zurück, mit einem Tablett und wollte es abstellen, als er Svenney fragte, „soll ich es servieren oder wollen sie den Fraß gleich selbst wegwerfen"?
Svenney nahm das Servierbrett zum Vorwand, sich nicht weiter mit dem Geschäftsmann unterhalten zu müssen. Er besah sich das Machwerk, das auf den ersten Blick gar nicht mal so lecker aussah. Was es gewiss nicht war, aber Svenney hatte Hunger und so wanderte etwas, das erschien, als wäre es der Blinddarm eines Walfisches in seinen Magen, was gut war, den Sweeney mochte Fisch.
Selbst der 2 Bissen, der Ähnlichkeit mit einem in Käsecreme überbackenen Ziegelstein hatte, blieb ihm im Magen erhalten. Sogar der dritte Leckerbissen, der eine Rindernase sein konnte, was er aber nicht war, den solche Gaumenfreuden werden in dieser Schänke zurückgehalten. Für gute Gäste, die nie kamen in ein Dreckloch wie dieses.
Die Platte leerte sich, wie der Krug trockenen Weines, ein grusinischer Schädelspalter erster Güte. Dessen Gehalt nicht in % Alkohol angeben war, z.B 12 Prozent, sondern die Ziffer, die durchaus höhere Werte haben konnte, bezeichnete den Hirnverlust, in %, pro Flasche.

Das Hirn des Svenney passte sich beidem an, leerte sich zunehmend, was dumm war, den er wollte ja voll sein.

Sein letzter Rausch war Tage her, allein aus dem Mangel heraus, geeignete hirntötende Flüssigkeiten zu finden.
„Seid ihr fertig" tönte es aus der Richtung des Anzugs, ansonsten würde ich euch gerne zu einer hiesigen Spezialität einladen, einem Becher Gorg-O-n Zola, auf meine Rechnung versteht sich.

Svenney der schon beim Wort spendieren, von einem GRATIS Drink ausging, nickte ohne nachzufragen, was den das Spezielle sei. Das würde sich schnell herausfinden lassen.

Der grusinische Traubensaft, gekeltert und durch Fermentation zu Wein vergoren, war ohnedies leer, wie das Hirn von Svenney, das auf die hälfte schrumpfte. Was aber nicht weiter störte da zum Ausgleich, die Augen alles doppelt sahen, was Svenney recht gut gefiel.

Es dauerte nicht lange, da brachte der Wirt, was man in Limerick einen Drink nannte.
 Woanders wäre die Bezeichnung kreativer ausgefallen an den Tisch und so saß der Anzug, Sweeney gegenüber, beide einen Becher in der Hand und den hiesigen Trinkspruch auf den Lippen.

„Zur Mitte
Zur Titte
An den Sack
Und Zack"

Bei Zack war es klar, der Becher soll in der Nähe der Lippen geneigt werden, derart das die Flüssigkeit, den mit Keimen behafteten Becher, aufgrund der Schwerkraft verlassen könne.
Die Absicht dahinter war einfach, um ordentlich betrunken zu sein.

Bei einem Gorg-O-n Zola gab es dafür eine Garantie. Warum aber der Becher laut einer alten Zeremonie zuerst an den Bauch gehalten wurde, dann zur Brust hochgehoben, um zuletzt in den Schritt gestellt zu werden, bevor man ihn trank, weiß niemand.

Wer will es wissen, gewisse Dinge nimmt man wie ein Gentlemen, schweigend hin.
Im fernen Germanien z.B in Bavaria gab es andere Bräuche. Z.B, einen wie ein epileptischer Anfall anmutender Tanz. In dessen Verlauf der „Tänzer" sich auf die Schenkel, die Waden und die Schuhe klopften, dabei Yaaaahooou und Juuucheeeei plärrt und auf und ab hüpft. Weder ästhetisch noch in seiner Choreographie abwechslungsreich. Oder 2 Bayern mit Bratwurstfingern, die sich einen Lederriemen zwischen die Finger schlingen. Jeder der beiden um den gleichen Riemen, um dann dran zu ziehen. Sie nennen das Fingerhakeln, die biologische Funktion liegt im Dunklen, aber sie haben das, was sie eine GAUDI nennen.
Ebenso befremdlich wirkt es, wenn ein Bayer die Augen verdreht, den Rachen aufreißt und dann stakattohafte Lautbildungen über seine Lippen blökt die in etwa...

„Jööööööödddel döödel jjjeeelerieeeeee diiiii
und Holleri holleri Dööööldddddiiii" klingt
Das wird gerne als Jodeln bezeichnet, klingt aber
eher wie ein Maulwurf in einem Rasenmäher,
einem mechanischen. Biologische Mäher sprich
Schafe gab es auch, die taten den Maulwürfen
aber nichts.

Dann gab es die Praxis, mit einer Leiter zu einem
Fenster zu latschen, diese dort anzustellen,
dieselbe zu erklimmen um, in die Kammer der
Angebeteten zu linsen. Die Bayern nennen es
Fensterln. Heute würde man Stalking dazu sagen,
aber soweit sind wir ja nicht. Außerdem ist
Stalking verboten und wird bestraft.

So ist es eben mit Bräuchen.
Soeben vernehmen wir ein 2tes mal zur Mitte, zur
Titte an den Sack und Zack. Ein weiterer
Gorg-O-n Zolla leistet dem ersten, im Magen
Gesellschaft.
In Verbindung mit dem Krug und ich rede hier
nicht von einem Krüglein, sondern einem Gefäß
wie ein Eimer, nur in Krugform, grusinischen
Treppenschmeissers, bewirkt ein Gorg-O-n Zolla
einiges, selten aber etwas gutes.
 Für Svenney ging alles schnell.

In seinem Inneren wurde Synapsen von der
Großhirnrinde freigeschaltet, die normalerweise
gar nicht genutzt wurden. Von denen Forscher
damals, gar nicht wussten, dass sie existierten.

Ansonsten war das menschliche Hirn bis dato ein Phänomen. Aber diese Synapsen wurden stimuliert, dem inneren Auge wurde Dinge vorgegaukelt, die im normalen Leben gar nicht existieren konnten.

Andererseits war ein Rausch gut geeignet, die liebende Gattin, die mit der Kasserolle hinter der Haustür wartetet, in der Absicht sie einem über den Kopf zu ziehen, plötzlich attraktiv und ansehnlich. Was den Kindersegen irischer Familien erklärt, wo 13 rothaarige Kinder eine bemitleidenswerte Kleinstfamilie darstellten.

Bei den armen Familien und das waren die meisten in Irland, hieß es die vermehren sich wie Karnickel.

Bei den besser gestellten der Bourgeoisie hieß es, die sind mit reichlich Kindern gesegnet. Schubladendenken gab es schon damals.

Svenney´s linke Gehirnhälfte unternahm einen Versuch, der rechten mitzuteilen, wo sie oben und wo sie unten definierte. War dann erstaunt, dass die andere Hirnhälfte das ähnlich sah nur umgekehrt, was zur Orientierung wenig beitrug und so ergab sich Svenney der Orientierungslosigkeit hin und nahm sie, als das was sie war, lästig, hin.
Durch eines seiner Augen erfasste Sweeney, das dem Anzug und ihm selbst ein weiteres Gesöff gereicht wurde.
Er nahm wahr, dass es vorzüglich schmeckte und sich im Magen derart mit den beiden anderen anfreundete, dass die Partystimmung seines Bauches, in den Kopf überging, da aber so richtig.

Wie er mit dem Schädel aufschlug, den Seidenstrumpf keck um der Stirn, kriegte Svenney nicht mehr mit. Auch nicht das man ihn anhob und davon schleppte. Ihn erneut ablegte, seine Taschen durchsuchte und ihm den Strumpf von der Stirn nahm, ihn wieder anhob und weiter fort schleifte.

Intermezzo mit Moses und den 13 Geboten

Derweil zu etwas völlig anderem. Father Keith wegen seiner unorthodoxen Predigten, nicht unumstritten in seiner Gemeinde, sinnierte über Sinn und Unsinn der Gebote.
Er selbst war 100% überzeugt, dass es ursprünglich 13 Anweisungen gab.
Drei Gebote mehr, die sich in Abgrenzung zu den 10 weniger gelungenen, lästigen Vorschriften, wie er sie nannte, angenehm abhoben. Dass diese nicht mit Du sollst begann, dafür im Textverlauf auf Erquickliches zu zusteuerten, das auf die ausdrückliche Billigung, Gottes für Black Jack und Nutten, sowie allerlei Spaß hinwies.

Der dusselige Moses, so seine glasklare Meinung, (Glas das es schon 3000 Jahre vor dem Herrn Jesus christus, zu dem der Pope sich so seine eigene Meinung gebildet hat, gab es schon Glas.
Weshalb glasklare Überzeugung für 99% sicher stand.)
Moses, so die Sichtweise von Father Keith, war nur ein Sandalen tragendes Weichei. Der mit Ach und Krach den Berg Sinai erklommen war, benommen vom Aufstieg denn er hatte tagelang am Fuße Schafe gehütet. Kaum zu glauben, dass ausgerechnet die wunderschöne Nefreti sich in diesen Lappen verliebt haben sollte. Das Ramses der 2te, sich diese dann zur Frau nahm, glaubte

Father Keith schon eher, die Ramses Sippe und Pharaonen sollten ja alle einen erlesenen Frauengeschmack gehabt haben, auch wenn sie ihm eher schwul vorkamen.

Da steht dann ein Schäferlein, vom Fuße des Berges hinauf auf dem Gipfel. Unterwegs immer den Schädel voller Ideen.
Wie Sessel an Stangen, an einer Art Seil hängend oder halbe Kutschen, wie Gondeln an einem ähnlichen mechanischen Meisterwerk das tun, was Gondeln zu tun pflegen, den Berg hinauf und auf der gegenüberliegenden Seite wieder hinab zu gondeln.
Moses hatte auf dem Weg den steilen Berg hinauf, noch andere Visionen. So dachte er sich, wie nett es doch wäre wenn alle paar Kilometer ein Hüttlein fein, mit einem Bänkelein, zu einer wohlfeilen Rast einladen würde. Eine Maid in einer alle Mieder sprengenden Extremauslage eines mütterlichen Milchspenders im Doppelpack, derart aus dem Ausschnitt quellend und Gläser die mindest- einen Liter messen, oaah Maß.... wie wir es heute vom Oktoberfest kennen.

Meist endetet die Tagträume des Moses abrupt um einer anderen Idee. Z.B irre gekleidete Menschen, die in rasendem Tempo, jodelnd und grölend, auf zusammen gelatteten Bänken, die auf gleitfähigen trägerschienen (Kufen würde es treffen, aber das Wort war Moses nicht bekannt) zu Tale rasten.

Später würden diese Visionen dieses Religionsstifters, in der Skiarena St. Anton,...Vorarlberg dann realisiert sein.
 Was traurig ist, den niemand bringt Moses mit diesem Ort der Freude, der körperlichen Ertüchtigung, Jägertee Sauforgien und Rekordumsätzen für medizinischen gelöschten Kalk, kurz Gipsverband in Verbindung.
Wenn schon keine Statue, dann eine Tafel am Rathaus, aber nein.
Hier sinnierte Father Keith weiter, wenn so ein schwindliges Schäferbürschlein, hier oben angekommen ist, sich dann jemand vor ihn stellt, mit „Tach ich bin Gott", vorstellt und er der Moses brav, „Schalom ich bin der Moses".
Wenn der sich als Gott Vorgestellte, ihm freundschaftlich auf die Schulter klopft und feststellte, fein Moses mein bester, dass Du es einrichten konntest, mal hier oben vorbei zu schauen.

Worauf Moses sich nur dachte, so ein Arschloch. Unten am Berg, wo die Schäflein grasten, gibt es einen lauschigen See, eine Vesper und es wäre alles schöner und der Herr ist doch überall.
Moses wusste nicht, das Gott es mehrfach versucht hatte den Menschen die 13 Gebote zu übergeben, die deren Leben und Miteinander regeln sollten, während sie ihn manisch zu verehren hatten.
Aber das war dann daran gescheitert, das z.B Haaark-On-Taak der tibetanische Yakhirte, seiner Vision, den Dhaulagiri 8167 Meter zu besteigen,

für ein Meeting das ihm doch zu zweifelhaft erschien, sich weigerte.
Nur Aufgrund von vage visuellen und intonierten Eingebungen, dieser Version zu folgen, den Berg hoch zu latschen, was durchaus möglich gewesen wäre.
Mit etwas gutem Willen, den schon wenig später im Mai 1960, wo Anrezje Czok, es erfolgreich bewies, indem er den Gipfel erklomm.
Haark-On-Taak griff zu einer Medizin aus Tibetanischen Hanfgras, das beim verbrennen immer so duftete und trieb sich den bösen Geist durch einen weniger gemeinen aus.
So scheiterte Gott´s erster Versuch, die Menschen mit 13 Regeln zu beschenken.
Im gleichen Jahrzehnt aber, erschien Gott dann Tai Ginzeng, einem nepalesischen Hundezüchter der die tibetischen Dho Khyi, als Herdenhunde ausbildete um die Schaf, Ziegen und Yakherden zusammen zu halten und vor den Berglöwen zu beschützen. Die Dho Khyi sind riesige Hunde, mit einem imposanten Kopf, bestehen aber zu 90 % aus Fell. Was ein Berglöwe aber nicht weiß und wenn er einen dieser Dho Khyi sieht und dann den tiefen Kammerton in einem Wöööööf Wöööööf vernahm, sagte sein Verstand ihm zumindest „OH oh" sein Instinkt, der schneller funktioniert, HAU AB!

Eines Nachts, nach 3 Tassen Buttertee, ein Gesöff das eher an eine schlecht gewordene, Milchsuppe mit Mozzarella Einlage und vergorenen Hüttenkäse erinnert, sah Tai Ginzeng diesen fahrigen Typen. Nicht unsympathisch nur etwas

debil, milde grinsend und mit schwuletter Stimme, an seinem Bett stehen. Außer das der Knilch komische Sachen trug, zu dünn gewandet war, um bei minus 10 Grad, nicht sofort blau anzulaufen, hatte der Flügel auf dem Rücken und stellte sich als Michael vor.
Wenn jemand schon so einen bescheuerten Namen hat, dann wunderte mich das tuckige Geziere auch nicht mehr, so dachte Ginzeng bei sich und verzieh sich das üble Denken, gleich wieder.
Im Verlauf des Gespräches, indem Michael dem Züchter allerlei Frohlockendes wahnsinnig Spannendes erzählte und der gute Mann fast das Komplettpaket abonnierte, hängte sein Wille sich doch an den Rahmenbedingungen auf.
Statt Segen und Glück frei Haus z.B über eine Yack Lieferkette Cho Oyu wie der Züchter Ginzeng es sich dachte, meinte der zappelige Flügelklatscher, den Berg Cho Oyu 8201 Meter hoch. Was Ginseng aber nicht wusste, den man hatte den Berg bis dahin nicht vermessen.
Da dieser aber vor ihm aufragte, was in Anbetracht dessen, dass er im Tal des Riesen wohnte, glaubhaft war, den er ist riesengroß, der Berg.
 Mit mehreren Tagen voller Qual Mühsal, und Entbehrungen war durchaus zu rechnen.
Kurzerhand warf Tai Ginseng, den windigen Burschen aus seinem Zelt und die 4te Tasse des Buttertees, die neben ihm stand, hinter ihm her.
Die Schwullette drehte sich höhnisch grinsend um und erwiderte, „daneben" und flog davon.

Ein Gott lässt sich nicht entmutigen, der Himalaya gefiel ihm ja gut. Die knuffigen kleinen Asiaten fand er, waren ihm bestens gelungen. Jetzt wollte er sie eben mit den Geboten belegen. Erneut lies er sein göttliches Auge über die von ihm so meisterlich geschaffenen Gebirge, den Himalaya gleiten.

Er sah dort öfters und immer mehr größere Gruppen, die im Schneidersitz sitzend, einem Lehrer zu lauschen schienen und monotone Mantras, „na mo Ta sa Paka watooo, Nam Put, phaa Saa" oder so ähnlich rezitierten, und fragte sich, wer dieser den sei und warum er nichts wisse, um diesen charismatischen Lehrer.

Als Gott hat man ja kaum jemanden, mit dem man abends bei einem Bier solche Fragen erörtern konnte und Frau Gott, über dieses Plappermaul, die zwar alles wusste, aber ihr lästerliches Geschnatter zu ertragen, die wollte er nicht befragen.

Gott blickte vom Terrai, in dem er Hitze, Moskitos und Malaria testete, auf um diese bei Nutzen und gefallen, zu seiner Kurzweil, den ein Gott langweilt sich, nachdem er die Erde schuf so wahnsinnig, gegen die Menschen zu verwenden.

Vom Terrai zum Fuß des Annapurna, wo heute Pokhara eines der schönsten Orte der Welt, der Mediterranes und Asiatisches so vereinte, lag. Der See in dessen Wasser sich der Annapurna 1 und der Dhaulagiri, wie in einem Spiegel abzeichnete. Dies, so sprach der Schöpfer mehr zu sich selbst, als zu jemandem anderen, soll mein Reich werden, das Herrschaftsgebiet Gottes.

Wie er so sann und spann, beobachte er immer öfters Gruppen, die im Schneidersitz dasaßen. Vor jeder Gruppe sprach jemand, in einer unbekannte, da nicht hebräischen Sprache.

Wie nur, dachte Gott sich, sollen diese Menschlein den meine 13 Gebote verstehen?

Ihm kamen Zweifel, ob es ihm gelänge einen Auserwählten auf einen ihm nahen Berg zu entsenden.
Denn wo sonst sollte er die Gebote entgegennehmen.

Quiich En Loote, lies gewaltig einen Krachen.
Denn er hatte heute Abend 3 Teller Dalbat, ein von Linsen dominiertes nepalesisches Nationalgericht, gespeist.
Er spürte, wie ein warmer Wind seine Fellhosen durchstreifte, die an seiner Felljacke übergangslos vernäht war.
Später würde Goretex, die alpine Bekleidungsindustrie dominieren. Aber Quiich liebte es traditionell. Er spürte den Wind, der sich in der Hose zu einer Blase zusammenballte und langsam, den Rücken herauf wanderte.
Ebenso behäbig zum Buckel, den er hatte.
Erst dort wurde das Gas unter seiner Lederpelle komprimiert.
Es entstanden viele kleinen Gasbläschen, die dann an den eng genähten Kragen hochstieg. Sogleich den Kragenrand erreichten, mit einem Flääääääp flöäääp flääääp Fiiiiiiiiiii   aaaaarz, den Kragenrand überwand, diesen in Schwingungen

verbrachte und die Atmosphäre um Quiich herum entwich.
Aaaaahhhhhhhhhhh, der Jammerton wandernder Darmgase.
En Loote, der auf Quiich hörte, inhalierte tief und prüfte, er zog es ein und er befand, das es gut ward, und es ward gut.
Zufrieden lehnte Quiiche sich zurück. Ihn näher zu beschreiben, verkneife ich mir, weil der geneigte Leser ja erwartet hat, das ich vom armen und glücklichen Aiden Berichte. Wie es ihm ergeht.
 Nachdem ich das Kapitel benannt habe, nachschaute, was Aiden so trieb, beschloss ich aber ab zu schweifen. Den Aiden tat zur gleichen Zeit gar nichts, außer sich wie eine Melone in einem Schaumwein zu fühlen.
 Im steten Wechsel damit, dass er eine Tomate sei, die auf eine liebliche Maid stieß, indem sie auf einer anderen Tomate ausrutschte. Im Spagat dann genau auf die Aiden-Tomate niederglitt, und ich müsste erwähnen, dass diese Maid unvollständig bekleidet war, die Unterwäsche fehlte.
Sollte der von mir verehrte zahlende Leser, etwas verärgert sein, das Aiden ankündigt, ist aber sein Karma, momentan so wenig Erzählenswertes hergibt, möchte ich mich für ihn entschuldigen. Ich werde mein Bestes geben, zur Unterhaltung bei zu tragen, ohne das Langeweile aufkommt.
Die Power-Leser die das Buch nur ausgeliehen haben, möchten bitte lesen was kommt, geschenktem Gaul schaut man ja auch nicht ins Maul.

Quiich zurückgelehnt zufrieden und nahezu satt, was eher selten war, träumte vor sich hin.

 Von einer fiktiven Frau, seiner Liebe in einem fernen Land, mit weißer Haut, statt einer gelblichbraunen, wie der seinen. Zartgliederig von Statur, nicht gedrungen, und mit blauen Augen, die es gar nicht geben konnte, den nie zuvor sah er eine Frau mit solchen. Aber es ist sein Traum und da war es so. Dieses Wesen, so zart und wundervoll, so zerbrechlich und doch so stark lebte in einem Land, in dem die Berge nur Hügel waren.

 Es nur wenige Wochen im Jahr Schnee gab, wo man Schnecken und Frösche speiste, wo man Trank was zuvor aus der Seine, einem Fluss der durch Paris floss, schöpfte und es Vin Rouge nannte. Dort lebte sie, die Schöne Lorraine .
Er und Sie, Quiich und Lorraine.
Ja da möchte man beim Lesen doch wieder eine Träne aus dem Tränensack kramen und diese vergießen. Oder beim Bofrost Partner, so ein Teigrondell, gleichen Namens Quich Lorraine, mit Sahne und Speck bestellen.
Aber Quiich´s sanfter Traum wurde unterbrochen, wie eine Sendestörung. Das Bild von Lorraine, die Schnecken häutete, für das Abendessen, sowie einer 12-köpfigen Froschfamilie, die alle an Krücken gingen, weil man ihnen die Oberschenkel entfernt hatte, verzerrte sich.
Streifen liefen über das Bild, dann kratzte und knarzte der Ton, die Frösche saßen in Rollstühlen, hatten beide Beine entfernt, flirren und es erschien eine Schrift.

Störung, wir sind gleich wieder für sie da.
Bitte schalten Sie nicht ab!

Ohrenbetäubende Stille, dann ein hoher Pfeifton und ein buntes Bild mit Kästchen in allen Farben, ein Gitter.

Asia Vision Chanel 5 wurde eingeblendet und während Quiich zu sich sagte, „nie nie mehr die Linsen aus dem Konsuuuum," wobei er das suuuu, nach dem Kon lang zog, erschien wie dreidimensional vor ihm schwebend, ein Jesuslatschen tragender Transgender. Was Quiisch nicht wusste, dass es damals nur eine Toilette für alle gab, statt 3.
Was dieser Holokasper ihm da vortrug, war ohnehin nicht geneigt, sein Interesse in irgendeiner Art zu wecken. Er der Quiich sollte sein Yak nehmen, dahinaufreiten bis der Yack nicht mehr weiter könne und dann das Freeclimbing erfinden, um den Felsvorsprung zu überwinden.
Etwas das Quiich als absurd empfand und man sich dann festlegte oder zumindest vorerst einigte, das Freeclimbing erst später erfunden würde. Am besten wo eine gar keine Berge gibt, den das wäre für einen Anfänger das aller einfachste.
Wenn es diesbezüglich, diesen Kompromiss gab, stellte Quiich sich all den anderen Forderungen gegenüber quer und freute sich, das soeben wieder eine Blase wärmend aus der Hose zur Mitte und dann an den Kragen kraulte.

Die Erscheinung schaute kurz und besorgt in Quiich´s Richtung. Brach dann mit dem Hinweis, das Quiich aufgrund seiner fortschreitenden inneren Verwesung ohnehin bald zu seinem Schöpfer tritt, die Übertragung ab und hinterließ den Nepalesen seine Lorraine, die noch dabei war Schnecken zu schälen.
Wieder nichts schimpfte Gott und bemerkte,dass immer mehr Gruppen sich bildeten. Um einen kahl rasierten Typen, der aussah, als wäre er vorher ein Model für Leichenbestatter gewesen.

„Askese", murmelte Gott, wozu sollte das gut sein, Meditation nie gehört. BLIND zu glauben ist diesen geistigen Übungen unbedingt vor zu ziehen, aber wer ist dieser Typ?
Vielleicht, so dachte der Herr bei sich, sollte ich den Außerwählen und ihm die Gebote übergeben.

Nachdem der von ihm geschickte Bote, nahezu querschnittsgelähmt von seinem Auftrag, das empfangen der Gebote zu regeln, zurückkam, war er nicht mehr derselbe.
Man zwang ihn dort nicht nur im Schneidersitz, was seiner Arthrose nicht gefiel, sondern in einem Lotos Sitz auszuharren, was seinen Bandscheiben gar nicht so gefiel.
Bevor man ihm zuhören wollte, sollte der Bote die eine und andere Übung, wie z.B Assana Sonnengruß oder Assana, der sich reckende Hund absolvieren. Ja, der Leser ahnt es Yoga. Dann zum steckenden Storch wechseln und sein rechtes Bein, über der Schulter um den Hals legen.

Bei dem was der Lehrer so hilflos und unschuldig Yoga nannte, was aber in Wirklichkeit eine barbarische, wider der Natur und Anatomie und zugleich hochgefährliche Dummheit darstellte, riss der Bote sich sämtliche Sehnen. Kugelte sich dazu die Kniescheibe aus.
Was nicht möglich war, aber er bestand später im Unfallbericht darauf, dieses genau so zu schildern und klemmte sich etliche Nerven in der Wirbelsäule.

Wider einmal außer Spesen nix gewesen.
 Während der Bote sich wunderte, dass GOTT ihm den Schmerz nicht einfach nahm, in seiner Allmächtigkeit, da er zurück gekraucht war.
 Einer der Vorteile der Göttlichkeit ist genau dieses. So wusste Gott, dass der schwindlig Dürre Typ auf dem Weg war, sein Konkurrent zu werden.
 Später würde man den Buddhismus nach Gauthama Siddhartha, dem Sohn eines indischen Königs benennen. Der durch allerlei Weisheit aber wenig zu essen, unter einem Bhoddi Baum sitzend, die eine oder andere Erleuchtung hatte, was ihn zum ersten Buddha machte.

Die Versammlungen da, wo dieser Siddhartha geboren wurde, und von wo aus er dann von Ort zu Ort wanderte, lange Reden hielt, die mehr Fragen aufwarfen, als sie beantworten konnten, wurden immer größer.
Gott sah, dass er zu spät kam.
In Peru wollte er es erneut versuchen, da waren die Berge nicht ganz so hoch.

Er Gott hatte beim Erschaffen der Erde ja
Probleme mit dem Material Nachschub.
 Peru sollte ein besonderer Platz werden, ein
Testgelände für Kartoffeln.
Nachweislich gibt es in Peru, Bolivien ca 8000
verschiedene Kartoffelsorten und das sollte als
Beweis, für meine Behauptung ausreichen.

Auf den Corupona wollte er jemanden berufen
6426 Meter hoch, in den Anden liegend, die ihm
gut gefielen, um die Gebote zu diktieren.
Doch so richtig Lust hatte keiner der Mestizen,
die zu dieser Zeit die Bevölkerung dominierten.
Das indigene Volk hatte seine eigenen
Vorstellungen von Göttern und fand an
Opferungen gefallen. Warum sollte jemand auf
den Corupona pilgern, um in Tontafeln geritzte
Gesetze und Verbote zum Tal zu schleppen?

Das leuchtete keinem der Mestizen ein und so gab
Gott, den Gedanken auf. Überlegte sich aber
gleich, dass er später zu einem anderen Zeitpunkt,
diese Indios bekehren werde, und zwar durch die
Konquistadoren, was den Vorteil hätte, das diese
Figuren dann Spanisch lernten, was es ihnen
vereinfacht zu ihm zu beten.
Konquistadoren waren spanische Missionare, so
nannte man die Typen damals, die in fremde
Länder eindrangen, auf die dort lebenden
Kulturen trafen und beschlossen, „die sind anders
als wir, die bringen wir um."
Die man nicht umbrachte, wurden missioniert,
neben dem Leben bekamen sie eine neue Religion
geschenkt. Die das nicht wollte, wurden aber

nicht gezwungen, an Gott zu glauben, man
brachte sie nur um.

Das alles überlegte der Schöpfer sich, der ja
allmächtig, die Zukunft schon kannte.
Weise wie ein Gott eben war, erkannte er, dass in
den Anden, Südamerika und dem frühen
Nordamerika, kein Fuß in die dort herrschenden
religiösen Szenen zu setzen sei.
Indios und Indianer bevorzugten es, Geistern zu
huldigen. Und dann so einem Typen namens
Manitu, den der Schöpfer mal bei einer Togaparty
für altgriechische Gottheiten kennen gelernt hat,
von dem der liebe Gott aber wenig hielt, weil er
lange Haare hatte und sich weibisch benahm.
Er dachte bei sich, dieser Manitu, sieh an eine
Menge Volk betet zu ihm.
Wilde Riten, wie das Matern, das darin bestand,
besiegte Gegner an einen Pfahl zu binden und
solange zu piksen und schneiden bis ihre Seele
dem Blutverlust gleich den Körper verlies, gefielen
ihm.
So beschloss Gott, den Spaniern dann die
Inquisition zu schenken. Aber er würde es
aufwendiger gestalten. Ketzer und Hexen, sollten
auf Apparaturen ihre Gesundheit oder das Leben
geben.
Ja der Heiland wusste, dieser Manitu hat etwas,
einen Geschmack und Kreativität über das Leid,
das ein Gott den seinen bringen muss. Nur um zu
betonen, das diese Qual sein eigenes Leid ist. Das
man als Vater ja doppelt leidet. Auch wenn es die
in seinem Namen gequälten kaum erheitern
konnte.

Aber wird er dieses sein Volk schützen können?
Gott dachte weiter, „wenn ich später mal einen Kolumbus über das Meer sende, ihn zurückkehren lasse nach Spanien und er dann erneut hierher segelt, viele Landsleute bei sich und Schnaps und Krankheiten.
Das wären alles Neuerungen in einem indianischen Alltag.
Gott wusste Manitu würde, die seinen nicht beschützen.
Zwar waren die Spanier und Portugiesen nicht viele, aber fleißig dabei, die Atheisten zu bekehren.
Die aber welche sich nicht belehren lassen, sind verdammt in ihren reservaten Indianertänze auf zu führen und mit dem Verkauf von Andenken ihr Leben zu fristen.
Er ist ja der Allmächtige.
Nur im Moment sah es so aus, als würde Gott auf der ganzen Linie versagen. Zuerst müssen die Menschen, die ja ER und nur ER nach seinem Ebenbild geschaffen hat, erst einmal die Gebote erhalten, die ein zu halten sie sich dann verpflichtetet, ansonsten sein Zorn, die Frevler zertrümmern würde.

Sein Auge schweifte nach Nordafrika, Sand jede Menge Sand, den hatte Gott dort so überreichlich platziert, weil er aus diesem eben alle Gebirge und Landschaften modellierte, die ihm einfielen.
 Deswegen nennt man Afrika „die Wiege der Menschheit".

Ursprünglich war es ja der Ur Kontinent, aber weil Gott diesen unfertigen Planeten unachtsam von seiner Werkbank hatte rollen lassen, ...
Eigentlich wollte er die Erde eher würfelförmig machen, was diesen Unfall verhindert hätte, zersprang eben dieser Ur Kontinent.

Er driftete, über die Wassermassen auseinander und verteilte sich nahezu gleichmäßig über den Planeten.
Das die indische Platte in die Asiatische hindrückte und somit das Gebirge schuf, indem Gott seine Versuche unternahm, die Gebote zu überreichen, behielt Gott für sich. Er war zu stolz, den Himalaya geschaffen zu haben, was ja so nicht stimmte.
Was dann von Afrika übrig blieb, der heutige Kontinent fand sein Interesse nur wenig. Die vielen Sanddünen der Wüsten gefielen ihm gar nicht mehr, aber er wollte sich Wichtigerem zuwenden, als diese Landstriche aus zu Kärchern, so wie er es bei der Sintflut tat, wo sich ein Noah profilieren konnte.
Im Gegenteil, der bei der Produktion der Meere angefallenen Schleim, die Algen und den ganzen Mist, vergrub er tief im Sand. Er war sich sicher, dass er diesen Matsch mal brauchen würde, leider kam es aber völlig anders, als Menschen später diesen Schlamm zufällig entdeckten, der mittlerweile tiefschwarz war, wunderbar brannte und für den Zivilisationen Kriege führen würden.

Hingegen andere, die bis dato weniger zivilisiert waren, würden so unverschämt reich werden, alleine durch das ausbeuten von diesem Schlamm, den man später Öl nennt.

Tja das alleine war für Gott nicht das schlimmste, aber diese Araber waren an seinen Geboten nicht interessiert. Stattdessen kassierte ein anderer, all den Ruhm und Ehre, die Gott gebührte, den er schuf ja alles und tat den Schlamm unter den Sand, es läuft eben nicht immer.
So, wieder nichts. Langsam war Gott dem Groll nahe, da muss doch und das kann nicht sein, ... da sah er eben diesen Schafhirten am Fuße des Sinai, den er schon lange vorher auf dem Schirm hatte und er schickte diesen dort hoch.

So und genau so kannte Father Keith die Geschichte.

Nach vielen versuchen, stand Moses vor Gott … müde ausgepumpt und nicht in bester Laune.
 Den er musste den Berg Sinai oder Horeb erst einmal hochlatschen. Er fragte sich erneut, warum kann der Allmächtige nicht warten, bis die Menschheit soweit ist, Sessel an Leinen zu befestigen, die nach oben schweben.
 Oder aber, wenn Gott die Menschen zu dumm geschaffen hat, das sie dieses jemals technisch umsetzen können, warum zum Honto, kam Gott nicht einfach nach unten.
In seinen unschönen Gedanken, die er gegen Gott hegte, wurde er von demselben unterbrochen. Knie nieder und ergreif den Meisel und schlage was ich Dir zu sagen habe in diese 3 Tafeln …

Moses wurde jetzt pampig und bockte, er sei den ganzen Weg, er habe hungernd gedarbt, er sei müde und auch ansonsten würde er sich nicht wohl fühlen und ob es jetzt losgehen würde.
Nein, sicher habe er zu viel erwartet, indem er dachte das wenigstens ein Imbiss gereicht würde, ein kühlender Trunk, schön wenn eine Nachtstadt für ihn bereit wäre, nach all der Plackerei.

Nein, dank habe er nicht erwartet, zumindest eine Anerkennung. Einen dritten Arm oder etwas anderes Praktisches, wie ein Füllhorn, aber nein ..... nichts gibt es und jetzt soll ER Moses, der die Juden aus Ägypten geführt hat, das Wasser teilte, um diese durchs Meer ins gelobte Land zu führen.
„Ääähh, das war ich" bemerkte Gott und wagte sich nicht, den rasenden Moses weiter zu unterbrechen.

    Moses drehte sich zum gehen um, brabbelte,"schick meinen Nachfahren in 2000 Jahren einfach ein Fax", da besänftigte Gott den Moses, lenkte ein und sagte, „ gut gut ich werde den Text für dich schreiben.

Tat´s und 3 Tafeln lagen vor dem Moses.
Tafel 1 und 2 so wusste es Father Keith, regelten den Umgang der Menschen und bestanden aus Verboten und Geboten zu den Regeln.
 Tafel 3 war die gute, die Belohnung, der Grund, den der Mensch braucht, um an einen Gott zu glauben.

Ausgerechnet diese 3te Tafel, lies der schwindlige Moses fallen.
 Als er beim Abstieg mit seinen Sandalen auf dem glatten Weg abrutschte, weswegen man im Alpinen Wandersport Stiefel trägt, mit weichen Sohlen und einem Profil.

 „Nu isses so". Moses ging den Weg nach unten zu Ende, dort traf er auf sein Volk, das er aus Ägypten geführt hatte, zum Fuße dieses Berges, sah die seinen, die ein goldenes Kalb hergestellt hatten, um das sie herumtanzten, und wurde Sauer.
Dann kam Ahab, fragte Moses, wo er den die ganze Zeit war, und das er eine Vision hatte, Gott, Moses, 3 Steintafeln 13 Gebote und so, er schielte auf die 2 Tafeln und fragte, wo ist den die Dritte. Worauf Moses in Rage gerät und die beiden Tafeln zerschmetterte.
Ja, das ist eben Religion und dieser Christlichen gehörte Father Keith an. Während ich euch das ganze mit Moses und den Geboten erzählt habe, kam schon AIDEN immer näher, im Moment ist so nah das der Pfarrer, diesen Aiden fast schon sehen könnte.
Wäre er nicht damit beschäftigt gewesen, seiner Haushälterin Maren einen tiefen Blick unter ihren Rock zu schenken und ein anerkennendes „La Paloooma"zwischen den Zähnen hindurch zu pfeifen.
Zähne, was dort im Munde des Pfarrers weilte, passte zu der Auslegeware in der Pfarrei, deren Farbe ich als Hornhaut umbra definieren möchte.

Als die Schneidezähne noch sichtbar vorhanden waren, die Stumpen diese Mundhöhle füllten, dienten diese später als Vorlage für militärisches Flecktarn.

In der Vergangenheit spielten sich in diesem so frommen Mund Dinge ab, die heute in Dramen ihren Ausdruck finden.

Es begann mit dem Reißzahn, der des ewigen Pfeifenrauchers müde und leid geworden, abbrach. Worauf der im zur rechten am nächsten stehende Zahn, diesen Eckzahn so vermisste, dass auch er nicht mehr in diesem Höllenmund weilen wollte.

Der vom Karies genug hatte und deswegen auf eine gehörige Paradentose wartete, diese dann aber an den zur linken stehenden Zahn umleitete und ebenfalls abbrach.

Im unteren Halbkreis, bot der Kiefer nicht immer den nötigen Halt. Da die fauligen Gesellen darin, nicht mehr den Spaß wie früher empfanden, in einen saftigen Knochen zu beißen, gingen diese dahin.

Einen anderen Teil der Mundklötze verlor Father Keith, nachdem er üble Rede führte. Von seiner Kanzel aus, den anerkannten Kleinkriminellen Angus, der Hurerei, des Beischlafsdiebstahls, der Sünde der Liederlichkeit, das begehren von fremdem Weibe bezichtigte. Damit war seine eigene Haushälterin gemeint. Noch bevor ihm gänzlich klar wurde, das er als katholischer Priester ja im Zölibat stand und dieser Vortrag als scheinheilig von der Gemeinde eingestuft werden könne, schlug er beide Hände vor sein Maul und der Angus seine Faust in das gleiche.

Aiden Aiden welches Leiden

Inzwischen war Aiden so nahegekommen, das der Father ihn erblickte und gar nicht schlecht staunte. Er ging aus der Pfarrei hinaus, nachdem er sich vom Anblick des Venushügels seiner Haushälterin, die 8 Kinder hatte, die aus welchen gründen Gott, immer haben mochte, Father Keith ähnlich sahen.
Vor allem Aileen, die älteste Tochter, die vom Venushügel und den Brüsten aber zum Glück der Haushälterin ähnlicher kam.
Was der Pfarrer oft und wohlwollend, betrachtete wenn Aileen zum Baden an den See ging. Gerne trocknete er, der Tochter der Haushälterin, nach dem Bad dem Körper, den Nächstenliebe beginnt bei den Nächsten.
So trat er auf den Weg, der vor der Pfarrei vorbeiführte. Hinter der Pfarrgemeinde gab es einen Weg, sogar eine Straße, auf der mehr zu sehen war, aber dort kam Aiden ja nicht lang.
Was er sah, war ein jauchzender, verkehrt herum auf einem Reittier festgeschnallter junger Mann, der währe er Elton John und nicht Father Keith, diesem doch recht gut gefallen hätte.
Irgendwie war dieser merkwürdige falsch herumreitende Mann, etwas seltsam.
Er sagte iiiiiih und machte ein platschendes Geräusch und Wiiiiih und wieder klatsche es.
Dann Laute, die klangen wie weidomisieren oder Froluggen, ihr meine geschätzten Leser braucht

diese beiden Worte nicht zu googeln, ich habe sie eben nur nachempfunden. Den sie ergaben in etwa den Sinn, der dem Anblick, der sich dem Father bot, am nächsten kommt.

Das Gespann torkelte und Glubbte und Froluggte immer näher heran. Der Kopf des Reiters rollte hin und her und unablässig poppte und zischte es, als würde man eine Limette in einen Caipirinha werfen. Was dem nahekam, den tatsächlich war Aiden in dem Moment wieder die Zitrone, die sich in einen Wodka fallen lies.
Der hässliche Klepper passierte den Father und der Reiter war klar und deutlich zu erkennen. Was gar nicht so schön war, den Sabber lief dem schönen Antlitz des Aiden hinunter und den Augen sah man an, das der Geist dahinter auf Urlaub in den Bergen war, zu einer anderen Zeit. Wie er da so ritt und Kortex schritt, kam der Aiden plötzlich zu sich, schüttelte sich und wurde sich seiner selbst bewusst.
Er schlug die Augen auf, sein braun verschleiertes Gesicht konnte er zum Glück nicht sehen, aber den merkwürdigen pelzigen Geschmack, auf seiner Zunge, den konnte er immer noch nicht deuten.
Kurz dachte er nach, wie er in diese Lage gekommen sei, erinnerte sich und das Entsetzen breitete sich wieder in seinen Zügen aus.
Doch er nahm wahr, dass eine Situation entstünde, die eine Wende bringen könnte, den er erblickte den Father.
Seine Augen begannen etwas zu rollen, aber ansonsten hatte er sich bis auf konvulsives Zucken

völlig im Griff. Wenn man der Tatsache, das er sich eben in die Hosen pisste, keine weitere Bedeutung zusprach. Wobei das gar nicht auffiel, den durch den pelzigen Geschmack ausgelöst erbracht Aiden sich. Als die Erinnerung zu ihm zurückkam, das er ja auf einem Pferd saß deren Arsch er, ob des rauen Weges mehr als einmal nicht nur geküsst, sondern komplett in ihn eingetaucht ist.
Father Keith rief den Reiter an, „Wer seid ihr, wohin des Weges."

„Oh, ich bin nur ein irrender Reiter, von dahinten kommend und nach dorthin, er drehte den Oberkörper, um die Richtung anzudeuten, weiter möchte.
„Ihr seht mir aber eher wie ein reitender Irrer aus", bemerkte Father Keith der seine Beobachtungsgabe nur zu oft an seiner Haushälterin und deren Tochter Aileen ausprobieren konnte.
Worauf Aiden nichts Passendes zu antworten wusste und deswegen erst einmal schwieg.
„Hoooooh Hoo" bremste der Pfarrer das Pferd und brachte es zum Stillstand.
Danke oh Mann Gottes, würdet ihr so gütig sein, mich von jener Gurt Installation zu befreien, die man mir anlegte, zu meinem Schutz und um nicht vom Pferd zu gleiten? Ich sitze schon, seit Tagen auf diesem Haufen Knochen und mein Podex ist wund.
Langsam, für mich sieht es so aus, als würde ein Spinner auf diesem Geschöpf Gottes sitzen.

„Er musste bei dessen Schöpfung zweifellos einen schlechten Tag gehabt haben", erwiderte der Diener Gottes.
Sicher hat er aus diesem Grund Dich auf dieser Kreatur befestigt, um euch beide loszuwerden.
„Was zweifelsfrei gelungen ist".
Bestätigte Aiden und wiederholte sein Anliegen, der Kreatur des Kortex, entbunden zu werden.

Nur der Pfarrer wollte diesem Anliegen so nicht nachgeben und fragte, was den der Grund dieser misslichen Lage sei, und schickte voraus, das er Erklärungen, wie eine Wette verloren zu haben, gar nicht erst anhören wolle.
.
Das bremste den Aiden aus, den genau darin bestand der Ansatz seiner Anmerkung, aber er gab nicht auf.
„Bindet mich doch ab", und der Pfarrer tat es.
„Ehrlichkeit mein Sohn, wäret am längsten jeden Tag eine gute Tat, worauf Aiden nur erwiderte Lirum larum Löffelstiel, wer hier mitkocht, der kann bald viel", und dann noch
„Vater, könnt ihr Mal nachsehen, ich glaube, ich habe da Dreck am Mund.

Svenney Install. Exe
Der Neustart

Nichts, gar nichts.
Einfach nichts, leere, Schwarze aber tiefe Leere, dazu nichts, gar nichts.
Nein, das wird jetzt keine Autobiographie eines Politikers, der sein innerstes Seelenleben beschreibt.
Auch nicht der Teil, den sterbliche Menschen, als Intuitionsregion in ihrem Hirn nutzen. Dort wo bei Politikern eben nur dies vorherrscht, ein nichts, bis gar kein Fünkchen dazu düster ohne jede Empathie.

Finster, eine solche Dunkelheit, dass gegen diese, schwarzer Samt in einem dunklen Verlies, wo man Samt gar nicht vermutet, mehr Helligkeit warf, als diese Düsternis um Svenney.

Es war so schwarz um ihn, das selbst würde man ein Augenlid anheben und Sonnenlicht über die Pupille auf die Netzhaut lassen, dieses Licht aufhören würde zu existieren.
Svenney wurde sich bewusst, was er war, er sei oder ist!
Nur was genau, das wollte er im Moment am liebsten vergessen, was er sofort tat.
Angestrengt schaute er und dachte, ist Denken wie sehen?

Denke ich um mich oder schaue ich um mich, um etwas zu erkennen, das ich nicht tue, den es ist so schwarz hier.
Ich denke, also bin ich.
Aber woher weiß ich das alles und kann ich dem trauen?
Schwarz, nicht wie die Nacht, den die hatte Sterne, den Mond und selbst wenn der Himmel Wolken verhangen, war es nur dunkel, aber nicht so wie hier.
Ist das schwarz um mich?

Er schaute sich um, er suchte im Nichts, aber was kann man in etwas Unheilvollen, dass so schwarz war, den sehen?
 Selbst wenn man wüsste, was man sehen will und/oder zu sehen erhofft?
Ein Schleifen .... er hörte etwas abreiben, kein Schwert oder stumpfes Messer an einem Ziehstein.
Eher plump trocken, als wenn jemand einen mit Bärenkaldaunen gefüllten Sack, eine Treppe herunterzerrte.

Kein Schleifen mehr, das Geräusch wurde von einem Bonk beendet, das dem Ton nahekam, einen schweren Körper unsanft auf einen Steinboden ab zu legen.
O Shea hoffte vorausschauend, das das Geräusch sich anhören würde, als würde man denselben schweren Körper sanft in ein Bett legen und den Kopf sachte auf ein Kissen lagern.

Nichts, ... Geräusch auf OFF
  Sinne Off.
  Empfindung OFF

Lange gar nichts, Sweeney lag nur so da.
Schwärende Schwärze um sich, wie immer in
Dreiteufelsnamen Schwärze schwären soll, diese
aber tat es.

  Nichts.

  „Hallo" dachte Sweeney leise.
  Nichts

  „Hallo" dachte er etwas lauter, nichts.
  Nichts.

Gar nichts, nicht mal ein lauer Wind, ein dunkler
Ton oder schwarze Stille, nicht mal sie gab es, es
gab gar nichts.

„Hallo HAAAALLLO" dachte Svenney laut.
Da, ein Ton   zuuuuuuupp, aber nur leise ganz
zart der Ton und oben Links in seinem
Gesichtsfeld begann ein „ _"zu blinken, in weiß
ein Balken, wie hier _ und wieder ein _
Das sah Sweeney und als er sich fragte, ob das
wohl das Ergebnis seines Rufens war, wollte er
schon aufgeben, resignieren.
_ blinkte es aus der oberen Gesichtsfeldhälfte
weiter beharrlich,

dann wechselte das _
zu einem

C: _ wobei das hintere Zeichen das _ blinkte, dann kamen weitere Zeichen

C: / CHKDSK_
C: CHKDSK/ enter
C: failed

C: dir
C:dir
failed

C: cd/ D
Failed
SET COMSPEC=C:\COMMAND.COM
SET PROMPT=$p--$g
lade AUTOEXEC.BAT

Schwarz, alles schwarz gar nichts mehr nicht mal mehr der weiße _ blinkte.

Was passiert hier
C:/ name/Sweeney/ SYS.

C:/ dir/Sweeney
und dann wurde es hell....

```
    <html>
<head>
<title>Diashow mit Sweeney</title>
<meta http-equiv="Content-Type"
content="text/html;Sweeney Sweeney
charset=ISO-8859-1">remeber
<style type="text/css">
```

```css
/* open Files Sweeney/Evoy/Mc*/
* {
  margin: 0;
  padding: 0;
}
body {
  font: 80% sans-serif;
  background-color: #fff;
  margin: 10px;
  color: #000;    Black BLACK BLACK BLACKOUT
}
/* wichtige Formatierungen fuer Cycle */
#bilder {  Sweeney baby/ Sweeney first blow Job/ Sweeney first blow you not done by hisself Job.
  width:  432px;
  height: 294px;
  margin: 20px 5px;
Dir, Bernadette  /  Phantasie PORNO PORN PORNO
Dir Bernadette / reality
}
#bilder img {    Imagines Porn Nylonpictures run .exe
  padding: 15px;
  border:  1px solid #ccc;
  background-color: #eee;
  width:  400px;
  height: 262px;
}
</style>
<script type="text/javascript"  Sweeney / Bernadette
 src="jquery.js"></script>
```

```
<script type="text/javascript" Sweeney /
Strumpfband
src="jquery.cycle.all.min.js"></script>
<script type="text/javascript">  Sweeney
Strumpf/Loch
                                              <
Sweeney Freude mit Strümpfen
$(function(){
  $('#bilder').cycle(); Strümpfe, Nylon,naht.... /
wixvorlagen
});
</script>
</head>
<body>
<div id="bilder"> Phantasie
  <img src="bilder/bild1.jpg" alt="Nylonstrumpf">
  <img src="bilder/bild2.jpg" alt="Vagina">
  <img src="bilder/bild3.jpg" alt="Vagina /
Seidenstrumpf">
  <img src="bilder/bild4.jpg" alt="oralverkehr">
  <img src="bilder/bild5.jpg" alt="vaginalverkehr">

  <img src="bilder/bild6.jpg" alt="ad verbo">
  <img src="bilder/bild7.jpg" alt="censored ">
</div>
</body>
</html>

    ENTER _
    ENTER _
    ENTER_
press Enter to be continous.
Häääääh?
```

Plötzlich wünschte sich Sweeney die Schwärze wieder, allemal angenehmer als diese, ...ja was waren das für Zeichen?

    ENTER_ leuchtete es erneut auf.

    ENTER_ forderte die Schrift ihn auf.

Sweeney war kein Pirat und wen oder was sollte er entern womit und wo war er den überhaupt.

ENTER dachte er laaaaaut, ENTER noch lauter und dann passierte erst nichts und dann erschien ...

Danke das Sie Version 3.2 installiert haben, akzeptieren Sie die folgenden Vereinbarungen. (Es erschienen ca 3 Stunden eng bedruckter Text, mit tun sie dies und jenes aber das nicht, und juristisches Gedöns, unsere allgemeinen Geschäftsbedingungen an, JA/NEIN bitte clicken. In weiter ferne hörte er eine Stimme, die einem NERD gehörte, was immer ein NERD ist, war oder werden würde, es gab ja noch keine Nerds im 17 Jahrhundert.

Die Stimme da sagte „was ein Quatsch, da ich das Programm gekauft, die Disk aus der Originalverpackung genommen habe. Ich wäre BLÖD, wenn ich jetzt nicht auf Akzeptieren klicken würde, den bezahlt ist bezahlt und mit dem öffnen, gibt es keine Rückgabe mehr". Svenney war völlig verwirrt, erst gar nichts, nur eine Schwärze, die er niemals zuvor gesehen und

gefühlt hatte, all diese blinkenden Zeichen und dann plötzlich dieser ganze Mumpitz und was war das den jetzt?
Die Nerdstimme verebbte, war vielleicht nur in der Phantasie des Sweeney und er dachte,... akzeptieren!
Sofort wurde sein Gesichtsfeld geleert und ein weißer Strich, der links begann und immer mehr verbreitend über das Blickfeld sich vergrößerte, erschien.
... dann ein

    Succesfully installed.

Worauf das Bild wieder verschwand, eine Art Sanduhr erschien aber diese vor einem blauen Hintergrund und das verrinnen von Zeit symbolisieren sollte.

    Dann hörte er ein Lachen, Vocale.
    .... die ... „Ja, da isser ja wieder", sagten.
    Andere Stimmen

Ein Bild wurde sichtbar, aber nicht wie gewohnt. Eher wie Klötze oder Mosaiksteine, die sich zu einem gerasterten Bild zusammen setzten. Später würde diese Darstellungsart in Pixel/inch bekannt werden und den digitalen Feldzug der Fotografie einleiten, aber soweit ist es noch nicht.

Dazu hörte er eine alberne Melodie, die sich immer wieder wiederholte. Die billig klang, aber sich im Ohr festsetzte.

Diese Melodie, zu der man sich unweigerlich
einen kleinen schnauzbärtigen Klempner
vorstellt.
Einen der dauernd Luftsprünge macht, um Taler
aus Backsteinen zu klopfen, einen Herren genannt
Shigeru Miyamoto und eine Firma Nintendo, in
die Lage versetzen, Kyoto, Fukushima und den
Fujijama zu kaufen.

Unscharf, pixelig und poppig Bunt baute sich ein
Bild vor Sweeney auf.
Er sah einen Mann in einem Anzug und einen
haarigen, dicken, dummen Affen, der immer auf
irgendwelche Leitern kletterte und Fässer warf
oder rollte, was immer.
Es war zu undeutlich, hörte eine andere Melodie,
welche Nintendo später in Nagasaki und
Hiroshima investierte, weil die beiden Städte
reichlich gelitten hatten.

Langsam wurde das Bild klarer, heller.
Der Affe mit den Fässern, sah dem dicken Wirt
immer ähnlicher, der aber keine Tonnen rollte.
Sondern nur vor vielen davorstand und ein kleines
im Arm hatte, dass er eine Treppe hinaufschaffen
wollte. Vermutlich um andere Gäste
alkoholabhängig zu machen, was damals eine
angesehene aber dennoch von Zweifel behaftete
Lebenseinstellung war. Der man nachsagte, sie
bringe nur Taugenichtse und Faulenzer zu Tage,
wobei das nicht stimmte, weil diese Alkoholiker
tagsüber meist schliefen.

Was Sweeney ja nicht wusste, aber was bei jedem Liebhaber eines gepflegten Gorg-O-n Zollas, ein erfreut dümmliches und wissendes Grinsen hervorzauberte, war die Tatsache, das dieses Gesöff, direkt auf den Hypothalamus wirkte.
 Und der Verlauf eines erfolgreichen Vollrausches in etwas so ablief:
Das erst alles bunt und heiter erschien, das aus hässlichen Frauen schöne wurden, dann wieder garstige. Was aber in dem Stadium auch egal war, weil man über der Grube hängend sowieso nur sein innerstes ausspie und keinen Sinn für weibliche Reize hatte.
 Gefolgt von surrealen, phantastischen Bildern, wie sie später vom Maler Hieronymus Bosch auf Leinwand gebracht wurden, was nahelegt, dass er den Gorg-O-n Zolla zumindest artverwandt kannte und diesem gerne zugetan war.

Nachdem der Konsument dieser Bilder gewahr wurde, gleitet er in die Phase wo er nur kriechend, stupiden Dummfug schwätzend vor sich hin Oxidierte. Oder wie Sweeney schlicht umfiel, von Krämpfen geschüttelt wurde oder starb, weil er ab diesem Augenblick alles, was man in der Welt sehen konnte, gesehen hatte.

Was das Besondere an diesem Gorg-O-n Zolla ist, das war ein Geheimnis, weil es ja ohnehin niemand glauben würde, zu dieser kirchlich christlichen Zeit, wo die Menschen fast alles glaubten. Sogar das ein Zimmermann, ohne jeglichen Geschlechtsverkehr einen Sohn zeugen konnte, was er laut dem dicken Buch auch nicht tat, sondern Gott wurde der Balg untergejubelt, der sich unbefleckt in den Leib der Maria vor schaffte und dort gedeiht.

Weniger Einfältige sagten offen, dass sie Josef für naiv hielten, Maria für eine Schlampe.
 Wenn die Frommen darauf hinweisen, dass Maria eine Jungfrau war und man bitte, bitteschön erklären sollten, wie den die Frucht, der Samen von wem immer, den in die Eileiter der schönen Maria gelangt waren.
 Die so herausgeforderten, murmelten weiß auch nicht oder so in der Art, „na da wird der Josef schön vor der Haustür der Maria gespielt haben." Den Rest haben dann die Fliegen besorgt.
 Damals war es um Bethlehem nicht immer zur Reinheit und Körperhygiene bestellt.
 Es könnte genau so gewesen sein, worauf die frommen dann meistens hochrot anliefen, peinlichst berührt waren oder sich sofort selbst und gegenseitig umbrachten.
Der Schlagkraft dieser Argumentation war nichts entgegenzusetzen und so unterließ man es.
Worauf ich euer Erzähler hinauswill, ist, dass man damals jeden Scheiß glaubte.
 Aber die Geschichte, die sich um diesen speziellen Drink drehte, war eben doch zu skurril und abgefahren, als das man sie erzählen müsste oder wollte, geschweige den sie zu hören.
Ich will nicht wieder abschweifen und daher nur kurz am Rande die Geschichte des Gorg-O-n Zollas

Gorg-O-n Zolla oder das Ziegenmelken

Der Gorg -O-n Zolla, besteht aus vergorenen Milchprodukten, hauptsächlich einer Ziegenart, die fliegen kann.
 Aber weil ihnen das niemand sagte, es nicht taten und von selbst kamen sie nicht drauf, also die Idee, dass ausgerechnet sie, als Ziegen fliegen könnten.
Sie sahen ja anders aus als Vögel.
Sie sahen auch anders aus, als Petunientöpfe, die die ebenfalls fliegen, allerdings nur in eine Richtung, nach unten.
Immer nur abwärts, später würde ein Newton erklären warum, das so ist. Aber zu der Zeit begnügte man sich ab und an Petunientöpfe, auf ihrem Weg von einem Fenstersims auf die Straße oder einen Kopf fliegen zu sehen.
Es gab damals schon Klugscheißer, die behaupteten diese Pötte würden fallen, was Blödsinn ist, denn den Petunien fehlen ja die Füße, über die sie stolpern können. Also flogen sie, zum Leidwesen mancher Passanten.
Warum diese Töpfe das taten, wusste niemand, man nahm an, sie taten es, weil sie es konnten. Möglicherweise war Depression oder Migräne ein Schlagwort, aber Blumen wie die Petunie hatten ja so gar nicht die Probleme, wie wir Menschen, schon weil es Pflanzen sind.

Petunien haben ja keine Mangelschlaf-Erkrankungen, sie schlafen nie, immer wach, was der Grund für den Sprung vom Simms sein könnte.
Aber andere Pflanzen waren ja ebenso immer wach und die sprangen eher nicht.
Ab und an wurden fallende Geranien gemeldet, meistens gleich 4-8 Stück in einem längeren Kasten, der gerne vor den Fenstersimsen hing, Petunien sprangen fast immer alleine, faszinierend!
Der ursprüngliche Gorg O Dingsbums, das muss ich erzählen, Ziegen die werden ja gemolken, weibliche Geißen, die geben dann die Ziegenmilch.
In Limerick, da wo dieses Gebräu ja seine Heimat hat, erwähnte ich es schon? Hat es viele Bürger die, um es wohlmeinend zu formulieren, ziemlich bescheuert sind.
So begab es sich, dass sich eine Gruppe heranwachsender junger Männer und einige Mädchen verabredeten, heimlich Gorg-O-n Zolla herzustellen.
Nein ich erzähle es falsch, den Gorg-O-n Zolla gab es ja noch gar nicht, nur den Gooorg Zolla, das war damals der Vorläufer vor dem Gebräu, dessen Geschichte ich hier erzähle, der Szenedrink überhaupt.
Die Kids hatten schon alle Zutaten bereit, für einen guten Gooorg Zolla die, nur die Ziegenmilch fehlte.
Logan ein verwegener Bursche, ständig geil und Wallace waren die Anführer dieser Partygemeinde. Den genau dafür wollten sie den

Alk herstellen, zu monotonen Trommelschlägen, dann sich wiegend und wackelnd abhängen, gegenseitig umarmen und die Welt toll finden. Später nannte man das dann Rave und Chillen und manch DJ kaufte sich ganze Stadtteile von namhaften Großstädten von seinen Gagen, dies nur am Rande.
Die Gruppe schickte sich an, zum old Mc Alish Stall zu pilgern, dort hatte es jede Menge Ziegen, wie es sich für eine Ziegenfarm namens Billy- Goat gehört.
Da standen Sie, Irlands Hoffnung für die Zukunft, zwischen jeder Menge an Ziegen.
„Lasst uns anfangen, habt ihr alle einen Eimer?"
Es sah schon zu komisch aus, eine Crowd halbstarker mit Kübeln, die Dorfstraße zum Mc Alsish Stall Pilgern zu sehen.
 Logan gab den Text vor, falls sie jemand ansprechen sollte, „Wir, üben nur Brandlöschen, das Bilden einer Eimerkette."
Eine Lüge ist das nicht, den was die jungen Gammler da vorhatten, diente durchaus dazu einen Brand zu löschen, wenn nur den eigenen.
Wallace stand umringt von Ziegen, wie er hatten alle anderen Jugendlichen, keine Ahnung vom Ziegenmelken, „wo zuzzelt man den da" fragte Wallace den Malcom, der neben ihm ratlos einen Ziegenkörper untersuchte.
„Da müssen so Dinger dransein, wie Titten".
    „Was sind Titten"?
    .... „Hast Du noch nie Möpse gesehen, Mann, schon mal der Schwester beim Umziehen zugeschaut oder biste nie in den Waschraum

gestolpert, wenn die Magd sich fein macht, für den Knecht??"
„Hab keine Schwester, die Magd ist ein Geselle, für unsere Schmiede".

„Manoman der hat nie Titten erfasst, aber wir müssen die bei den Ziegen finden, dann dran ziehen oder reiben. Ich habe das im Vorbeigehen schon bei den Smartholms gesehen, deren Tochter melkt jeden Morgen die Ziegen, wenn ich zu Schule gehe."

„Ich finde hier nichts".
„Ich auch nicht, wo sollen den die Dinger sein, bei den stinkenden Viechern."
„Dann zeig uns doch mal die Zitzen, wenn du alles weißt".
„Arschloch"
„Selber"
„Du bist immer eins mehr als ich, bäää", solche Dialoge stählten schon damals, das Gemeinschaftsgefühl der Halbstarken und formte deren Willen und eisernen Charakter.
Molly und Dolly, zwei hoffnungsvolle Flittchen und Schwestern, sahen sich gegenseitig an und kicherten, sie zwinkerten sich zu.
„Hey Jungs, schaut mal her, DAS DA müsst Ihr suchen".
Die Knaben drehten sich um, Molly und Dolly riefen im Chor, „nieder mit dem Mieder, wir treiben es im Flieder, uns widmet man die unanständigen Lieder".
Schon sprangen 4 pralle Bälle auf und ab, mit rosa allerliebsten Nippelchen und es sah zu perfekt aus, weil es das war.

Eine Augenschar wurde erst weit, dann groß, das weiße im Auge zuerst strahlend, im Weiteren geädert und ins blutrote wechseln, weil die ganze Rotte so angestrengt gaffte, das die Adern platzten.
    Weiter hinten, hörte man es würgen, das röcheln wurde stärker, es kam von Timmy Advenger, der seid diesem Tag wusste, dass er schwul ist. Was ihm später aber zunehmend besser, gefallen würde.
„Danach müsst ihr suchen", Jungs flöteten die beiden werdenden Nymphen.
 Ich als euer Erzähler würde sie ja, als durchtriebene Luder beschreiben wollten. Die es nicht nur faustdick hinter den Ohren haben, sondern nicht mal bis zum 12 Lebensjahr warten konnten, um sich hinter irgendeinem Busch vom nächstbesten aufreißen zu lassen.
Geiles Zuchtfleisch, für den nächsten besten Stutenhof, an dem Sie ihre Fülle und Hülle feilbieten konnten. So bin ich gespannt, ob man diese zukünftigen Dirnen, in dieser Geschichte nicht erneut wiederfindet, z.B in der Festung der Huren. Die ich nicht aus dem Auge verloren haben, denn so steht es geschrieben, auf dem Einband, Band 2 Festung der Huren. Auch wenn unser „Held" sich nicht sehr beeilt, dort anzukommen.
Die Früchte wurden rasch wieder in den Korb gelegt oder für die Leser ohne Phantasie, die beiden drallen Mädchen, packten alles schnell dahin, wo der Reiz verborgen blieb.
 Sollte man denken, aber nachdem die Schlampen die Reaktion der Jungs erfahren haben, blieb der

eine oder andere Knopf aus dem gegenüberliegenden Knopfloch befreit. Woow in der irischen Tracht von Bauernmädchen, die Molly und Dolly da trugen, man müsste sich schon selbst blenden, um diesem Reiz Herr zu widerstehen.
Timmy Advenger, dachte in jenem Moment, das „Hubba" und „Bubba" so würden die beiden Möpse, der Molly in Zukunft in der Jungenszene heißen, sich in seine Netzhaut einbrennen würden und das für immer. So dachte er über das Blenden nach, verwarf den Gedanken, mangels eines glühenden Stahls, den er vor seine Augen halten könnte.

Die Jungenbande, motiviert suchte und man wurde fündig.
Am hinteren Ende der Ziegenkörper unten am Bauch, war ein Zipfel und wenn man an dem rieb schwoll dieser an. Aber so recht Milch wollte keins der Geißen geben, die Jungs waren frustriert, einige begannen zu weinen, sahen sie sich doch der Festivität, die eine erste Orgie im Leben werden sollte, beraubt.
Molly und Dolly untersuchten eben in diesem Moment, je ein Ziegenexemplar.
Mit geschickten Händen fassten sie das Zitzlein der Ziege und rubbelten und wubbelten. Sie gnuffnuggten und weidomisierten, sie frohluggten und sie taten Gehöriges und Ungehöriges. „Da, da dadada Milch", es kam die Milch, nicht viel und eher von eitriger Konsistenz, aber sie spritzte aus dem Zitzlein, fein.

„Wie, wie habt ihr das den gemacht," fragte Wallace Molly, die grinsend erklärte, dass Tom und der Huckle Finne, ein derber Seefahrer mit einem Hang zu jungen Dingern, öfters mal einen Schilling übrig hatten und sie genau das bei ihnen machte. Mit selbigen Erfolg, der die Ernte eines Schleimes folgte, den die junge Dirne am Schürzlein abrieb und dabei möchte ich die Schilderung hier belassen.

Logan überlegte, ob er nicht einen Schilling hatte, und der gleiche Gedanke war auf manchem Gesicht, wie eingemeißelt.

Wallace hingegen dachte, die beiden brauchen dringend Schutz, nicht aus zu denken, was passiert, wenn Molly oder Dolly an einen Grobian, z.B ihn geraten würden.

Er überlegte sich weiter, wie er den beiden seinen Schutz anbieten und glaubhaft, schmackhaft machen könne. Er besann sich alter Weisheit, gehe zum Weibe und vergesse die Peitsche nicht.

Sein Großvater der bejahrte Cullouch, der eine Kneipe mit „einem oberen Stockwerk" hatte, teilte seine Weisheiten und Erfahrungen, welche die Alten so hatten, gerne mit seinem Enkel.

Wer weiß, ob wir nicht Wallace später nochmal zu lesen bekommen!

Aber, das soll uns jetzt nicht interessieren, den es geht darum, wie der gute Gorg-O-n Zolla entstand, und hier bin ich dabei.

Neuen Mutes, zipfelten und schraubten und kneteten, zogen, zippten und schrubbten, wichsten und so weiter die Knaben an dem Ding der Ziege, das die Zitze war.

Man wunderte sich zwar, nur nicht zu sehr, dass nur eine Zitze da war.
Ein Schlauer erklärte aber, dass Ziegen sowieso nur ein Baby bekamen, weil Sie maximal ein Ei legen konnten.
Worauf ein noch Schlauerer erklärte das Ziegenbabys gar nicht aus dem Ei kommen, sondern einer Art Kokoong entschlüpfen würden und beide in Streit verfielen.

„Macht weiter, ihr Banatzeln, die Eimer müssen wir füllen" schalt Logan die beiden und feuerte die Meute an, die ersten Spritzer waren geerntet, vor allem aber Molly und Dolly hatte schon an die 10 Tiere um deren köstlichen Saft erleichtert, trotzdem waren die Eimer erst leicht feucht.

Wieso geben die so wenig Milch?, fragten sich alle und die beiden Schlauen von eben, haben keine Erklärung, so schubberte und würgte man die Zitze weiter. Antony von den Mac Goulds, bekam ob magischer Erregung, die ihm ins Gebein fuhr, eine Anregung und stellte fest das auch ER, so ein Zitzlein hatte, an dem man derart manipulieren konnte. Man nannte das Handarbeiten, weil Mani Manus aus dem Lateinischen eben Hand bedeutetet, weswegen in einer Manufaktur Handarbeit geleistet wurde, was im Zusammenhang mit der grade beschriebenen und der kommenden Szenen, ein komisches Licht auf diese Betriebe wirft.
Also manipulierte der Jüngling, das frisch erblühte Leben zwischen den Beinen, kaum ein Haar am Beutel und schon so spitz.

Rattig, würde er später von seinen Vater vernehmen, bevor dieser ihn über Knie legt.
 Um das was er dem rechten Pobacken rasend schnell, und mehrfach näher kommend, eine Tracht eine Ordentliche nennen würde, Prügel!
Das war ein Froootschen, reiben und drücken und trotz harter Anstrengung und vor allem der Erfahrung der beiden Schlampinchen wurden die Behältnisse nicht voll. Sie schütteten zusammen, was da war, bei Antony hatte man das Gefühl, da steht etwas mehr von dem Milchschleim am Boden und meinte dies anerkennend.
So sehr man sich mühte, die Geißen gaben nicht mehr her.
Bestimmt sind das alte Ziegen, trockne vielleicht ist dies hier eher ein Altenstift, ein Gnadenhof.
Auf dem Schild steht ja Billy- Goase Farm, tja so leicht erliegt man der englischen Sprache, den Ziege wird Goas übersetzt, Ziegenbock ebenfalls Goase aber eine männliche Ziege, ist ein Billy Goase!

Und wenn die wackeren Mägdelein und Bübchen alles gaben. So werden sie nie erfahren, wie der geneigte Leser, worin das Problem der spärlichen Milchproduktion lag.
Auch wenn, neben Molly und Dolly, Timmy und der Antony, neue Dimensionen, der inneren Befriedigung erfuhren, welche man unter Libido, anonymer umschreibt.
Da waren Sie dann mit ihrem Eimer, Billy Goase Milch, die aber eher Ziegenbocksperma genannt werden müsste unterwegs und ließen vergären, was eigentlich keimen sollte oder sich vereinigen,

mit einer Eizelle z.B, um neues Zickleinleben zu erzeugen.
So wurde der lebensspendende Saft eben vergeudet, vergoren und behandelt, mit Kräutlein gemixt, wieder fermentiert und und gemischt, gerührt und veredelt und es entstand, ein Extrakt.

Dieser Sud wurde mit Mutterkorn versetzt, ein Pilz, der im Mittelalter dafür bekannt war, ganze Landstriche zu entvölkern. Den dieser Pilz am Weizenkorn gediehen, im Korn gedroschen und vom Bäcker im Mehl zu einem Brot erhoben, vom Menschen gegessen hatte es in sich.
Er führte zum Tot, einen Schmerzvollen die Nerven entzündeten sich und der Patient verbrannte förmlich.
Später wird ein Schweizer Professor Dr. Hoffmann, einmal etwas Ähnliches künstlich nachbauen und sich, nachdem er einige Einheiten dieser Substanz über die Haut aufgenommen hatte auf dem nach Hause Weg, mit seinem Fahrrad köstlich amüsieren oder wundern.

Auf jeden Fall würde er sein Weltbild ändern und berühmt werden. Mit ihm weitere Ikonen, Timothy Leary z.B und die Beatles.
Vor allem Paul Mc Cartney, hätte mit seinen Songs, niemals ohne die Hilfe dieser Substanz, die man kurz Lyserc Säure Diamid, LSD nannte, diesen Absatz für die damaligen Tonträger Schallplatte oder Vinyls gefunden. Von den er sich mit Sussex und Essex beginnend, nahezu die ganze britische Insel kaufte.

Das Mutterkorn im Extrakt, wurde mehrfach destilliert.
So wie es die Iren gerne mit Gerste und verschiedenen Korn immer wieder tun und so dieses Volk unzählige Malt Whiskeys, brannten, die alle anders schmeckten, aber gleich wirkten.
Es gab die tollsten Arten, ein teurer Whiskey und trotzdem beliebt wurde hergestellt, indem man diesen nicht im Holzfass anbaut.
Solche Sorten reiften in uralten ausgedienten Weinfässern, um mehr Aroma zu bekommen.
Aber dieser besondere erhielt sein Bouquet damit, das nackte Jungfrauen in ihm badeten und ihn in seiner Reifung unterstützten.
Schon damals war es schwer eine Person, ohne sexuelle Erfahrung zu finden, noch dazu eine die tagelang in einem Schnaps zu baden bereit war.
So wurde ob der Jungfräulichkeit oft geschummelt, denn der Whiskey war begehrt und die Vorstellung, welch zarte Unschuld in diesem Gesöff tauchte beflügelte die Männer.
Das in der Realität auch mal die Madga, direkt nach dem Schweinefüttern für das Aroma sorgte, blieb als Geheimnis streng unter Verschluss.
Aber oft gelang es doch, eine Elfe so rein und zart, unter die Oberfläche des Stoffes zu drücken, was Maler der Region immer und allzeit wieder festhielten, auf ihren Bildern.
Dem Umstand ist es zu zuschreiben, dass vor allem Männer dem Whiskey zugetan sind, die Damen eher den Likör genießen. Wieder haben wir erfahren, lesen bildet!

Das war im Kurzen die Geschichte des Gorg-O-n Zolla, der auf einem Missverständnis beruhend entstand.
Malcom und Logan werden wir nicht mehr in der Geschichte wiederfinden, den deren endet in Limerick in der Grafschaft Limerick.

MLMD ´s Gorg-O-n Zolla Limited
Molly, Logan, Malcom, Dolly wurde ein Erfolg und seine Geschichte endete erst in der Prohibition, in den USA allerdings viel später und ist eine andere Story, an der ich mich jetzt nicht festhalten werde.

Die 4 gründeten diese heute TM, was einem Trend Mark Label gleichkommt. Nur diese 4 wussten, dass mit Billy Goast vom Mc Alish Stall, diese Köstlichkeit herzustellen war.
 So hatte auch der alte Mc Alish etwas davon, wurde total reich, den es wurden Millionen von Böcklein benötigt, um die geheime Zutat zu produzieren.
Das eigentlich das Mutterkorn und die appetitliche Flasche, mit dem Bild von Molly und Dolly, die mehr Trachtenknöpfen an diesem Tag dienstfrei gaben, als das Bild gemalt wurde, für den enormen Erfolg dieses Trunkes verantwortlich waren, wer hätte das geahnt.
   Gut für Mc Alish.

Molly und Dolly indes, die Hoffnung die beiden wieder zu finden, möchte ich an dieser Stelle, da ich mir grade das Etikett auf den Gorg-O-n Zolla Buddeln vorstelle, noch nicht begraben.

Svenney kommt zu sich.

Derjenige Leser, dem die eine oder andere Substanz, welche bewusstseinserweiternd in der Art wirkte, den Benutzer dümmlich, hilflos aber zufrieden zu stellen, bekannt ist, kann sich einen darauf reimen, welche Bilder der Svenney da sah und doch eher halluzinierte.
Das die Zeichen, die er sah, später einem Bill Gates von Microsoft, in die Lage versetzen würde, Alaska, das Silicon Valley, Nordamerika, Frankreich und Japan als Paket zu kaufen.
Von einem Prozentsatz der Lizenzgebühren für ein wackeliges kleines Betriebssystem, mit dem lächerlichen Namen DOS.
Was von Unos Dos, Tres stammen könnte, es aber nicht tat, weil das Nachfolge Operating System, Windows lautete und nicht Tres, sicher als Anspielung das mein sein Geld dafür quasi zum Fenster raus warf.

Sweeney, kam zu sich.......
Ein Schädel von der Größe eines Planeten, zumindest ein Jupiter und nichts drin, das schmerzen könnte.
Er blinzelte zaghaft, merkte, dass es ihm nicht schlecht bekam und behielt die Augen dann gleich auf.
Svenney versuchte, einen würdevollen Blick auf zu setzen, was ihm leidlich gelang.

Aber den Umständen entsprechend, in denen er sich befand, und zwar reichlich, nämlich der 2 fache anzunehmende Mageninhalt, eines Erwachsenen, der als Erbrochenes um seinen Kopf verteilt war, so das dieser nahezu aufschwamm, nahm dieser Würde die Legitimation ihres seins.

Überhaupt ist Würde immer überbewertet und außerdem ist das Wort spekulativ besetzt, würde ich gestern nicht getrunken haben, würde ich nicht hier drin liegen.
Der gequälte Blick, den er auswählte, passte schon besser und rundete die Situation ab. Ein Hoch auf die Natur, welche dem Menschen eine Mimik geschenkt hat, auch wenn viele Exemplare dieser Gattung sie dazu missbrauchten, nur dämlich dreinzuschauen.
Wie Sweeney da so lag, inmitten einer Mahlzeit, deren Fermentierung eine Weile abgeschlossen war. Dessen Grundlage, solide Kartoffeln mit grünem Kohl darstellten. Zeigte sich, dass die Fleischbeilage doch resistenter war. Man konnte sie noch als solche erkennen, zumindest aus der Perspektive des O´Shea.
Aus dieser hatte er bisher keinen nennenswerten Fortschritt erzielen können. Außer das die Augen von alleine offenblieben, nur den heldenhaften Versuch, seinen Torso auf die eigens unterhalb befestigten Beine zu stellen, hatte er nicht unternommen.
Svenney überlegte kurz, wie er, ohne sein Gesicht zu verlieren, aus dieser Situation heraus käme. Er stellte das Nachdenken beruhigt ein, als ihm einfiel, das sein Antlitz ja fest auf der Schädel

Vorderseite sein Konterfei darstellte und so drehte er den Kopf zur Seite.
Er erblickte eine Kartoffel grün eingefärbt und streng riechend, sauer, dazwischen Fleischbeilage in einem Schleim, aus Gorg-O-n Zolla aufschwimmend. Was er sah, beunruhigte Svenney nicht, er drehte den Kopf zur anderen Seite.
Auch hier nichts weiter verdächtiges und so überlegte er, eine Weile zu ruhen, den das konzentrierte Hinschauen, bewirkte das sich Kartoffelstücke und anderes im Raum befindliche zu drehen und kreisen begann. Er schloss die Augen und alles drehte und kreiste. Der Erdball um sich selbst und die Sonne, um jedes mögliche sonst. Svenney begriff, die Erde muss rund sein, die Sonne ebenfalls und nur die Kreisbahnen um die sich alles zu drehen scheint nicht.
Die waren Geoid oder elliptisch, was Sweeney völlig egal war und er beschloss, alles zu vergessen, was er augenblicklich tat.

Der Ring, der Schlüssel, Bernadette, der Schlüssel, ein Ring...Barde, der Hure gegeben als Pfand....
Schlüssel finden, Schloss finden.... Ring-Schlüssel?
Aber es gab doch noch gar keine Schraubenmuttern, wozu ein Ring Schlüssel?
Sweeney überlegte und ein Mechanismus kam ihn in den Sinn, der es ermöglicht, eine 6 kantige Stahl oder Holzscheibe, mit einem Werkzeug festzuziehen, die auf einem Gewindebolzen aufliegt.

Dieses Werkzeug würde wie ein Flaschenöffner aussehen, müsste aber regelmäßig abgesetzt werden und immer wieder nach geführt werden.
In seiner zweiten Vision sah er ein vor und zurück, ohne ab zu setzen, es gab klick und klack Laute.
Bei jedem Klick und klack bewegte sich die 6 kantige Scheibe, eine viertel Umdrehung weiter.
Sweeney, der nie zuvor gesehen hatte, was ihm da vorschwebte, beschloss, es eine Ratsche zu nenne.
Die längeren Varianten, Steckschlüssel, die flachen ohne Mechanik nannte er Gabelschlüssel.

Ring Ding, schoss es dem O Shea durch den Kopf.
Quatsch, Ring …. die Hure hat vom Barden einen Ring bekommen, dieser ist der Schlüssel für das Schloss, wo auch immer dieses war und sein wird, zwang Sweeney sich, konzentrierter nach zu denken.

Die Dirne find ich in der Festung der Huren, ich bin in, ja wo bin ich?
„Wäre einer der hier anwesenden so aufmerksam, seinen Blick kurz von mir zu nehmen, ans Ortsschild zu pilgern, um den darauf stehenden Namen freundlich für mich zu notieren".
„Limerick" dröhnte eine Antwort, zu laut für einen planetengroßen Suff-Schädel, mit nichts drin.
Immer noch auf dem Rücken liegend, fing Svenney an, mit Armen und Beinen einen Engel in die Kotzlache zu wischen, deren Mittelpunkt er war.

„Wie weit ist es von hier zur Hurenfestung", fragte er, ohne zu zögern, und hoffte, dass er die Antwort als befriedigend einstufen werde.
„In Meilen oder in Tagen" , eine Stimme wie von extrem weit entfernt, stellte diese Frage.
„Die Frage ist doch, wie wahrscheinlich es ist, das dieser marinierte Klecks da auf dem Boden, dort hingelangt oder in seiner eigenen Kotze ertrinkt, „ sagte eine andere Stimme, die noch entfernter klang.

Svenney beschloss weiterhin, zur Decke zu starren. Damit er keine dieser Stimmen, den um ihn herumstehenden Personen zuordnen zu müssen, bevor er sich nicht selbst ein Bild, ein komplettes von seinem Zustand zu machen.
Er beschloss, erst einmal eine Inventur vorzunehmen, sein Hirn schickte ein Signal an die rechte Hand, die sich erhob …. irgendeine innere Stimme bestätigte CHECK.
Das Signal beeilte sich an die linke Hand, die sich hob, CHECK.
Zurück im Kleinhirn, erneut linker dann rechter Fuß, beide hoben sich, was mit Check/ check quittiert wurde.

Die Checkliste war komplett und da nichts fest zustellen war, das fehlt oder zum Tod führen müsste, folgerte Sweeney daraus, das er lebte.
 Wenn man dieses Leben so nennen wollte und das er vollenden könne, was er bereits begann. Nämlich seine Beine dazu zu bringen, seinen Körper aufrecht zu tragen.

So sendete irgendeine Synapse die dafür notwendigen Signale in die Körperteile. Empfing die Feedbacks, leitete diese in die dafür zuständigen Synapsen und Rezeptoren. Diese wurden aus den ganzen Daten nicht recht schlau und so beschloss irgendein Part im Unterbewusstsein, einen Code R zu senden, was wiederum alle anderen Synapsen kollabieren lies. Ein Zustand, wie ihn Sweeney aber gut kannte und damit um zu gehen wusste, er gab das Unterfangen auf.
Irgendetwas begann in seinen Kragen zu laufen und da nichts anderes als sein eigenes Erbrochenes, ihn umschmeichelte, wurde ihm zur Gewissheit, dass es sich darum handeln müsse. Eine Tatsache, die ihn in seiner Bemühung, sich selbst zu überreden, nicht länger liegen zu bleiben, nicht unterstützen würde.

Irgendein Hirndings sendete Code N.
Für Not oder Notfall, an alle Gliedmaßen und sofort begannen diese unkoordiniert am Anfang, dann immer professioneller damit, Sweeney auf allen vieren, lallend, im Kreis tapsend töricht aussehen, zu lassen.

Ich frage mich, ob es so wichtig ist, zu erfahren ob Sweeney die Hurenfestung findet, den Ring an sich bringt und diese armselige Gestalt dann weiter auf seinem Weg am Ende seinen Schatz findet.
Aber irgendwann soll dieses Buch ja mal fertig werden und dazu muss der Held, erst einmal weiter.

Ob er es noch in dieser Ausgabe nach Dun Bleisce Doon schafft, ich weiß es nicht, der Verlag limitiert die Seiten auf 300. Es wird eng.

Ich fasse mich etwas kürzer, Svenney schaffte es irgendwann alleine, mit Hilfe von Hägar, einem Nordmann, der fasziniert vom Hammerwerfen war.
Zumindest betete er einen Gott an, der etwas mit Fußball zu tun haben musste, den er hieß Tor oder Thor, weswegen er einen Hammer an einer Kette als Amulet trug.
„Äg wull däää Dräcksagg vomme Bodää hoam," Grölte Hägar, während er den Svenney am Schlafittchen packte und aufstellte, auf die Beine wie es der Recke schon eine ganze Weile selbst erfolglos versucht hat.
Hägar war schwer zu verstehen, den in seiner Heimat wurden die Vokale wie das O durchgestrichen und die A hatten einen merkwürdigen Kreis auf dem Kopf sitzen. Die Sprache der Nordmänner, Skandinavier, die damals äußerst brutal mit ihren Feinden in der Welt umgingen.
Bis heute, der Welt Qualen brachten, indem sie Systemmöbel bauten, diese in blau-gelben Irrgärten und Labyrinthen verkauften.
In denen man sich entweder hoffnungslos verläuft oder in der Systemgastronomie an einem Teller Köttbulla, dem Kunden die Gaumenfreude bringt, die der Name schon verspricht.
Hat man es aus einem dieser Labyrinthe lebend herausgeschafft. Dann seine Beute dem Spiel TETRIS gleich, in seinen Wagen verfrachtet.

Leistet spätestens die Bauanleitungen jeder skandinavischen Freude am Quälen, dieser Nordsadisten ganze Arbeit.
Die standhaftesten, die bis zur vorletzten Schraube ohne Pullover auskamen, die hinten geschnürt und vorne mit zu langen Ärmeln versehen waren, würden spätestens kurz vor dem vermeintlichen Ziel vollends gebrochen. Da die Firmenpolitik es vorschreibt, dass die letzten 2-3 Teile, die extrem wichtig sind und die man unter keinen Umständen woanders bekommen kann, fehlen!
So einer war Hägar, ein Wikinger die Sorte harter Männer, die zuhause eine robustere Frau hatten, was einer der Gründe war, das diese Seeleute fast nur unterwegs, auf See oder in fremden fernen Ländern.
Sie plünderten und brandschatzten und weniger harte Frauen nahmen, weil sie ihnen besser gefielen, als die daheim wartenden.

Es kam oft vor, das ein Wikinger Nachen, anlandete, in tiefster Nacht, die Seeleute die Schätze, die sie geplündert hatten, an Land warfen.
Bevor sich die Wikinger Weiber bedanken konnten, indem Sie ihre Kleider abwarfen und sich den Kriegern hingaben ... Beobachter sprachen eher davon, dass diese Weiber sich den Gatten einfach nahmen, nach monatelangem einsamen Warten heiß und geil, über sich warfen und nach Gutdünken benutzten, bis ihnen die Hitze aus dem Schoß gevögelt war.

Nur um direkt im Anschluss zu klagen, lamentieren das die Zuwendung, die da am Strand lag, doch ein Witz sei, die Seefahrenden aus dem Nachbarort öfters und reicher beladen zurückkommen und blaah blaah.
Sweeney stand wie eine Eins, nur die Beine nicht, sie bildeten ein O, das dann zu einem X wurde und da saß er wieder.
Hägar brüllte „ick wull diaar watt, stääl dich groode, nu trab aaab du Radde".
Zog den Recken erneut am Kragen empor und das, was die Masse von Svenney, extrem zur Tür beschleunigte, würde ein gewaltiger Tritt des Hägars in den dürren Arsch des O Shea sein. Kraft mal Weg beschreibt die Leistung und da ordentlich Wumms in diesem Tritt lag, war der Weg extrem lang. Was diese kleine Formel bestätigte und das eine erneute Leistung vollbracht wurde, weil Sweeney sauber durch den Türrahmen gesaust wäre, mitten hindurch was für das Augenmaß des Hägars sprach.
Dessen Nachfahren mit dieser Fachkenntnis später diese Systemmöbel bauten. Währe da nicht ein kleines Detail gewesen, ein winziges, das dem Hägar in seiner Rage entgangen war, was man ihm nicht verübeln konnte.
War es doch sein Job, subversive Elemente, die noch dazu Pleite waren, durch Raub, aus dem Schankraum zu entfernen.
Eine Aufgabe die Hägar gewissenhaft erfüllte, bis auf dieses Detail.
Die Tür war zu, aber dem geneigten Leser darf ich versichern, die Tür war solide und der Türstock echte Zimmermanns Arbeit. Da wackelte kurz das

Türblatt, der Klopfer außen ebenso, aber es gab keine mutwillige Zerstörung am Wirtseigentum.

Sweeney hatte weniger Freude an diesem Umstand und beinahe wäre er wieder ins DOS Betriebssystem zurückgefallen.
Auf seinem Blickfeld erschienen Sterne und ein Vogelschwarm zwitscherte, was einen völligen Black Out ausschließt und nur auf eine vorübergehende Benommenheit, mit etwas Kopfschmerz zu steuerte, nichts das Svenney nicht etliche Male erlebt hätte und somit schon kannte.
Ein völlig anderer Gast, der zufällig neben der Pforte stand, öffnete die solide Türe, deren dicke um die 10 Inch, späteren Tresortüren als Vorbild dienen könnte. Er entließ Sweeney, der im Begriff war das Bewusstsein erneut zu verlieren, aus dem Gastraum, auf die Straße, die nicht nur vom Regen feucht war, sondern von so manchem Nachtschwärmer, der sie als Latrine nutze.
So erklärte sich, dass nicht der Duft frischen Regens auf Kopfstein dominierte, sondern Ammoniak, streng konzentriert das Eeau de Toilette.
Ammoniak in manchem Riechsalz neben Salmiak der Hauptbestandteil des Fläschchens, welche sich in zu enge Mieder geschnürte Damen gerne vor die Nase halten, um eine Ohnmacht zu bekämpfen. Das Gleiche dampfte von der Straße hoch und so muss ich diejenigen enttäuschen, die gehässig darauf warten, das O Shea sich erneut in diesen Unrat warf.
Nein, er kam durch das stechende Gas, das zu ihm

emporstieg zu sich. Er war fast wieder er selbst.
Was nicht viel war und von daher keine Leistung.
Da Sweeney am Abend, doch recht früh schon in
den blutigen Knochen eintrat, war er beim
Austritt, der es im wahrsten Sinne des Wortes
war, recht erstaunt, dass die Sonne schien.
Also mindestens schon Morgen und da verlangt es
einen doch nach einer Tasse Tee. Wie es so ist, ein
Teehaus wurde ihm gewahr.
Ein kurzer Overflow über seine Habseligkeiten
bestätigte ihm, keine mehr zu besitzen.
 Was einerseits ärgerlich aber ansonsten auch
praktisch war, weil er nicht weiter danach suchen
musste.
In der Herberge, deren Namen er vergessen hatte,
sogar wo diese lag, waren ja seine Sachen. Die
Barschaft und Tauschobjekte welche Bernadette,
oooh süße Bernadette, an die er sich zur Zeit nicht
gut erinnern konnte, ihm auf den Weg gegeben
hatte.
Doch eines nach dem anderen, stellte Sweeney
schlau fest und empfahl sich selbst, zuerst einmal
mit einem Tee seine Situation zu überdenken.
Sollte dies erfolgreich beendet sein, sich über die
Bezahlung des Tees und eines Frühstücks
Gedanken zu machen.

Irisches Frühstück

Spätere Reiseführer werden es wie folgt beschreiben:

Irish Breakfast ist ein warmes Gericht mit deftigen Zutaten. Grundzutaten sind der als Rashers bezeichnete Speck, jeweils eine Scheibe gebratene Leber- und Blutwurst und kleine gebratene Schweinswürste.
Hinzu kommt entweder ein Spiegelei, das von beiden Seiten gebacken wurde oder klassisches Rührei. Ein weiterer Bestandteil des traditionellen irischen Frühstücks sind gebackene Bohnen (Baked Beans), die in der Regel mit Tomatensoße serviert werden, wem davon nicht schlecht wird, dem ist dann nicht mehr zu helfen.

Gebratene Champignons und Tomatenscheiben ergänzen die warme morgendliche Mahlzeit. Ergänzen ist übertrieben, da das ganze Frühstück aus Tomatenschmiere und Tomaten mit Tomatenscheiben und Tomaten zu bestehen scheint, ach ja und Bohnen.
Zum klassischen Full Irish Breakfast gehört darüber hinaus ein Vollkorn-Sodabrot, das als Brown Bread oder Soda Bread bezeichnet wird. Mit dem Brot wird das Bratenfett auf dem Teller aufgetunkt. Meistens aber findet man das Brot vor den Kutschrädern wieder, um das Gespann vor einem Zurückrollen zu bewahren.

Das Frühstück gibt es in Irland den ganzen Tag über, auch spätabends, da es sich von einer vollwertigen anderen Mahlzeit nicht unterscheidet.
 Und da Iren sowieso lieber trinken als Essen und es völlig egal ist, zu welcher Tageszeit man sich mit dem Essen, den Rest des Tages versaut.
Zum klassischen Frühstück gibt es auch die süßeren Varianten, Hauptbestandteil ist Toast.
Eine lappige Scheibe Weißbrot durch Hitzezufuhr etwas knuspriger getrimmt, dazu verschiedene Marmeladensorten.
Oder aber die Scones, eine Gebäckart die mit Butter Honig und was der Frühstückstisch sonst so hergibt verziert werden, bevor man sie wegwirft.
Es sei den man steht auf ein Gebäck mit labberiger Konsistenz, die eher ein zu fester Pudding innehat.
Voller Vorfreude schlenderte Sweeney, schleppte, wäre treffender er sich in das Teehaus.
Wenige Minuten später nahm er an einem dürftigen Ecktisch Platz und bestellte sich erstmal einen Tee.
Der sich, wie er gebracht wurde als kleiner aber doch starken Tee präsentierte.
Während er seine Situation im Kopf ordnete, fragte Sweeney sich, ob es nicht besser, ein kleiner und genauso starker Whiskey tun würde.

Viel besser sogar und so versuchte er, einen der Kellner an zu locken, die herumstanden und eifrig bemüht waren, die Gäste zu ignorieren.

Es gelang nicht gleich und sofort und er musste dann zu dem Trick greifen. Indem er einem der Schemen, die in Kellnermontur an ihm vorbeieilten, das Bein stellt, ihn im Fall aufzufangen und sich so dessen kompletter Wachheit bewusst zu werden.
Nebenan, am Tisch versuchte ein freundlich nickendes Mädchen oder Fräulein, die Aufmerksamkeit O´Shea´s zu gewinnen, indem sie dem Dialog zwischen dem Tablettschlepper und Svenney gespannt verfolgte.
Schon nach wenigen Augenblicken kam der Kellner mit einem Tablett und einen Porridge obenauf. Welcher bei uns hier im Lande als Haferbrei ebenso verschmäht wird, wie dort als Porridge, wobei der irische Porridge von der Konsistenz eher noch schleimiger und widerlicher ist als der Haferbrei bei uns.

Svenney wusste nicht, was er dazu sagen sollte, den bestellt hatte er diesen Porridge nicht.

Ihm war jetzt nach etwas Stärkendem, kräftigen um den Tag beginnen zu können, deswegen hatte er einen kleinen extra doppelten Whiskey bestellt, was für ihn völlig in Ordnung war.
Die junge Frau am anderen Tisch indes, schien mehr Glück bei der Bestellungsaufgabe zu haben, Kellner haben Sie eine Packung hauchdünner Minztäfelchen?
Junge Frau sagte dieser, ich habe extra einige aufgehoben, für den Augenblick, wo Sie danach fragen würden.
Das war zwar nicht sehr wahrscheinlich, eher hochnäsig aber immer noch entfernt von der

typischen Arroganz, mit dem Kellner ihre Opfer sonst nerven und demütigen.
Sweeney überlegte, was er den mit dem Haferpamp anstellen sollte. Er beschloss diesen unauffällig auf den Nachbartisch zu stellen, an dem ein ältliches Fräulein und ein steifer Herr mit einer ulkigen Kopfbedeckung saß.
Zum Nachteil des Gentleman stellte sich heraus, dass es gar keine Kopfbedeckung war, sondern der Kopf eine komische Form hatte, was dem Haferbrei aber egal war, den der hatte eine seltsame Konsistenz.
Oh, schnappte der feine Herr, fasste sich an die Hutform, um diese freundlich und höflich zu lüpfen.
Was ihm nicht gelang, weil dieser Kopf bedauerlicherweise fest mit dem Rest des feinen Herrn verbunden war und gar keine Kopfbedeckung war, was der edle Herr mehr als bedauerte.
Sweeney tippte sich freundlich an Stirn und beließ es dabei.
Inzwischen war das junge Mädchen an den Tisch gekommen, hintergründig schickte sie ein Hallo an Sweeney und dieser erwiderte auf dieselbe Weise. Sie war reizend, Mitte bis ende 20 oder wahnsinnig gut erhalten, dunkles Haar und sie trug irische Tracht, zumindest sah es so aus.

„Trisha", stellte Sie sich vor, „das macht gar nichts" erwiderte Svenney, ich bin Svenney O Shea, so wurde es mir von meinen Eltern mitgeteilt.

„Svenney wer"? Fragte Trisha mit einem Wimpernschlag dessen Qualität Marilyn Monroe später auf einem Werbeplakat, für den Gegenwert von Kalifornien, Utah und einigen Landstrichen um Maine herum verkaufte.
„Na ich", antworte Sweeney eilfertig und schaute sich um, ob die Wohlproportionierte mit noch jemandem flirtet, wobei er das gar nicht annahm. Flirten war damals gar nicht mode, man hatte Konversation. War höchstens auf der Balz oder nahm sich, was man brauchte in den niedereren gesellschaftlichen Schichten.
 Was sich zuerst wie ein Vorteil anhört, war in den niederen Gilden so gar nicht angesagt, zumal mehr als 80% des Volkes eher zu den einfach genommen gehörten.

„Der Name eurer Sippe," gurrte das lockende Weib, ihr werdet doch eine Familie haben.
„Gewiss, es gibt da einen Vater, einen O´Shea dessen Name in etwa O´Shea bedeutet und von O´Shea abstammt.
 In einem unbedachten Akt menschlicher Begierde. Bei dem Hormone, ein Sommerabend der Lau war und einiger Drinks, schwängerte er das Dienstmädchen Alberta oder Aaah, wie man sie angeblich nannte.
So einfach dieses Mädchen im Oberstübchen ausgestattet war, füllte ihr nährender Busen, den Sie nebenbei als Amme erfolgreich vermietete, nur nicht an Säuglinge, sondern eher an reife Liebhaber von Melonenobst und Vollmilchduschen.

Lockte sie jedem Dreibeinigen in unserem Herzogtum ein Aaah oder ein Aaaaaah aus dem Mundraum.

So mancher Berufsamme ebenfalls und meiner Stiefmutter, der die Ähnlichkeiten meiner Nase mit Aaah wie Alberta aufgefallen zu sein schien.

„Svenney O´Shea, das klingt ja wie ein richtiger Draufgänger." Säuselte Sie.
„Danke," wehrte Sweeney ab „ich beabsichtigte vor dem draufgehen ein wenig weiter zu gehen, ich bin auf der suche ....."
„Nach, ...nach einem Schatz nichtwahr, einem Schatz fürs Leben, ihr seid im richtigen Alter gewiss und ich bin nicht wählerisch".
O Shea dachte nach, wer könnte etwas von seinen Plänen wissen, wer könnte es dieser impertinenten Person gesagt haben, war sie ...? Sicher IST sie eine Spionin.
„Mit eurer Kleidung seid ihr gewiss nicht wählerisch, was tut ihr den sonst, wenn ihr nicht im Teehaus .....?
„Reden" unterbrach Sie ihn, Menschen studieren, sie kennen lernen und solch ein Exemplar, wie ihr es seid, lernt ein Mädchen nur zu gerne kennen".
„Wollt ihr mich nicht zu einem Frühstück einladen"???
O Shea beobachtete derweil einen Bauern oder Landstreicher in Fellstiefeln, der bei einem Kellnerdarsteller ein Omelett Frühstück bestellen wollte. Aber anscheinend war der Mann als zu wenig Liquide, im Geldfluss bekannt oder die Kellner Büste vor ihm, war nur begriffsstutzig.

Der Mann war jetzt dabei, lautstark seine Stellung als Gast zu erörtern, der Funktion von Personal und das jeder seinen Platz hätte.
 Der Koch z.B sei unentbehrlich, weil dieser die Eier ja in die Pfanne schlagen und zubereiten solle. Etwas aufpeppen wäre ehrbar und ihm, er deutete auf den käsgesichtigen Tablettschlepper, währe zuteil, dieses Omelett und wenn ihm der Sinn danach stehe, weitere Bestellungen bei ihm am Tisch anzulanden.
Die Kellner Statue blieb unbewegt, was den Gast zu weiteren Belehrungen ansetzen lies.
Die Stellung des Einzelnen in der Gesellschaft. Das Schubladendenken wollte er erörtern brach aber ab, da er jetzt keinen Zusammenhang, von Schubladen und Meinungen oder Denkweisen herstellen konnte.
„Man möchte mir jetzt das Omelett bringen, einen schönen Becher Tee oder das Ale, das ich bereits bestellt habe".
Leider brachte dieser Vortrag nicht die gewünschte Reaktion.
So reduzierte der Gast, seine Wortwahl auf simple Beschimpfungen und Worte wie wasserköpfiger Breischeißer, Lumpentunker und Sohn eines Hasenmelkers, windiger Laubsammler oder die mir passende Beschreibung für so jemanden, der allseits beliebte rektale Darmausgang.
Nur war niemand mehr anwesend, der sich diese umgekehrten Nettigkeiten gerne angehört hätte, was den Gast aber nicht störte, er machte einfach weiter.

Sweeney, der mit dem einen Auge die eine Szene
beäugte, in der er sich fragte, wann dem
arroganten Klappstuhl von Kellner der Kragen
platzt ....
Und, mit dem anderen Auge, extrem
argwöhnisch, die vermeintliche, später würde
man diesen Berufszweig mit dem Namen Mata
Hari belegen, Spionin, welche Trisha zu sein
schien.
Das misstrauische Schauen schmerzte ihn doch
sehr, zumal das andere Auge interessiert blickte.
Das Dumme war, beide Szenenaufstellungen
wahren nahezu gegenüber, so das der linke
Augapfel von O Shea extrem in den linken
Augenwinkel rollte und verblüffender weise,
schaffte der rechte das gleiche Kunststück.
Was Svenney einen symmetrischen, wenn extrem
dümmlichen Ausdruck aufs Antlitz malte.

Nachdem der Kellner den Ort der Unflat verlassen
hatte und sich zu den anderen Darstellern, Tablett
akrobatischer Kunst zu stellen. Dabei
ausdruckslos bis säuerlich, wie alle, in die Gegend
zu schauen, versuchte Sweeney das für diese
Szene abgestellte Auge wieder in die neutral oder
Mittelstellung zu verbringen.
Was dieses, erst einmal verweigerte.
Da stand er, am liebsten hätte er laut losgeheult,
aber mit Sicherheit wären die Tränen an seinem
Rücken runtergelaufen, so wie er schielte.
„Einladen, das ist nett von Ihnen, ich bin etwas
unpässlich in der Börse, den diese und einiges
andere wurden mir letzte Nacht im blutigen

Knochen entwendet und ich war nicht wieder in meiner Herberge."
Trisha war keine vieledle Lady. Aber selbst einem einfachen Mädchen zumal mit äußerlichen Qualitäten gesegnet hatte nie ein Gentleman, eine Einladung verweigert.
Ihr Einladungsangebot hingegen zu verdrehen und auf Ihre Kosten anzunehmen, machte Sie sprachlos.
„Wo seid ihr den abgestiegen, mein Herr" fragte sie vorsichtig?
„Ist mir entfallen, aber ich bin guter Dinge, den Ort zu erkennen, wenn ich vorbeikomme", erwiderte er, seinem Gesichtsausdruck Ehre machend, recht dümmlich.
„Limerick ist kein Dorf. Ich helfe euch gerne die Herberge zu finden, aber sagt, wollt ihr die Augen nicht ein wenig justieren, wenn sie mittig stehen, sieht das viel besser aus."
„Ich schaffe es nicht, mich auf ein mittleres Objekt zu konzentrieren, als das die Augäpfel dem Drang dorthin zu sehen folgen würden", so Svenney.
Trisha stellte sich genau vor ihm hin, beugte sich tief und etwas tiefer und natürlich war es das kleine goldene Kreuz, das zwischen zwei herrlichen Äpfellein aus Busenfleisch hing, das seinen Blick sofort und nachhaltig zentrierte.
„Ich fing an, mich dran zu gewöhnen, völlig neuer Bildwinkel", wie gewonnen so zerronnen." „Aber lassen wir uns nicht zu viel Zeit. Kellner zweimal das Frühstück", richtete er seine Bestellung in die Richtung, der etwas im Zwielicht, eher halbdunkel, nein es war finster liegenden Ecke,

wo sich das Personal mental für seinen Auftrag, das bedienen der Gäste vor und zubereitete. Neutral eingestellte Außenstehende würde es eher als ein sich verstecken, interpretieren, aber die hat ja niemand gefragt.

(Den gleichen Effekt, kennt man in unserer Zeit, aus den Besuchen von Baumärkten in denen will man die Aufmerksamkeit des Verkaufs Personals erregen, man so tun muss, als würde man etwas heimlich einstecken, in der Absicht es zu entwenden.) Anm. des Erzählers

Der gewünschte Effekt, dass sich Personal entweder an den Tisch begab, an dem Trisha und Sweeney saßen oder entgegengesetzt in die Küche, blieb aus.
Somit die Hoffnung, auf ein baldiges erneutes Erscheinen, vorzugsweise aus der Küchentüre auswärts direkt auf ihren Tisch zu, mit einem Tablett, auf dem das Frühstück obenauf war.

Es kam trotzdem, zwar anders und schon kalt, wahrscheinlich war einer der Gäste am Nachbartisch verstorben, während der Wartezeit und man wollte das zubereitete nicht gänzlich entsorgen, aber der Hunger trieb es rein.
Gestärkt, besserer Laune und sonst nicht abgeneigt das Teehaus zu verlassen, umkreisten plötzlich bleiche, hohlwangige Gesellen den Raum um O´Shea´s Tisch. Was vorher im dunklen verborgen, trat nun zu Tage. Wohl der 15% Aufschlag für Service und der Hoffnung, was der

satte zufriedene Gast sonst an Zuwendungen, obendrein aufbringen würde.
Trisha, die ein Geldstück auf dem Tisch liegen hatte, dessen Gegenwert genau der Summe entsprach, die gefordert werden würde, machte sich zum gehen bereit.
Sweeney hingegen, blieb an einem hässlichen und penetranten Kellner hängen. Der seine Hand verkrampft in seine Richtung streckte, indem die Handinnenseite, nach oben verwies.
Das internationale Zeichen für Betteln oder wenn die Ehefrauen dieser Tage das, was der Gatte als Haushaltsgeld völlig zureichend erachtete, sich mit der Betrachtungsweise, der Gattin extrem schnitt.
 Und sie mit dieser Geste, eine Aufstockung der familiären Haushaltskasse einforderte.

„Siiiir" knarrte eine Stimme, die sich wie ein Sargdeckel anhörte, der von einem Eber angeknabbert wird,
„Siiiiiiir, ihr habt da etwas vergessen" lautete die Botschaft, die von der Hand die jetzt zuckte und sich schloss und öffnete, unterstützt wurde, in ihrer frechen Forderung.
Oh, ihr seid verkrampft, lasst mich sehen, Svenney nahm die gierige Kralle, griff in seinen Rock. Förderte ein Pülleken mit einer Tinktur, das er bei einem fahrenden Händler erstanden hatte, der gegen jede Krankheit ein spezielles Fläschchen feilbot, brachte dies zu Tage, öffnete den Deckel, schüttete etwas in die Handfläche und begann massierend zu reiben.

„Ich hoffe, das wird euren Krampf lösen, Gott einen Gruß" sprachs und lies den verdutzen Kellner hinter sich um Trisha nach draußen zu folgen.
„Welch ein Tag, so sprach er, ohne sich bei Trisha für das Frühstück zu bedanken. Er war ja ein Gentlemen durch und durch, was ihn daran hinderte Trisha schmerzlich zu erinnern, dass ja Sie für die Zeche aufgekommen war. Damals eher ungewöhnlich und unschicklich, weshalb ein Gentlemen der er nun mal war, jeden Gedanken daran im Keime ersticken würde.

Kaum war er auf der Straße zum stehen gekommen, hielt schon eine Kutsche.
Sweeney erklomm wortlos den Fond, setzte sich und tilgte jede unangenehme Regung, die in Trisha aufkommen könnte, betreffend der Frühstücksaffäre, indem er mit der Zunge schnalzte und den Kutscher zum Fahren aufforderte.
Während er über seine wahre Größe nachdachte und sich selbst gratulierte, den Gefühlen seiner Gastgeberin so zuvorgekommen zu sein, fragte eine Stimme vor ihm, „ Sir, wohin möchten Sie".
O Shea, der keine Ahnung hatte, den er hatte jede Merkfähigkeit, von vor dem Gorg-O-n Zolla komplett mit denen kurz danach, dahin getan, wo er seine Erinnerungen meistens lagerte, das Problem war nur, er wusste nicht wo.

„Bringe Er mich in meine Herberge, geschwinde".
„Frage Er nicht wo, den nicht ich bin der Kutscher, der Ortskundige ansonsten ich selbst

laufen würde, ein Gang tät mir nach all dem kalten Zeugs, das ich gefrühstückt habe, recht gut".
Svenney begann aufzuzählen, was da alles auf seinem Teller, den anfänglichen frühmorgendlichen Hunger stillte und dann immer quälender, den Schlund nach unten folgen wollte, als der Kutscher erneut ...
„Wohin möchten Sie"? Fragte.
Was Svenney leidlich erregte und er sofort anhob, zu erklären das doch das Taxigewerbe wenn noch nicht erfunden, eine Kutsche den Zweck hätte und ausschließlich, den Fahrgast zu befördern, ohne ihn mit Fragen zu drangsalieren.
Er wiederholte, nicht er, sei der Ortskundige, sondern der Fuhrmann. Er führte aus, das Service in Limerick, wie im Ödland verdorre falls überhaupt feststellbar und das er das so gar nicht kennen würde. Warum der Pferdelenker nicht einfach seine Pflicht täte, nämlich ihn zu kutschen, und zwar dahin wo er hinmüsse und wolle.
„Wohin möchten Sie"?
„Am allerliebsten" hob O Shea die Stimme, zu meiner liebsten Bernadette, ich verstehe das Sie den Weg gar nicht kennen. Unfähig in ihrer Heimatgemeinde, einen einfachen Auftrag zu erledigen, möchte ich ihrem Versagen in dieser Angelegenheit gar nicht beiwohnen, ansonsten führt mein Weg zur Huren Festung, aber ich ahne schon, davon habt ihr nie gehört".
„Wollen Sie dorthin?"
„Aha, Sie versuchen mich zu verwirren andernfalls mir gefällig zu sein, ich glaube aber kaum das Sie

hier zum Ort herausfinden oder nur die Richtung kennen"!

„Natürlich, die kennt hier jeder, es sind 15 Meilen die Küste hoch", Nordost .
„Da haben wir es wieder", tobte Sweeney „ ein weiter entferntes Fahrziel verkaufen zu wollen, indem man vorgibt, das naheliegende nicht zu kennen, typisch für diesen Berufsstand, mein Vetter Gustav, der Gockel der Familie hat als Kutscher angefangen, jetzt betreibt er einen Fuhrpark und eine Transportfirma," (Spedition gab es damals als Wort nicht, aber genau das traf es, wenn auch mit wenigen Pferdestärken).

Ein Gauner und Tunichtgut, genau mit diesen Tricks
„An welchen Ort möchten Sie"?
„Fahren Sie wohin sie begehren, Sie machen ja ohnehin, was sie wollen, aber nicht mit mir. Ich möchte in meine Herberge und im Anschluss gerne zu der Festung, zuerst teste ich mal, ob sie im kleinen fähig sind, einen Auftrag ordnungsgemäß zu erledigen."

„Halt" sagte O Shea, stoppen sie da vorne, „ich sehe, die Tür vom Pub ist offen, ich habe da was".
Die Kutsche hielt und Sweeney sprang ab und preschte zum Eingang.
„Guten Morgen, lieber Wirt, ein Glas von dem Stoff hinter ihnen im Regal, es eilt".
„Hier ist zu, geschlossen wenn Sie es so wollen".
Sweeney verengte die Augen zu Schlitzen, was ihn wie er hoffte gefährlich aussehen lies, aber eher

einem Mongolen ähnelte, dem man die Vorhaut zugenäht hatte, was eher ganz anders aussah, Sweeney aber nicht auffiel oder störte.
Den er nahm den Einschenker, zu dem er ihn gerade gemacht hatte, am Kragen und bellte, dass er wahnsinnig Probleme mit Donnerstagen habe. Der gestrige Tag unschön war, ihm der Abend auch nicht besonders gefallen hätte, was in der Nacht nur schlimmer wurde und ihm der Morgen, dieser im Speziellen, auf den Sack gegangen wäre.
Das er das Personentransportwesen eben neu strukturiere und das er genau jetzt an einem Punkt sei, das ihm alles zu viel werden würde.
Nur ein leidlich volles Glas, ihn daran hindern könnte, gleich das, was man in besseren Kreisen, eine Kontenance nenne, abhanden kommt, und zwar gewaltig .
Er wollte schreien, gleich ist hier Achterbahn, aber ihm fiel überhaupt kein Bild zu so einem komischen Wort ein, sicher deshalb, weil es erst einige Jahrhunderte später, ein Bild zu diesem Begriff geben würde.
Deswegen verstärkte er nur den Druck ein wenig und rollte dramatisch mit den Augen, die zu verengen er aufgegeben hatte.
„Euer Drink Mylord".
 Das Glas landete auf dem Tresen, bzw. versuchte es. Doch Sweeney griff es vor dem Aufsetzen, legte sein gefährlichstes, nein nun war es das lauernde Gesicht auf, setzte an und leerte das Trinkgefäß in einem Zug, knallte das Glas auf den Thresen...
    „Aus dem Stoff einen Anzug" fein im Abgang kommentierte derer von O´Shea, als wenn einer

der Nachfahren mal Sterne vergeben würde, für feines Futter, in edlen Restaurants.
„Ein Pfund", stand ein Satz wie dieser im Raum, vom Mundschenk vorgebracht.
Der später mal als Barkeeper benannt und über dessen Beruf mal ein mäßiger Film mit Tom Cruise in die Kinos kommen wird. Ein Streifen der vorgeben soll, das es cool ist für andere Leute Drinks zu mixen und sich deren Probleme an zu hören.

Die Mine des O'Shea, bemühte sich, pfiffig auszusehen, dazu bewegte er eine Augenbraue ein wenig nach oben. Innen höher als außen und zog mit der zweiten gleich, matt umspielte eine Andeutung, eines Lächelns, das eher herablassend als spöttisch war und dessen perfekt einstudiertes Lippenspiel sich erst dann veränderte, als die Worte ausgestoßen wurden.
„Wieso, ist doch geschlossen, was solls „sprachs und lies die Situation hinter sich, ebenso wie einen Kammerton, weil sich Darmgase einen Weg vom Inneren zum Äußeren des „Helden" bahnten.
Der Kutscher stand geduldig da und wartete, aber nicht bis O'Shea sich gesetzt hatte.
„Hey Ho"und das Gespann zog an und Sweeney erfuhr das, was die Mathematik, für die Physik in einer kleinen Gleichung, belegte und was Beschleunigung war.

Viele Herbergen gab es dennoch nicht in Limerick, was sich nie mehr ändern sollte, bis heute nicht, da jeder meiner Leser sich über ein Reiseportal buchend davon überzeugen kann.

So ward die eine gefunden, Sweeney schalt den Kutscher dafür, dass er so lange gebraucht hat. Was daran lag, dass er die Adresse an der man sich befand, als Letztes angefahren hatte, statt als Erstes.
Und er die unnötige Rundfahrt, die man ja bis heute von Taxifahrern vor allem in Berlin und Frankfurt sowie dem Innenstadtbereich, von München her kennt, selbstverständlich und unter gar keinen Umständen bezahlen werde.
Gleichzeitig bot Sweeney dem Kutscher an, ihm einen Preis zu nennen, von hier zur Festung der Huren. Über den er dann erst laut lachen wird und nach einer heftigen und hoffentlich hitzigen Diskussion ihm den Preis nennen würde, den zu zahlen er bereit wäre.
Der Kutscher selbst fragte sich in dem Moment, warum seine rechte Hand sich zusammenzog, bis auf den Mittelfinger und er diese dem O´Shea zeigte, eine Geste, die damals niemand kannte.

 So kehrte Sweeney dem Kutscher ohne weitere Erregung den Rücken und trollte sich zum Empfang.
„Siir" näselte es, „man hat nach Ihnen verlangt".
O Shea betrachtete den Diener und fragte sich, was das für eine Herberge sei, wo ein Butler statt einem Portier das Werk eines solchen verrichtete und fragte den Betroffenen einfach.
„Sir, dies war der Landsitz der Familie Balzer - Reiter´s aus einem merkwürdigen Landstrich an der baltischen See Pommelom oder Mecklenburg, wo diese vorpommerte.

Wo der Edle Herr mit Magie befasst war, die er hierher mitbrachte und so manchen Dorfabend zur Kurzweil, mit seinen Tricks einlud. Dies so erfolgreich, dass er diesen Landsitz abgeben musste, außerdem nahmen zu der Zeit die Hexenverbrennungen etwas überhand und so mancher Ketzer wurde aus ökologischen Gründen gerne einem Scheiterhaufen mit beigegeben.
Und so empfahl sich der Herr Balzer- Reiter und verkaufte mich als Inventar gleich mit.
Vor seiner Abreise versprach er mir, dass er wieder kommen würde. Aber nicht jetzt, zur gregorianischen Zeit, sondern eher zur Viktorianischen, außerdem habe er vergessen seine Petunien zu gießen und so eilte er nahezu überstürzt ab.
Interessant, das dort, das Porträt, das zeigt ihn?
„Sir, absolut richtig Sir".
Ein wenig streng, typisch für den Kontinent stellte Svenney fest. Doch elegant und markant, stechender Blick, etwas dubios aber ein wertvoller Stock, als Stütze, sieht aus wie ein Schreiber oder jemand der Dinge auf eine Glasplatte malen kann, ohne ein Zeichengerät zu benutzen, um diese dann zu vervielfältigen.
„Sir, ja recht beobachtet, er ist Magier".
„Huii diiini flog es O Shea anerkennend, aus dem Mund, von dem wird man hören oder lesen, was für einen der Nachfahren zu mindestens stimmt.
„Sir", näselte es erneut, „nach Ihnen wurde gefragt, es machte einen wichtigen Eindruck".

„Den habe ich auch, diesen Eindruck .

Nur zu gut, dass ich Sie nicht nach dieser Information gefragt habe. Die ich gar nicht wissen will.
Sonst hätte ich Sie gefragt, und zwar in der Art, gab es irgendwelche Besucher, Anfragen oder dergleichen um mich dann über Ihre Auskunft zu freuen, zu ärgern, verwundert in ihre Richtung zu blinzeln, was ich aber nicht habe.
Seien Sie gewiss, das es mir egal ist," sprach Sweeney und eilte schon die Treppe hinauf in seine Kammer um zu packen.
Die Tür war offen, hing deprimiert in ihrem Rahmen. Und hatte so gar keine Lust, das zu tun wozu Schreinermeister Edward Culloch und sein Stift Deo, der lieber in einer Parfümerie gearbeitet hätte, wie in dem mehrmonatigen Schulpraktikum, wo er den ganzen Tag mit Tüchern in der Luft herumwedeln konnte, sein tuckiges Gehabe niemanden auf die Palme brachte.
Wo sein Meister ihm immer so herrlich den Po geknetet hat, als Dank für seine Hingabe, auch die auf der Arbeit. Aber vor allem in der Düftekammer, die Deo kniend erlebte und wo er gar nicht so tuckig reden konnte, wie er es gerne mochte, weil er meistens den Mund voll hatte.
Diese Türe sollte den Raum vom Gang trennen, und Personen abschrecken die sich widerrechtlich Sachen aneignen wollte, die ihnen nicht gehörten.

Aber nicht nur die Tür war deprimiert, das Bett schien die ganze Nacht wach gelegen zu haben, obwohl es ja frei hatte, Svenney nächtigte ja im

blutigen Knochen und war verwirrt, was man ihm deutlich ansah.
Der Spiegel indes strahlte den Helden an, was für ihn ein normaler Vorgang war, den Spiegel die das Glück hatten ihn, den O´Shea seitenverkehrt wiedergeben zu dürfen, waren glückliche Spiegel.
Das zeigten sie gerne, auch um sich von anderen Möbeln die aus schlichtem Holz, gemacht waren zu deprimieren oder sich abzuheben.
Welche Tür, welcher Schrank kann von sich behaupten, dass jemand, sich in ihm wiedergefunden hat, wenn auch nur als Spiegelbild.
Svenney beglückwünschte den Spiegel innerlich für sein Glück, ihn den O´Shea einmal in seinem Rahmen komplett abbilden zu dürfen.
Sich selbst dafür das er doch so phantastisch aussähe, egal wie er aussieht, was er anhatte und wie verquollen und übernächtigt seine Augen ihm matt entgegenblinzelten. O Shea fand sich interessant und er verbrachte ein wenig Zeit damit, sich selbst zu betrachten.
 Es war ja früher Morgen und er hatte heute so viel vor, so stärkte er sich wie so oft, mit einem Selbststudium vor diesem Glas mit dieser hervorragenden Reflexion.

Bernadette in Rage

Schon am Nachmittag, dem späten der dem
normalen Nachmittag folgt und dieser, dem der
frühe Nachmittag voranging, riss sich Sweeney
von diesem wunderschönen Abbild los.
Weil es plötzlich laut klirrte und der Anblick
nicht mehr da war.
Der Spiegel war dem Druck eines Rundholzes, mit
dem man Nudelteig auswellte nicht gewachsen.
Und hat sich der allgemein deprimierenden
Stimmung, die von der Tür ausging und das Bett
erfasste, klirrend aber leicht seufzend in viele
kleine Spiegel verwandelt. Diese so stellte
Sweeney erst erfreut und dann völlig
selbstverständlich empfindend, alle nur ihn den
O´Shea abbildeten.
Den Anlass für ein fliegendes Nudelholz zeigten
sie nicht und so brauchte Sweeney eine Weile um
sich von seinem 1000fach widergespiegelten
Antlitz loszureißen und einmal um zu drehen.
Würde man diese Erzählung verfilmen, wird im
Drehbuch unter musikalischer Untermalung, der
Ritt der Walküren stehen. Weil das Thema und
die Tonfolge in seiner Dramatik annähernd in der
Lage ist zu beschreiben, was der arme Svenney da
zu sehen bekam.
Die folgenden Szenen müssten dann mit der
Tokkata intoniert, in Dauer und Heftigkeit
trotzdem Mühe haben, das zu untermalen, was
passiert.

Bernadette, die wallende Tobsucht, alles andere
als Svenney sich ein Wiedersehen mit ihr
gewünscht hatte wo er sie sich www. Wild –
willig- wohlgeformt, vorgestellt hatte, wild war Sie
und Mann kann eben nicht immer alles haben.

„Du Schuft, Hurenbock, Du läufiger, liederlicher,
widerlicher ekelhafter, Du Mistköter. Du Plattnase
Du Du, so ging das 4 Minuten, bis Bernadette
sagte Du hässli ..... .
„Das geht zu weit, meine Beste ich bin nicht
hässlich, ich hatte eine harte Nacht, der Tag heute
war äußerst angenehm und ich verbrachte ihn ...".

„Mit dieser Hure" unterbrach ihn Bernadette und
hob einen lädierten Seidenstrumpf, mit spitzen
Fingern, die einen Stock hielten, an dem der
Strumpf baumelte hoch.
„Ja, aber nein, aber Ja aber nein, das äääh war
toooooooootal anders, da war dieser Weg und dann
dieser Wagen und der war tooootaaaaal
umgefallen oder so. Der Kutscher boooh der war
soooo was von TOT, ich schwöre und dann war da
die Frau. Aber die hatte kaputte Knochen und die
waren alle in diesem Strumpf dadrin und dann
habe ich den abgezogen und, da war gar nix
dabei... ich habe die...".

>>Später im 21 Jahrhundert würde ein britisches
Comedyteam, für Sätze und Beschreibungen
dieser Art , als Little Britain bekannt in dem nur 2
Schauspieler alle 28 Rollen oder mehr oder
weniger spielen würden, von den Tantiemen, das,
was von England übrig war aufkaufen. Was ich gar

nicht verstehe, den ich fand das gar nicht so witzig.

... mitgenommen, stammelte O Shea.

Was war, passiert, warum ist die liebreizende Liebe des Sweeney O´Shea so garstig und zeterte in einer Art die ihr gut tat und gefiel. Svenney behagte es weniger, den der war überrascht.

Bernadette war in der Nacht angekommen, wollte ihren Liebsten überraschen, indem sie sich fein zurechtmachte, ihr bestes Kleid auszog und nichts an hatte, als das Licht Aus.
Sie vermisste ihren Tommi Buzzifuzzi itziwitzi killikilli und das könnt ich jetzt ewig so weiterschreiben. Die Ideen dazu kommen von meiner Frau, die redet so mit ihrem Kater Duud, was auf Thailändisch Arsch heißt und das kann jeder nachprüfen.
Der kleine Drecksskerl ist absolut einer, man muss schon aufpassen, wie man sein Haustier nennt.

Sollten irgendwelche Autoren Groupies jetzt enttäuscht diese Lektüre danieder legen, euer geneigter Erzähler ist ein Mann. Da braucht es nicht viel und ihr bekommt mich doch. Nicht über alles nur lachen, was hier so steht, sondern mal ernsthaft ein Fußkleid wählen, das in seiner Transparenz und seinem Glanz so einzig und artig ist, dessen 15 DEN Perlon oder Dederon mit jedem Satin Sheers konkurriert.

Den Rock etwas knapper wählen, statt Mini eine Popomanschette und schon köchelt meine Enthaltsamkeit und Treue auf Sparflamme.
Die passenden Schuhe, es müssen nicht unbedingt 12 cm, 10 reichen schon und mein Ehering gleitet in die Hosentasche.
Einen Dämpfer hätte ich dann, für diejenigen die ihre Kommode durchwühlen oder meine Kontaktdaten googeln. Wenn es sich beim Anziehen des hauzarten Nylons anhört, als würdet ihr eine Gitarrensaite stimmen und der Huf sich kaum in das Material, das recht nachgiebig ist, einbringen lässt. Oder ihr eine Netzstrumpfvariante wählt und die Szene dann in einer Metzgerei spielen könnte. Und zwar in der Auslage, wo die Rollbraten auf den Käufer warten und diesen alleine durch ihren Anblick betören.
Bei mir funktioniert das mit dem Reizen zwar, allerdings wird nur der Brechreiz gereizt.
Weswegen ich den Verkauf dieser Accesoirs nur auf bestimmte Frauengruppen und ich meine Frauengruppen beschränken würde.
Ich habe gar nichts gegen mollige Frauen, im Gegenteil, im Winter warm im Sommer Schatten, aber beim Gebrauch, des Materials, von dem der sympathische O Shea so angetan ist, ist Vorsicht geboten.

Bitte öffnet jetzt nicht leichtfertig die Chauvischublade, packt mich euren Erzähler empört und unter Beschimpfungen, samt diesem Buch in dieselbe.
Jeder hat seine Vorlieben und Abneigungen, ich bin nur ehrlich.

Ich kannte mal eine Kerstin, mollig war geschmeichelt, sie hatte solche Ausmaße, dass diese sie in den Tod brachten, nicht das Cholesterin oder das Fett, sondern es war ein Auto, das sie tötete. Als die Polizei den Fahrer fragte, warum er den nicht ausgewichen sei, antwortete dieser, Kommissar ich hatte nicht mehr genug im Tank, um außenrum zu fahren.

Zu Lebzeiten aber hatte Sie mal die volle Absicht, ein Polymer in Strumpfform so zu dehnen, indem sie diesen oben offenen nach unten geschlossenen Schlauch über ihre üppige Wade quälte.
Was schon beachtlich war, aber dann übers Knie zu einem gewaltigen Oberschenkel, da fällt sogar Wal Beobachtern, das Bier aus der Hand.

Das Geräusch war, wie das einer Gitarrensaite es wurde heller der Ton immer kürzer und dann ein Knall, wie ein Pistolenschuss!
Das Material gab auf, die Moleküle flogen durch den Raum, krümmten diesen, es war gigantisch. Materie und Antimaterie, fetzte durch das Zimmer, peitschte die Haut, durchdrang alles. Sämtliches war in Expansion begriffen, driftete vom Zentrum weg, das nicht das Epizentrum war, sondern das Kerstin hieß. Es war unbeschreiblich. Und deswegen lass ich es und widme mich wieder der Erzählung.

Bernadette war rollig, sie vermisste eben Knick Knack. So karrte Sie ihren doch recht üppigen Busen, den drallen Körper adrett verpackt, mit leichtem Gepäck.

Keine 10 sondern nur 9 Koffern und 4-5 Täschchen, 12 Beutelchen nach Limerick und fand die Herberge einfach, indem Sie fragte.
In Limerick kannte jeder jedermann und wer immer, neu ankam, den kannte man auch, meistens völlig falsch aber das lag am Dorftratsch.

Was dieser aus einer harmlosen Geschichte eben so machte, eine Mär die zu erzählen sich lohnte, wahr oder nicht, so funktionieren ja die Zeitungen.
Mit dem Butler kam Bernadette schnell überein, den der wollte Sie so gar nicht in das Zimmer lassen, da könnte ja jeder kommen.
Wenn aber ein jemand kommt, dazu eine 5 Pfund Note in der Hand, die dieser in des Butlers Hand gleiten ließ ...
Eigentlich hätte der Hausdiener lieber etwas anderes von der schönen Frau bekommen, einen Blick unter das Kleid z.B.
Ihm fiel zum Glück ein, das er für 5 Pfund weit mehr bei der feschen Lola erhalten könnte. Die sich schon für wenige Pence das Gebiss aus ihrem Mund tat, in ein Glas brachte und dann mit ihrem Maul ..., ab einem Schilling Brachen bei ihr Dämme. Wer rausbekommt wie viele Schillinge in 5 Pfund stecken, weiß was der Butler die nächsten Tage vorhatte.
Bernadette die nichts trug außer einem Lächeln, drapierte sich in die Linnen und wartete Wollüstig auf ihren Svenney. Ertappte ihre Finger dabei schon mal den Weg zu bereiten, sich in Stimmung zu versetzen, sich zu sagen, warum nur einen Finger, ich habe eine komplette

gottverdammte Hand. Sich diese dann, und das ganze unter Konvoluten Stößen vorantreibend, in den Bereich ihres Leibes zu rammen, der einzig dazu gedacht ist, einem Balg das Licht zur Welt zu schenken.
Und einmalig etwas kleinerem als einem Kind, Einlass zu gewähren. Damit das aus dem ein Blag erst gedeiht, in diese Leibeshöhle verbracht wird. Nach einem Wettlauf um Zeit und Tot, gegen Millionen an Konkurrenz zu gewinnen, sich mit der Eizelle verbindend zur Zygote, zum Lebewesen das alle Stadien der Evolution in nur 9 Monaten durcheilende Leben, dann ab und auszustoßen. Ich hätte den Vorgang der Geburt auch einfacher beschreiben können.
Ja Bernadette reichte nicht die bloße Stimulation ihrer Klitoris, um der Wogen Lust zu erfahren brauchte sie mehr und das tief, hart und ausfüllend.
Diesen Zweck erfüllte ihr die manuelle von Hand geführte Stimulation, bis zu dem Grade, den ihre Gelenkigkeit zuließ. Den die Natur hatte ihren Arm zu weit oben angebracht, an den Schultern, statt an den Hüften, wo sie wenigstens einer Ihre Arme jetzt lieber gehabt hätte.

Trotzdem gelang Bernadette, diese Art von nervlich sensibler Stimulation.

Rezeptoren, eigens von der Natur geschaffen, nicht von Gott, der sich damit ja gar nicht auskennt, werden stimuliert, Opiate wie sie in der

Tränenflüssigkeit vorhanden sind, sowie diverse Amphetamine zu mischen.
Diesen nennen wir es beim Namen, Drogencocktail und das ist das Verblüffende, das unser Körper jede Art von Droge selbst herstellen kann, außer Klebstoff, den man schnüffelt.
Diesen Cocktail effektiv an andere Rezeptoren leitet, die ebenfalls zu vibrieren beginnen, sich auf weitere Nerven, die im Alltag weniger sensibel reagieren weiterleitet.
Dann sogar ausführen, in Schwingung zu bringen, diese Reize zu exponieren, wieder zu transformieren, umzudeuten, vervielfältigen und nochmals extrahieren um erneut zu exponieren.
Was den Körper dann schüttelt, ihn beben lässt, fasse ich in einer Reizüberflutung zusammen.

Ausgelöst durch manipulative Stimulation der Vulva, Klitoris oder wie bei Bernadette, des Gesamten zur Verfügung stehenden Gebärapperates.

    Kurz und knapp, Bernadette war GEIL und sie hatte Ihren Orgasmus.

Während ihre Lenden Quell der Lust waren und Bäche einer unbekannten Flüssigkeit mit der Konsistenz einer fettarmen Salatsoße aus ihrem Schoß spritzten, war der Mythos des weiblichen Orgasmus manifestiert.
Es sollten dann weitere folgen, wie der ominöse G-Punkt, multiple Orgasmen, all so ein Scheiß, der im 21 Jahrhundert unzählige Männer impotent

machen würde. Weil Sie sich ob dieser Mythen unfähig sahen, dieses Wunschdenken der Frauen, die einzig und allein dem Gebären dienten und der Aufzucht der Leibesfrucht, zu erfüllen.

Bernadette die Mutter alles Fistens und Liebhaberin der Dehnung, zitterte stark nach und ihre Hand suchte eine Gelegenheit die Sauerei, wie sie es empfand, das ihr Innerstes in Strömen in die Linnen ergoss zu bändigen.
So fand Sie Svenney seinen Schatz, die hälfte, die mit dem Loch. Sie erschrak, als sie erkannte, was sie da in der Hand hielt, dass beben das in ihrem Herzen Qual entbrannte.
Schmerz, die Sorte Leiden, die quälender ist, als bei Lebendigen Leib, in ein Kanu gebettet zu werden.
 Ein weiteres Kanu, dem der Bug fehlte, über einen gestülpt wird, so das nur das Gesicht frei ist. Dann in der Sonne liegend, reichlich zu fressen, und trinken bekommt, wenn man dem Hunger entsagt gegen den eigenen Willen und dessen unausweichliche, undiskutierbare Folge ist, das man unter sich macht, sich einnässt und scheißt. Dies die Fliegen anlockt, die ihre Eier an einem ablegen, aus denen sich Maden bilden, die einen schließlich und endlich abnagen, bei lebendigem Leib, den diese Tortur dauert Wochen.
Genau wie die Eifersucht, die ich mit dieser kleinen Schilderung gerne einmal umrissen habe. Die bohrte in der Bernadette ins Herz und blieb dort, eine ganze weile, weil es ihr da gut gefiel.

Welchen Schmerz Bernadette empfinden würde, wenn sie wüsste, dass der 2te Teil des Schatzes bei Sweeney weilte. Das möchte ich mir hier gar nicht vorstellen, was dann passieren wird. Obwohl der Arme O'Shea, doch gar nichts gemacht hat, was dies Reaktion entfachen dürfte. Eine harmlose Liebhaberei, eine Schwärmerei für Dinge, Gegenstände ja auch wenn Sie auf weibliche Personen bezogen sind, von Transvestiten doch grausam zweckentfremdet werden. Was ist den dabei, wenn so ein zartes Material diese leichte erotische Liebe entfacht, es ist doch keine Untreue, ein kleines verlangen, ein Katalysator um Erregung zu fühlen, ein Fetisch halt.
Wer schon mal eine Furie erlebt hat, der weiß, was sich in der Kammer des O'Shea abspielte. Aber eine Giftnudel, die zuvor einen Orgasmus hatte, der einem intergalaktischen Dimensionssprung gleicht, was er ist, weswegen es sich erklärt das der weibliche Klimax eine Mär ist.
 Aber keine 100%ige, weil er ja manchmal stattfindet, aber niemals wirklich, da er sich im Dimensionssprung befindet, der Höhepunkt. Da man ja nur in eine Richtung gleichzeitig springen kann, wie sollte er, der Orgasmus zeitgleich hinein und wieder hinausspringen können?
Auch dem Argument, er könnte ja hineinspringen und im Anschluss wieder heraushüpfen kann ich nur entgegenhalten, wie soll er den umdrehen ?

Ein Orgasmus verhält sich Linear. Und zwar zu der Wahrscheinlichkeit, dass es ihn gibt, der Zeit

die er andauert und den widersprüchlichen Angaben, der Damen die Vorgeben einen gehabt zu haben. Nur um in amerikanischen Talkshows darüber ordinär anzugeben.
Linear so beschreibt es das Handbuch für den Fieselschweifling. Eine Pfadfindergruppe aus Entenhausen, als geradlinig, linienförmig und darin liegt die Essenz meines Widerspruchs. Linien, keine KURVE, wenn auch Formen, vor allem üppige an weiblichen Menschen durchaus geeignet sind, beim Mann einen Orgasmus zu produzieren.
Zumindest die Voraussetzung dafür zu liefern, da dieser man vorher ja geringstenfalls erigieren muss, was der Anblick von ausladenden Kurven doch stark begünstigt. Es sei den man steht auf dürre Dinger, die wenn Sie rauchen, aussehen, als würde eine Dachlatte brennen, sogenannte Models.

Im Gegensatz zum Mythos des weiblichen Orgasmus, gibt es den männlichen tatsächlich und in Wahrheit verbringt ein durchschnittlicher Mann, 7/10 seines Lebens mit dem Herbeiführen desselben.

Was auf unterschiedliche Weise sein vorhanden sein, mehr als füllt und der die restlichen 3/10 seines Lebens doch eher als sinnlos und vergeudet betrachtet.

Es sei den er nutzt diese Zeit für die Lektüre pornografischer Schriften oder Magazinen wie das Blatt mit dem Hasenlogo, weil dort immer so interessante Leserbriefe abgedruckt sind. Andernfalls wahre Geschichten sowie Börsentipps, wie man ja weiß.

Seid dem Internet, kann man die Bilder, die im 19 Jahrhundert laufen lernten, ja als Sammelsurium bei diversen Webseitenbetreibern online betrachten. Sogar downloaden und unterwegs auf dem Handy beurteilen.

Was aber beim Autofahren verboten ist, weil ja beide Hände ans Steuer gehören. Wenigstens eine davon, nur wenn der Kandidat da schon das Handy hält!
So lautet mein Dementi und es wird klar, ein Orgasmus kann nicht wieder aus dem Dimensionsprung zurück, er verbleibt dort und daher ist er nie passiert, obwohl er da war.
Statt sich darüber weiter zu streiten, wäre es sinnvoller, zu überlegen, und dann?
Was passiert mit dem Orgasmus in dieser anderen Dimension?
Zuerst einmal kommt er dort an, eben noch ein stöhnen, zittern keuchen, kribbeln und all diese verwirrenden Emotionen, den Drogencocktail das sich steigern und zwosch, alles weg. Da steht er dann blöd da, der Orgasmus und hätte er Augen würd er sich diese reiben.
Natürlich ist er da nicht alleine in irgendeiner kalten leeren Magnitude, nein er ist in der höchsten Dimension der Lust, was nicht sehr aufregend ist. Den außer ihm stehen da viele weitere Orgasmen, denen es genauso ergangen ist und die nicht so recht wissen wie es weitergehen soll.
Deswegen liebe Leser muss ich jedes Mal schmunzeln, wenn weniger begabte Autoren von Dimensionen der Lust faseln und sich dann in

einigen unappetitlichen Schilderungen erschöpfen.
Deren Inhalt meist Körpersäfte sind, die dahin gebracht werden, wo sie nichts zu suchen haben, außer natürlich der Samen des Mannes, der eben der Eizelle zugeführt wird, aus der dann neues Leben erwächst.
 Sogar das von solchen Autoren und anderen Halunken, weswegen die letzte Äußerung, mit dem Samen, der bei der Eizelle richtig platziert ist, nochmal von mir überdacht wird.
Da ist die wahre Dimension der Lust, in der sich wahrhaftige Orgasmen wahnsinnig langweilen und so gar nichts mit sich anzufangen wissen.
Außer zu versuchen irgendwie gescheit auszusehen, was mangels eines Gesichtes, von dem man eine Mimik ablesen kann, unmöglich ist.
Das Blöde ist ja, dass nur weibliche Orgasmen dort in dieser Magnitude der Lust sind, wenn ein Höhepunkt schon beim betreten der Dimension der Spaß vergangen ist, hat er spätestens hier so gar keine Lust mehr.
 Es sei den er ist ein lesbischer weiblicher Orgasmus, wo aber das Problem auftaucht, das er den anderen Orgasmen, nicht ansieht, welcher ebenso orientiert ist wie er selbst.
 Da Klimaxe keine Holzfällerhemden und Springerstiefel tragen, wie im Leben auf Erden ein Lesbe es tut.
Zwanglos in einer Dimension zu verbringen, macht am Anfang so gar keinen Spaß und später lässt dieser merklich nach, bevor er dann so überhaupt keinen Spaß mehr bringt.

Langeweile bestimmt die Zeit, die dort vergeht.
Niedergeschlagenheit und Depressionen sind an der Tagesordnung.
Wie schön wäre ein Kabelanschluss. Von dem aus die Orgasmen dann jene Talkshows sehen könnten, wo irgendwelche arbeitslosen Schlampen, ihre Mutter die angeblich beste Freundin vor laufender Kamera beleidigen. Andere Studiogäste schlagen treten, die ungepflegten Haare rausreißen, ihre hängenden, hässlichen Oberweiten ungefragt zu zeigen und danach über ihren Orgasmus berichten.
Sicher hat der eine oder andere Höhepunkt Heimweh nach seinem Körper, wo er entstand. Bestimmt gäbe es Rührung in der Dimension der Lust, wenn ein Orgasmus seinen Wirt wieder erkennt und hört wie blumig und ausführlich über ihn geredet wird.
Aber auch Eifersucht, wenn das asoziale dumme Ding dann über weitere Orgasmen und sogar multiple, den Gang Bang unter den Höhepunkten, sinnlos in ein Mikrophon brabbelt. Meistens noch in einem Dialekt irgendeiner Hillebille Sekte oder einem Redneck Jargon, dem man schon anhört, dass das Wort IQ mehr Buchstaben hat, als der Wert, den dieser IQ, für diese Person anzeigen wird.
So war es gewesen mit Bernadette, aus einer Überraschung für den Geliebten, folgte ein Desaster.
Aber eins aus Liebe, gekränkter Eitelkeit. Ein Drama mit Eifersucht und allem, was einen schwindligen Liebesromanschreiber, den Stoff für

die Art von Roman bringt, dessen Tantiemen für
die Flasche Bier zum Abendbrot reicht.
Mit Zorn im Herzen und einem beachtlich
stechenden Genitalbereich, den vor der Kunde
bösen Schmerzes, wallte schöne Drangsal in
ihrem Schoss und die Faust, die sie dort drin
ballte, entließ so manchen Schrei, der dann
wider-hallte.
Bernadette lief ein wenig breitbeinig, die Treppe
hinab und an dem Butler vorbei, auf die Straße.
Dann wieder zurück, drückte dem Portier, was
dem Beruf besser beschreibt als Butler, den Schatz
in die Hand. Dazu ein paar Unflätigkeiten, die
dieser dem Svenney bei seiner Wiedereinkehr, an
den Kopf werfen sollte, legte ihr Haupt in den
Nacken und entschwand erneut.
Was Bernadette dann tat, wohin Sie ging und was,
da sonst war, bevor sie den Sweeney zur Rede
stellte. Indem Sie sein Zimmer zertrümmerte und
ihm mit dem Vokabular einer spanischen
Hafennutte belegte, geht uns nichts an und man
sollte aus Rücksicht, über ihr gekränktes Ego und
im Zustand im Allgemeinen, auf eine Erzählung
alleine schon aus Respekt verzichten.
    Drauf geschissen.
Bernadette verlies die Herberge wie eine Furie.
Aber halb so schnell, etwas breitspurig,
geschuldet ihrer Fingerfertigkeiten und weil Sie
vergaß, ihre Ringe vorher abzulegen, bevor sie
eintauchten in dieses Butterfass der Lust um ihr
wohltuendes Werk zu verrichten.

Ashton der Kutscher

Wohin geht eine Lady von edlem Geblüt, mit ihren nur 9 Koffern, etlichen Taschen und einiges an Beuteln?
 Zuerst zur Kutsche zurück, den zum Glück hatte Sie gleich erkannt, der Raum, den Sweeney für die Nächte nutzte, war zu klein, für eine Dame ihres Standes, für jedes andere war er gut.
Außerdem konnte Sie ihren Hass auf alles Männliche an Ihrem Kutscher auslassen. Ein ganzer Kerl Ausgangs 20, der nicht nur mit dem 7-Ender gut peitschen konnte, sondern eine Fleischpeitsche erster Qualität sein eigen nannte. Dessen Dimensionen anfangs als Sie ein junges Mädchen war, nur ahnen konnte, den Ashton so hieß der Kutscher, spielte als Bengel gerne, beim Abschlagen des Urins, das alte War-Battlespiel, Fliegenabschießen.
Bernadette schaute oft und fasziniert zu und ein ziehen im Unterleib verriet ihr, dass wenn sie zu lange zusah, ihr ebenso ein Monster wachsen würde.
Weil sie das nicht wollte, sondern mit ihrer Ausstattung recht zufrieden war und gar nicht gewusst hätte, wie sie die monatliche Blutung bei so einem Ding in den Griff bekommen würde. Da war ihre Mimmi, wie sie den Schlitz zwischen ihren Beinen nannte, pflegeleichter, zumindest war sie es so gewohnt.
Im Verlaufe der Pubertät beobachte Sie den jungen Ashton oft, bei den Pferden, und an der

Kutsche, die er zu reinigen und reparieren hatte, den sein Vater war der Kutscher, der Familie.
Ein rauer, harter und alter Man, der gerne für den geringsten Anlass die Ohren seines Sohnes Ashton langzog und tätschelte, was dann Tränen der Freude oder Rührung, die Wangen seines Sohnes Hinabtrieb.
Natürlich konnte sich Bernadette nicht mit dem jungen Ashton anfreunden, nicht einmal zusammen zur Schule gehen. Eigentlich durfte sie ihn nicht mal ansehen, die Standesunterschiede waren zu groß, dabei stand es bei Ashton doch immer so mächtig und beulte seine Hose.
Einmal, es war ein sommerlicher schöner Tag und der Sonne war eine Freude zu scheinen und den kleinen Ort hinter der Mauer einer Kirche zu beleuchten.
Dort wo unter einer Eiche sitzend, so manche Eichel in der Sonne glänzte, ein Sommergewitter frisch abgezogen bescherte diese Pracht.
Die Mauer war alt und hatte sich aufgegeben, so lies sie Mörtel und den einen oder Stein einfach los.
Durch eines der entstandenen Lücken schaute die junge Bernadette auf all diese Eicheln, aber besonders auf eine. Rosa, zart und doch so mächtig.
Ein Tautropfen sich aus der Spitze windend, eine mächtige Hand die es nicht vermochte den Schaft zu umschließen, monoton und rhythmisch aber erbarmungslos, auf und nieder und auf und wieder.
Bernadette wie in Trance, gebannt fixiert auf das armselige treiben, den durchaus war der Arm mit

der beschäftigten Hand verbunden, was man auf den zweiten Blick sah.
Die Auf und Ab Bewegung gingen so rasant, das man die Details, der Mechanik die sich diesem Bugatti der Geschlechtsteile, bemächtigt hatten, nicht sofort wahrnahm.
Was deutlich der Wahrnehmung unterlag, war ein hochroter Kopf, schwitzend, die Augen fast zu Äpfeln mutiert, die geädert aus den Höhlen traten. Die Sehnen am Hals wie Bootsstaue so dick und hervorgetreten, Schnappatmung, bis auf das Gerät, das die Hand manipulativ so würgte, ein Bild des Jammers.
Bernadette beschloss für einen Augenblick, Männer eklig zu finden, sie zu verachten und niemals mehr einem die Hand zu geben.
Aber dieser Pfahl, an dem die Pranke sich wund rieb, dieser Dorn wie Stahl, geschmiedet in einem Drachenfeuer, mit diesem Phall sinnierte Bernadette, könnte jeder Bauer, einen gefrorenen Acker pflügen.
Sie ertappte sich bei der Vorstellung, was Sie alles mit diesem Ding anstellen könnte. Was ihr aber nicht so recht gelang.
Sexualkunde Unterricht gab es an der Heather High, einem privaten Mädchen Pensionat ebenso wenig, wie visuelle Möglichkeit so etwas je zu sehen, was sie da sah.
Den Stängel von Morth, dem Englischlehrer oder Hudson der Sport unterrichtete und Bernadette immer so komisch anfasste, wenn Sie auf dem Balken turnte, er nannte es Hilfestellung. Dabei brauchte Bernadette keine und schon gar nicht

zwischen Ihren Beinen, wollte Sie sich gar nicht vorstellen.
Trotzdem sie konnte nicht mehr wegsehen und deswegen lies es und sah stattdessen hin. Doch, was war das, was hatte der Mastrubant da in der Hand, das er ansah und abwechselnd an sein Gesicht hielt, die Augen rollte, wieder ab lies und es sich betrachtete, ein Tuch? Einen Stoff?
Bernadette pirschte lautlos an der Mauer entlang auf der Suche nach einem neuerlichen Spalt, einem der näher am Geschehen, mehr zeigte, als das, was ihr von dem anderen Platze aus schon so gefiel.
Suchet, so findet ihr, der Spruch hatte Wahrheit in sich und das neugierige Mädchen fand eine Stelle. Vorsichtig linste sie durch den Spalt und erschrak erfreut, als sie sah, dass der Blick grandios war.
Das Objekt ihrer Begierde füllte nahezu den ganzen Frame aus, welche der Spalt bildete und auch die andere Hand konnte sie jetzt besser sehen. Wie ein Stößel in einem Impuls ging es auf und ab und die unteren Regionen meldeten Bernadette, das ihr diese Bewegung gefallen würde. Außerdem das ihre Anatomie das absolute Gegenteil, das negativ quasi zu dem Ding ist, das da so mächtig aus Ashtons Hose stand.
Was war das nur in seiner Hand, dass er so intensiv betrachtete, dieser Gedanke ging ihr mehr nach, als der Impuls, der eine Frage formulieren müsste. Wie, was zum Teufel macht der Kerl da eigentlich, sie war zu fasziniert von jenem Anblick.

Egal, was er da tat, sie wünschte, er würde dies mit ihr zu tun. Verwarf den Gedanken wieder, weil sie nicht sicher war, ob es ihr gefallen würde, wenn er sie am Hals fasst und diesen dann hoch und runter …

…. „MEINE UNTERHOSE", brach es aus ihr raus, das versiffte Ding da ist meine Unterwäsche, der ääärgh schnüffelt an dem Ding und dann …? Angewidert zuckte sie zurück, sämtliche Erregung, welche in ihr Gebein gefahren war, fuhr wieder aus.

Da saß er, auf dem Kutschbock wartend auf seine Herrin, die sich ihm sogleich zuwandte und aufs Übelste beschimpfte. „Männer sind alles Schweine" lautete der Arbeitstitel des Essay´s, welches sie mit unflätigen Worten aus der Gossensprache schmückte und über den Kutscher, wie ein Gewitter einbrechen lies.
Sie schwang sich auf den Tritt des schweren Fuhrwerks, öffnete die Tür und herrschte den Ashton an, das es ja seine Aufgabe wäre und er nicht mal seine Arbeit könne und er sofort abfahren soll.
„Wohin?" Wagte Ashton, zaghaft zu fragen, doch der schweigende Zorn aus dem inneren des Wagens, lies ihn, losfahren. So fuhren sie und immer weiter und am besten wäre es gewesen, Bernadette währ umgekehrt in ihr Zuhause. Doch sie war unschlüssig und zornig und die Erinnerung an den jungen Ashton, der ihr Höschen beschnüffelte, widerte Sie an. Sie wiederholte den Entschluss von einst, nie mehr einem Mann die Hand zu geben, ja nicht mal zu

berühren. Es sei den um Ihre gerechte Wut an einem auszutoben und während sie das sich dann so vorstellte, wies sie den Kutscher an das Fuhrwerk anzuhalten.

Sie waren schon 2 Meilen außerhalb Limericks. Der Nacht, in deren Mitte sie sich befanden, ging es gut.
Nur Bernadette blieb in einer Stimmung, die als positiv zu bezeichnen, ein Fehler wäre.
Sie schluchzte und gab sich der Wehmut hin, Ashton hörte seine Gebieterin im Innersten und es zerriss sein Herz. Wenn auch seine Herrin in bis vor wenigen Minuten permanent und aufs übelste beleidigte und beschimpfte. Was ihm aber außerordentlich gefiel und das schon seit er als junger Knabe einmal, an einem schönen Sommertag an sich selbst Experimente vornahm und feststellte, dass ihn der Duft, weiblicher Sekrete, in Stoff gespeichert anregte.
Dummerweise wurde ihm sofort, nachdem er dieser Information über seine eigenen Vorlieben kund wurde, das Corpus Delicti von einer außer sich und rasenden Person entrissen. In Gestalt der kleinen Bernadette, die er so innig begehrte und liebte und in seinen, vor Staunen offenen Mund gestopft, was ihm besser gefiel, als die Information, die noch so jung war.

    Der junge Ashton genierte sich kaum, vor dem jungen Mädchen. So entblößt zu sein, zu sehr war er in ihrem Bann. Der blanke Hass und Ekel in Ihren Augen, die Abscheu die sie ihm gegenüber empfand und ihre harten Worte, die ihn erniedrigen sollten.

Ihn die Sau, den unwürdigen Sohn einer Hure. Woher die Kleine seine Mutter kannte, war ihm schleierhaft, den er kannte sie selbst kaum. Schon früh verließ sie Ashton und den rabiaten Vater, ihn den Schmock, den Schleim an Ihren Schuhen, den Auswurf und was diese schöne Person noch so hasserfüllt aus ihren wunderschönen Lippen pressten, machten ihn GEIL.
Ashton auf seinem Kutschbock, wenige Meilen vor Limerick, fragte zaghaft .
„Mylady, …. Mylady was kann ich für Sie tun?"
Stille störte die Nacht unnachgiebig.
„ Mylady geht es euch gut" fragte er in die Kastanienbäume, die am Wegesrand standen, und bekam stattdessen von Bernadette eine Antwort,
„Komm her Du Wurm, Du Kretin Du stofflutschender xxxxx die folgenden Ausdrücke sind nicht nur einer Lady mehr als unwürdig, auch wäre der Lektor angetan diese zu entfernen und so spare ich diese Mühe und tue es selbst.
„Komm, Du Ausbund der Abartigkeit, hier zu mir rein".
Ashton der Kutscher tat es, der Beschimpfungen zum Trotz oder vor allem wegen diesen, erklomm er den hinteren Teil des Fuhrwerks und schwang sich durch das geöffnete Seitenfenster der Kutsche. Genau gegenüber seiner Herrin und angebeteten und ihm gefiel, was er sah.
Der Reifrock war gerefft, wie die Gaffel eines Schoners und Schenkel weiß wie Schneeglöckchen forderten auf, zwischen ihnen auf die Knie zu sinken, was Ashton einer inneren Eingebung sofort tat.

Bernadette knetete etwas in ihren Händen, „schau genau her Du Bock, madiger" und spreizte leicht auf, das weiße Fleisch schob sich beiseite und ein dorniger Busch, hoffentlich saß Sie nicht auf einem Igel, ging es ihm durch die matte Birne, blitzte auf und verriet, dass ihr Schoß bar war. Das mit dem Mecki hatte Ashton gleich wieder verworfen.

„Nimm das Du Made" sprach Sie und stopfte ein Textil in den Mund des Unseligen, „das ist es, doch was Du willst, armseliger Wicht."

Während Ashton nicht wusste, ob ihn der Anblick des Busches und der weißen Schenkel anregte.

Der salzig, bitter Süße Geschmack der Köstlichkeit in seinem Mund, das Blut aus dem Kopfe direkt in seine beiden Hirnhälften zwischen den Beinen, die in etwas die 6-fache Kapazität, dessen in seinem Kopfe hatte, pumpte.

„Du Dreck, elender", Ashton vernahm es und wusste es, die Kosenamen, die seine Herrin ihm gaben, bauten den Druck auf, der seine doch recht weite und bequeme Kutscherhose zu sprengen drohte.

Unser Herrgott Gnade kennt ER. Die Bernadette nicht, sie stieß den Kutscher, den Sie jetzt zu ihrem persönlichen Gebrauchsgegenstand machte einfach um.

Dieser lag auf dem Rücken, Gesicht nach oben und Bernadette, setze sich auf sein Antlitz, es gab ein Geräusch, wie es entsteht, wenn ein Pferd ein Stück Zucker aus der flachen Hand lutscht.

Mit ihrem ganzen Gewicht, das nicht viel hermachte, den Bernadette war zierlich und grazil, trotz üppiger Formen und ihren wie für dieses Spiel des Facesitting gemachten Schenkeln, presste sie ihren Leib auf den dummen, blutleeren Kopf. Dann begann die Schlittenfahrt, wie sie es nannte, indem sie vor und zurückrutschte.
Der Zinken des Ashton war gewaltig, den der alte Spruch, den ihre Tante Kassandra immer zu sagen pflegte, an Nase eines Mannes erkennt man den Johannes. Auch wenn die wenigsten Burschen ihr gutes Stück so nannten, traf es auf den Kutscher zu. Zudem war die Nase knorrig irgendwie Kartoffelig, was dem Gesichtsausdruck abträglich, dem Lustgewinn aber zuträglich war und so wechselte das vor und zurück in ein auf und ab,..... und immer wieder auf und nieder.
Das und mehr, passierte in der Nacht, in der Sweeney erkannte das der Gorg-O-n Zolla und aufrecht gehen nicht zusammenpasste.
Es wäre jetzt absolut unfein, euch der hofierten Leserschaft, diese abartigen Sauereien weiter zu erzählen. Den um nichts möchte ich das zarte und reine Geschöpf der Bernadette so darstellen. Um Ashton muss man sich weniger sorgen, als Kutscher und Faktotum der Lady B. Hat er nichts zu verlieren.
Sollte diese Erzählung je verfilmt werden, bedeutet das für mindestens einen Pornodarsteller, einen Karrieresprung, ja der Ashton der Kutscher, man wird sehen.

Svenney und Bernadette

Was ich hier erzählt habe, war alles nur
Rückblende in die Vergangenheit.
Sie hat mit der wahren Geschichte des Sweeney,
der Bernadette und der Schatzsuche, so gar nichts
zu tun.
 Und so bilden wir uns alle jetzt einen sanften
Geigenton ein, der das Überblenden in die
Gegenwart des 17 Jahrhunderts symbolisiert.
Wir sehen einen Sweeney, der sich eben noch
1000fachen Spiegelbildern seiner selbst erfreute.
Nachdem er etwas Zeit mit dem Studium eines
einzelnen, dafür lebensgroßen Abbildes
verbrachte und annehmen musste, das der
restliche Tag nicht so angenehm verlaufen würde,
wie zuvor.
„Es ist doch gar nichts dabei",wiederholte
Sweeney und setzte sein gewinnendes Lächeln
auf, das er mal von einem Pferd abgeschaut hatte,
das er gut leiden mochte.

„Nichts dabei, nichts dabei" äffte Bernadette
den so vermissten nach, der Ihr Herz in 100 stücke
gerissen, darauf herumgetrampelt war, die Fetzen
ihrer Liebe schändete und immer und wieder in
ihr Herz stach, nach.

„Welchem Weib hast Du diese stinkende,
dreckige und billige Beinhülle den vom Leib
gepolkt, hat sie es Dir wenigstens gut besorgt"?

Während O´Shea nachdachte, was seine schöne Geliebte da meinte und vor allem wen, fiel sein Blick auf eine Waschschüssel.

Dann auf einen Krug mit Wasser auf dem Sideboard oder Waschtisch und ein wunderschönes Bild, das ihn sofort faszinierte.

Und welches das Gezeter in seinem Hintergrund mehr und mehr ausblendete, bis er nur ein Huhn leise gackern hörte, das seinen Namen immer und wieder, wiederholte.
Er sah sich, in dem Spiegelbild, das der kleine Rahmen so glänzend und rein zu ihm trug und ihn erinnerte, das er die Morgentoilette nicht vollzogen hatte.
So durchmaß er den Raum, den Blick auf sein schönes Profil geheftet, Bernadette komplett ignorierend, schaute ihn der Spiegel kalt, aber bewundernd an.
„Rasieren, ich muss mich stutzen" sagte er mehr zu sich und ihm entgingt, wie Bernadette gekränkt fluchte, um dann sich selbst zu fragen, Was barbieren, ist das alles, woran der Kerl jetzt denken kann?
Natürlich nicht, imaginierte es in O Shea automatisch weiter, ein wenig betrachten und an meinem Anblick freuen, wäre gerade mein Wunsch, ich sehe mich, ja seid langem zu ersten mal wieder. Die last der schweren Zeit, die er auf der Reise war, fiel mit einem Mal von ihm ab.
So öffnete er sein Wams, knöpfte das Hemd auf, warf beides gekonnt über die Lehne eines Stuhles.
Der seufzend aber willig, dass alles mit sich geschehen lies, und war froh, das er nicht dazu missbraucht wurde, dem Svenney, von seiner

Liebe, über den Schädel gedroschen zu werden,
bis er barst.
Mit Sicherheit war Svenney darüber am meisten
froh, doch zur Zeit interessierte er sich mehr für
sein Spiegelbild, den er galt, sich frisch zu machen
und zu rasieren.
Bernadette war außer sich.

Sie die am Herzschmerz fast Zerbrochene, die nur
überleben konnte, da sie den Kutscher in ihrer
Not hatte. Das nach tagelanger Fahrt und nachts,
hier in Limerick nichts anderes wollte als Ihren
Geliebten überraschen und sich selbst ebenso,
stand machtlos und nahezu ohnmächtig vis a vis.

Ihr Zorn verrauchte, völlig ignoriert und ihre
unerwiderte Wut stagnierte, weil ein Streit so gar
keine Freude vermittelte, wenn man alleine, sich
einem solchen hingab.
Zu einem richtigen Disput gehört Lärm, dass
bersten von allerlei und garstige Worte, die man
dem anderen gekränkt an den Kopf warf.
Aber ihr liebster stand nur vor einem Spiegel und
begann sich, Seife im Gesicht zu verteilen. Anstatt
sie zu beschwichtigen, zu winseln, zu betteln, auf
Knien ihr verzeihen zu erflehen oder wenigstens
zurück zu blaffen, was ihr gefallen könnte, dachte
sie weiter.
 So stand sie da und beobachte den O´Shea,
der versunken fortfuhr, sich zu rasieren.
Alles hat mal ein Ende, sogar die intensivste
Rasur, Sweeney war gezwungen sich von seinem
Ebenbild zu trennen.

Nicht weil er sich endlich losreißen konnte, oder der Rasierschaum schon trocknete und klebte, sondern durch Bernadette, die der Geduld abschwor und den Spiegel abnahm und in ihr Gepäck legte, womit Sie die nachweislich die erste Hoteldiebin wurde.
„Bernadette, meine Liebe, ich hätt euch ein Bild von mir, schön gerahmt geben können, ohne mich der das Konterfei wirft, ist dieser Spiegel doch für euch wertlos, sehet her und nehmt".
Bernadette staunte nicht schlecht, als Sweeney sein Gepäck öffnete und man sehen konnte, aus was es bestand, zig Rahmen, mit Bildnissen des eingebildeten Affen.
„Such Dir eins aus, Holde, hier das mit dem Pferd, hier ich in dem lichten Wald oder das liebste, ich und mein Spiegel. Schau mal, wie mich mein Ebenbild aus dem Spiegel anschaut"! Der Satz wurde unterbrochen, ein Bersten und Klirren, Geschrei, zettern was ein Tohuwabohu, als Bernadette die Porträts ihres Geliebten, an dessen Hinterkopf und manche an der Stirn, vom Rahmen teilweise unter Glas befreite.

Der „spanische" Lektor

An dieser Stelle muss ich kurz unterbrechen, den weit entfernt und doch so nahe, da jedes Teilchen, Atom, Neuron und das, was wie ein Nachtisch klingt, Quark oder so heißt das, gleichzeitig an jedem Ort weilt.
 Nämlich in der Tischplatte des Schreibtisches vom Lektor. Alles ist immer hier und zeitgleich dort und wieder wo anders. In etwa so funktioniert das Reisen mit interstellaren Raumschiffen, allerdings komplizierter, was ich später einmal gerne ausführen werde.
Weit entfernt, so hatte ich begonnen um zu erklären das gleichzeitig so nah, wurde ein Glasballon mit einer exquisiten Flüssigkeit, über einer Kerze dekantiert.
 Was etwa so funktioniert, dass sobald Satz, Kane oder Unreinheit, in der brillanten Flüssigkeit die in diesem Ballon reifte, den Hals des Gefäßes passierte, die Kippbewegung negativ ausgeführt wurde. Und der Muust und Kruust, wieder in den Ballon zurück schwappte, so das im Glase, der Karaffe nur erlesenes einfloss.
Wir stellen uns mal vor, ein Glas schwersten Kristalls, geschliffen wie ein Rubin.
 Indem sich aller Lichtschein bricht und an deren Kanten jedes Licht das weiß einfällt, sogar das der Sonne, sich aufspaltend in Spektralfarben.
Das Gleißen und spektrumilieren, das sich brechen und eine Flüssigkeit wie geschmolzenes

Gold, mit einer Oberfläche wie rohe Seide, die sich von diesen edlen Nass wie ein Horizont abhebt.
Und jetzt, vergessen wir das Ganze wieder. Aus dem Ballon floss eine etwas ölige Bernsteinfarbene, dem Ambrosia nachempfundene Flüssigkeit, in ein pfälzisches Weinglas, dem Piff.
„Gut dem Dinge, es fehlt nur der Theriak, dann wird es perfekt" in dem Römerglas brach sich ein strenger Blick, schwarzes Auge umrandet und vom Brillenglas und dem Weinglas doppelt verzerrt, des Lektors.
Ich dachte, ich müsste an dieser Stelle, der Bedeutung des Lektors halber, ein wenig Glamour und Dramatik in den Augenblick, einer so profanen Tätigkeit wie das Dekantieren bringen. Ein Pfälzer Piff und eine ölige Plörre, empfand ich als nicht standesgemäß, möchte aber den geneigten Leser nicht irreführen.
In diese Flüssigkeit träufelte der Lektor einen dunklen Extrakt, welcher er aus einer Phiole, die aus reinem Sterlingsilber bestand, mit einer Pipette aufzog.
Sofort wurde der Piff wichtig, der Extrakt löste sich nicht sofort und verband sich, es gab sich drehende Schlieren, die dunkel und dann schwarz wurden. Die ankämpfend gegen das Bernstein, sich verdrehend wie Zirrus Wolken, immer dichter werdend und dann, wurde die Flüssigkeit schwarz, aber so tiefschwarz, dass die Budapester

U Bahn bei Stromtotalausfall, wie ein Sonnenaufgang um Mitternacht wirkte.

„Fertig, er ist gelungen, der schwere Tropfen ist absolut perfekt", zufrieden senkte er das Glas auf den weißen Marmortisch, der sofort begann, sich zu verdunkeln, sämtliches Weiß wurde aus dem Stein in das Glas gezogen.
Schwerer Trunk und was der Lektor da so frohlockte, stimmte auch, den ein einziger Tropfen dieses edlen Likörs, wog 200 Mal mehr als die Mächtigkeit aller Teilmengen, der Sonnengewichte der 2000 bekanntesten Sonnensysteme in diesem Quadranten. R Welle 2 hoch N, wobei N die Potenzwelle von 2 bezeichnet, bemerkenswert deswegen, weil das sauschwer ist, um es etwas zu vereinfachen, um das Gewicht deutlich zu machen, den wer hatte schon 2000 Sonnen, auf der Waage?

Gut, Frooms vom Kontinuum, dessen Aufgabe wie ja jeder weiß ist, die Balance in den Konstellationen unter den Systemen zu wahren. Weshalb das wiegen, Hauptbestandteil seiner Bemühungen war.
 Um Masse, exakte Geschwindigkeiten und Rotationen und Spins und lauter weiterem Kram, Planeten und Sonnen genaustens auf zu wiegen.

Man könnte ihm ja freundlich eine Mail schicken und dann, wenn er Lust hat zu antworten, genau im Bilde versetzt zu sein, wie schwer 2000 Sonnen, zumindest die bekanntesten, den so sind!

Ein Höllischer Tropfen und das freudig geweitete Auge des Lektors, entsprach seiner Vorfreude.
 Denn eines tat der Manuskriptprüfer lieber, als zu lektorieren und die Geschicke von Erzählungen, Dichtungen und Kunst völlig zu verändern oder gar auszutilgen.
 Nämlich sich zu delektieren. Was nicht unbedingt fester kulinarischer Genüsse bedurfte, sondern lieber flüssig, dafür hochprozentig sein musste.

Während sein Auge prüfend auf der öligen Oberfläche des Kuur-O wanderte, so ist der Name des wundervollen Destillats. Und allein sein Blick, Wellen als würde er, über diesen schwarzen See gehen warf, wurden diese Wogen vom Glasrand reflektiert und zurück zur Mitte des Gefäßes geschickt. Wo sie sich trafen, aufbrachen und sich auftürmten, wie ein Sturm es mit der See vermag, und bildeten eine Wand, auf der sich sogleich ein Sub-O-transform Message ankündigte, die der Lektor sich betrachtete.
Sub-O Wellen, sind technisch gesehen nicht einfach zu beschreiben. Eigentlich sind es Linien, aber wie linearen von einem Kind gezeichnet, dass kein Lineal hat, eher kaum geraden mehr aber Krummen gibt es nur in der Erdkruste, reiten wir jetzt nicht darauf herum.
Die Graden, die keine Krummen sind, aber lange nicht gerade, unterliegen keinem Sinus, es sind völlig instabile Wellen, die sich ständig selbst stabilisieren müssen und am Ende so stabil sind, das sie gar nicht mehr geglättet werden können.

Das Pikante und interessante, diese Sub-O Wellen werden tatsächlich von Kindern gezeichnet.
 Und zwar in allen Kindergärten der Welten, ob auf Ziisenick 9, der Erde und Braa dem Planeten der Bender der Bieger oder Zurguus K z.B.
Wie genau das Vernetzen funktioniert weiß ich nicht zu beschreiben, nur das in Braa und „Bendischen" Lehrbüchern davor gewarnt wird, zu versuchen die Funktionsweise dieser Sub-O Wellen zu verstehen.

Interessant ist aber, das wenn sämtliche Kinder in allen Welten zur selben Zeit aufhören würden, diese Linien zu zeichnen, alle übertragene Daten, auf der Grundlage von Linien die nicht gerade sind, beim Empfänger als REAL manifestieren oder materialisieren würden.

Aber im normalen Kindertagestättenbetrieb, eben nur sekundär auf wiedergabefähiges Material als eine Art Hologramm projiziert wird.
Wie in dem Piff des Lektors mit dem Gewicht von 20 000 Tropfen mal 2000 Sonnen, was beachtlich schwer ist und selbst der Lektor Mühe hat, das Glas mit einiger Würde zu schwenken ohne das es unbeholfen aussieht.
Der Lektor, blinzelte kurz über den Glasrand und damit war die Übertragung offen. Was bedeutet, dass ein Life Sub-O Stream generiert und gleichzeitig wiedergegeben wurde.
Es war nicht erbaulich, was in der Übertragung zu Tage kam. Sah der Lektor doch einen sich selbst bewundernden Schnösel, der sich in einem

Spiegel selbst anstarrte und vorhatte eine Rasur vorzunehmen.
„Madre Mia, veta a freir esparragos" (geh Spargel braten) im Spanischen eine höfliche Aufforderung, sich zu verpissen, und das schnell.
„Que te folle un pez" fauchte der Lektor.
 Was in etwas bedeutet ich hoffe, Du wirst von einem Fisch gefickt, das Wort ficken gebraucht man normalerweise nicht im Zusammenhang mit Fischen, wurde hier aber getan.
Der Lektor war aufgebracht, den Sweeney da lümmeln zu sehen. Er wähnte er ihn schon kurz vor den Toren der Hurenfestung, Dun Bleisce Doon .
„Es mas feo que"...
Der Rest wurde nicht übertragen, aber der Anfang meint in etwa, er ist hässlicher als.... wie gesagt der Teil fehlt, sicher vorauseilend zensiert, und das mochte der Lektor gerne, zensieren.
„Tocapelotas"
 ... grob als jemand, der sich an die Hoden fasst, aber eine Nervensäge ist, gemeint.
Warum der Lektor plötzlich auf Spanisch fluchend, in seinen Drink starrte, erklärt sich aus einigen Bestandteilen, des Inhaltes der ominösen Phiole.
Deren Tropfen im Bernstein Gebräu diese Färbung erzeugt, andalusische Stierhoden, Pelotas und die schwarze Traube, eines QuiXotte aus La Mancha.
Gekeltert zwischen 2 tektonischen Platten. Weil nur diese den nötigen Druck aufbringen, dieser dunkelsüßen Traube, ein Müüh an Saft abzupressen.

Eine weitere Ingredienz, kommt von Rosinante
einem ehemaligen Ross, eines einstigen Ritters,
der kurz und geistig nicht auf der Höhe weilte.
Was der Menschheit aber den Begriff Kampf
gegen Windmühlen bescherte.

Bei so viel Dulcinea in einem einzigen Tropfen,
kann die Interferenz Trans-O-lation nur in
Spanisch stattfinden oder lag es eher daran, das
der Lektor lange auf großem Fuße über eine
kastilische Insel herrschte.
„Mierda, …. joder" ein Fäkalausdruck der Spanier
das sich nur besser anhört als das deutsche
Scheiße, aber genau das meint! Und ein
verdammt vorausschickt, entfuhr dem Lektor.
„I Vaca ignorante, Imbecil, el cabron, hijo die
Puta", …
Rundeten das Vokabular des Zensors erheblich ab
und das verächtlich gezischte culo … bezeichnete
keine freundliche Meinung, die er sich über den
Sweeney soeben gebildet hatte.

Svenny und Bernadette oh oh
Lektor

Zurück zum O Shea und der Bernadette, genau .
Während der Svenney die Klinge auf und ab über
seine Wangen strich und das borstige Haar mehr
fällte als es zu scheiden, veränderte der Spiegel
sich.
 Erst erschienen Schlieren, die schwarz wurden,
sich drehten und verzogen, sich drehend auf ein
Zentrum bewegten dort verdichtet immer
schwärzer werdend.
 Gleichzeitig luden sich die Luftmoleküle Ionen,
CO_2 wurde sichtbar, statisch auf und begannen
Interferenzen hörbar zu machen. Die so glasklar,
kristallrein waren, das man einen Ooigurischen
Schlepplurch von G-Aanz nach Acht, einem Mond
bei Beteigeuze, eine 12 Ton Leiter furzen hören
konnte.
 Was aber in Wirklichkeit der Balzlaut dieser Art
war, was erklärt, dass dieser Lurch der Letzte
seiner Art war.
 Den die Frauen wenig angetan, von dieser
Darbietung, verweigerten sich dem Balzen, deren
Folge eine Paarung gewesen wäre.
 Welche an Widerwärtigkeit und abstrakter
Handlungsabfolge selbst hartgesottenen
Beobachtern den Brechreiz hochtreibt.
Insofern war dieser Klangdiamant, wenn auch von
absoluter Reinheit ein Wahrzeichen für den
biologischen Ausstieg einer Lurchsorte.
Es formierten sich um O Shea Bass-O-Module aus
reiner interpolierter Materie, welche die nicht real

existierend war, im Gegensatz zum Sozialismus der DDR, die sich aber erst später, ebenso aus vor allem nichtvorhandenen bildete.

Dazu die Sub-High modular Sequenzer. Deren Klangbild spektakulär ist und einen Schalldruck erzeugen, dass man die originalen Sequenzer, nur auf weit entfernten Planeten installieren konnte, deren nachbarschaftliche Sonnensysteme, wie der Himmelskörper selber unbewohnt war.

Ob des gewaltigen Drucks von 19 Gigga Frabbs, was in Dezibel ungefähr der 100mal 10 hoch 8ten Heftigkeit des Urknalls gleichkam.

Solche Planetensysteme würde man mit unseren bescheidenen Maßstäben als Boxentürme der Stones oder auf der Nature One vergleichen wollen.
Was aber absolut nicht passend ist, alleine schon, weil das Trägertonsignal auf den uns bekannten Schalldruckerzeugern nur eine Membran bewegt. Während die Sub-High modular Sequenzer den ganzen Planeten zusammendrücken und wieder expandieren lasse. Was einen erdigen Ethno Sound authentisch wirken lässt.
O Shea betrachtet das ganze Extrem gelassen, auch wenn er nie zuvor etwas Ähnliches gesehen ha. Den Besuch beim Lektor scheint er nahezu vollständig vergessen zu haben, den sonst würde er sich an das Gesicht erinnern, das sich gerade im Spiegel anschickte, das Antlitz des Svenny zu verdrängen.
„ Burro" (Esel) Tonto (Trottel)
„que Putada (so eine Sauerrei)" erklang es auf 32 Ebenen der Wahrnehmung.

Jeder Sinn des Sweeney und der Bernadette wurden angestoßen und aktiviert. Die Klänge der Stimme, spielten an den Synapsen, zupften an feinsten Nervenenden und spielten wie die Seiten eines Geigenbogens über die Haut, auf der sich eine Gänsehaut ausbreitete.
 So rein war der Klang dieses High End Soundsystem, das nur durch einen Schluck des berüchtigten Goorg-O-zolas an Wahrnehmung übertroffen wurde.
Sichtlich gerührt, erkannte Sweeney den Lektor wieder und freute sich über dessen Schmeichelei, den was sonst konnten diese fremden Worte den bedeuten?
„Maricon" dröhnte die Sprache, welches extrem tuckige Kerle, die gerne im Kleidchen aufreizen und ich meine nicht den Bischof von Köln oder Dublin, bezeichnet aus dem Nichts.
„Oh Lektor welche Freude für Sie, mich so schnell wieder zu sehen, aber sagt an, wie macht ihr das, wie kommt ihr in meinen Spiegel. Hat eure Schwester mal in einen Apfel gebissen und die Mutter sie damit in einen langen Schlaf geschickt?
Bernadette, traute Ihren Augen nicht, war völlig überfordert, von dem, was sich da abspielte, aber sichtlich angetan, von der spröden Dominanz, welche Sie aus dem Spiegel knechtete und ihr auftrug sich zu unterwerfen.
„Wer, seid ihr, was soll das bedeuten, was ist das für eine Sprache"versuchte Sie fest, zum Spiegel zu fragen.

„Puta, vete a la mierda"

Dröhnte es hoch und höchstauflösend aus dem Sub High und den Bass -O-Thron Platten, welche in den letzten 30 Sekunden, ihren Dienst aufnahmen.
In etwa die Aufforderung an eine Schlampe sich zu verziehen, leider unglücklich gewählt, ich meine die Sprache.
Bernadette konnte zwar bis zu 13 Fremdsprachen gleichzeitig hören, aber keine davon sprechen oder verstehen, eine für den Moment sehr praktische Eigenschaft, die sie mit O Shea teilte.
Bei jeder Silbe dröhnt die Tiefe der Stimme, vibriert, in den Eingeweiden steht über den Zuhörenden, in dem kleinem Pensionszimmer und zerfällt dann in Millionen einzelner Schallwellchen. Rieselt von oben hinab und durch den Hörer hindurch, während die Sub High's sich aus dem Nichts, durch den Nacken in jede Hirnzelle gleichzeitig ergießen und die Zellmembranen als Schalldruckträger verwenden. Was den Effekt hat, das außer den Anwesenden niemand sonst irgendetwas hören konnte.

    Eine Technik, währe sie von Sennheiser oder Bose konstruiert. Es den Firmeninhabern ermöglichen würde, Australien, Indien und große Teile der Volksrepublik, inklusive ¾ des Himalaja, mit Ausnahme des Annapurna, in ihr Grundbesitz Portfolio einzuverleiben.
Das Bild in Sweeneys Spiegel begann sich auszudehnen, überspannte den Rahmen.
Schwarze wabernde Nebelschwaden formten sich zu einem Körper, der rasch an Kontur und schärfe gewann und plötzlich wurde alles finster. Svenney und Bernadette wurden in irgendwas

hineingezogen, augenscheinlich in den sich
ausbildenden Körper, der plötzlich immer dichter
und komplexer wurde und schwärzer und
schwerer, alle Sinne waren berührt.
Die beiden wurden durch Fasern gezogen.
Zumindest fühlte es sich so an. An
Metallzylindern vorbei mit einer art metrischen
Gewinde, die in späteren Jahrhunderten eindeutig
als Schrauben hätten identifiziert werden können,
nur Gigantischer.
Es roch nach Mahagoni und einer feinen Politur
auf Grundlage von Bienenwachs alles war
undeutlich und doch so klar wie unendlich.
Als flöge man durch ein Universum, das aus Holz
bestünde, nein, das ist ja unmöglich und weder
Bernadette noch Sweeney kannten den Begriff
Weltenraum. Ja, aber doch es gab solch ein
Weltall, man musste nur am Pluto scharf rechts
abbiegen und der interstellaren Nebenstrecke, die
nicht eindeutig in den Sternenkarten eingetragen
war folgen. Ca. 318 Milchstraßen geradeaus und
dann an einem blauen Wurmloch, das aus einem
Universum schaute, das wie ein angebissener
Apfel aussah, dem Intosh-Cluster.
Danach kurz hintereinander 2 Mal abbiegen und
war dann in einem Sternensystem, das als der
Holzweg bezeichnet wurde und auf dem fast jedes
Lebewesen irgendwann einmal selbst war.
Der Holzweg war streng genommen eine
Milchstraße nur das die Himmelskörper und
Sterne ausschließlich aus organischem Material
bestanden, das allgemein als Holz bezeichnet
wurde. Und von Planeten und Galaxien stammte,

auf denen dieses Gehölz im Überfluss gefällt
wurde, der Baum, dessen Basis eben Holz ist.
Wenn man bedenkt wie klein und unscheinbar
z.B die Erde in unserer Galaxie wirkt.
So verwunderlicher ist die Tatsache, dass alleine
die ersten 43 Lichtjahre an Materie, ausschließlich
aus Brasilien kommen, es sei den man war einmal
selbst in diesem Land, dann wundert man sich
nicht mehr, sondern begreift.
Aber nicht dort marachten Bernadette und
Svenney in unglaublichem Tempo, durch die
Materie, sondern in einer Schreibtischplatte.
 Deren Bioplasma zu 10% aus sämtlichen und
jemals gebauten Schiffskörpern bestand. Welche
zu Zeiten des Holzschiffbaus, angeblich vom
Klabautermann, der aber nichts dafür kann, dem
Zeitfluss entrissen wurden.
 Während die Besatzungen jämmerlich ertranken.

Die Sage um den Fliegenden Holländer, kann man
an dieser Stelle kaltlächelnd entkräften. Den alle
Schiffskörper sind, seit ihrem Vermissen, genau in
dieser Platte zur Ewigkeit verdammt.

Anmerken möchte ich an dieser Stelle, es gibt eine
Kuriosität, den auch alle Holzbeine, egal ob von
der Admiralität, den Kapitänen oder der Crew,
sind ebenfalls in dieser Platte des Schreibtisches
des Lektors eingebunden.
 Der Mittelpunkt gebildet durch das Holzbein des
alten Kaptein Ahab, der so unglücklich mit einem
weißen Wal zusammentraf und dessen
Ungeschick ihn, an diesen Wal, mit seinem

Holzbein das, nicht genug Auftrieb für eine
Rettung an die Oberfläche gab, kettete.
Holz im Universum, Holz aus denen die Schiffe
und Waden der Seebären gemacht waren der Stoff
der Zimmerleute, der Schreiner und vor allem des
einen Schreiners, von dem es eine Legende gibt.
Wenn verwundert es, das dieser legendäre
Schreiner ein Urahn des Sweeney und der
Bernadette der Detten war.

Neugierig?

Der alte Schreinermeister

Na gut, ihr meine treuen Leser wartet, schon seid einige Seiten auf etwas Abschweifen und so soll es sein.
Schon in Sweeneys Epoche dem 17 Jahrhundert bildeten sich Schreiner Zünfte, mit deren eigentlichen Zweck, ich niemanden langweilen will.
Es geht um den Meister Lloodt, den Urgroßvater. Vielleicht war es doch der Ururgroßvater oder einer davor.
Dieser so erzählte man sich überall in Irland und vor allem bei den Bootsbauern, konnte jedes Holz am Geruch erkennen, was praktisch ist, den Meister Lloodt war blind.
Auf Treffen der Zünfte wurde diese Begabung gerne vorgeführt und ja, der Lehrmeister erkannte jedes Holz nur durch den Geruch, zum Neid vieler anderer Meister, den mit dieser Gabe war er populär.
Eines Tages, so die Legende, trafen sich die Schiffsbauer und man veranstaltete mehrere Gelage, auf den unser Meister nicht fehlte und für allerlei Kurzweil sorgte, indem er Holz erschnüffelte.
So einiger Met von den Nordmann Zimmerleuten, so mancher Malt von den irischen Schiffsbauern, auch Bier von den Germanen floss in rauen Strömen, die Lachse dazu verleiteten

stromaufwärts zu hüpfen und an den Fässern zu laichen.
Meister Lloodt, hatte an die 367 Holzsorten bereits erschnüffelt.
 Und zwar richtig, als einer der jungen Gesellen, die ihrem Meister dienend, ebenfalls zu dem Zunfttreffen zugelassen waren, die folgende Idee hatte.
Man möge den Lehrmeister ein letztes Mal schnuppern lassen und würde er das Holz erkennen, wäre er der Meister aller Zeiten. Man würde ihm sämtliche Schulden übernehmen, welche sich in den letzten Jahren angesammelt hatten, seid der Meister neben dem Augenlicht auch die Abneigung gegen den Wermut, in liquider Form verloren hatte, besonders als Absinth dargereicht.
Bitterschnaps, die Droge der Plebs, nicht des Pöbels, herrlich Hirnerweichend, einem Goorg-O-n zolas durchaus an Hirnzellen tötender Kraft gewachsen, war die liebste Abwechslung im Grau des Alltags für den Holzwerker ohne Augenlicht.
Die Nebenwirkungen waren neben Erblinden, der soziale Absturz und so war es.
Einige Meister schalten den dummen Gesellen, ob der Farce, den noch niemals hatte der Meister sich geirrt und man habe genug zugesehen, wie der Alte seine kartoffelartige Knollennase über die Maserung jedes Stückes gezogen hatte, das man ihm hinhielt.

Flo-O-kie so nannte sich der wuschelige Geselle, der seinen Meister Ragnar begleitete, den

Nachnahmen spare ich mir, weil die durchgestrichenen O´s nicht auf der Tastatur finde.

Allein in diesem Nachnahmen hat es 13 davon plus ein paar A mit Kringel obendrauf).

„Wartet ab, das wird ein Spaß, von dem man in Jahren noch berichten wird" und so willigte man ein.

Alles war gespannt und sass ebenso um den Meister und wartete auf Flo-O-kie, der hinaus eilte um das spezielle Holz, das der Alte niemals kennen konnte zu bringen.

Das hatte ich vergessen zu erzählen, das Flo-O-kie damit warb, das der Alte niemals darauf käme, weil dieses Holz einzigartig wäre.

Doch statt mit einem Brett, einem Stock oder einem Stück Rinde, erschien der Geselle mit einem Bild, einem Weibsbild, das sogar von ihrem eigenen Spiegelbild angespuckt wurde.

Was der drallen Dirne aber gefiel, den sie war bekannt dafür das sie jede, absolut jede und ich meine jede, Sauerei mit sich machen lassen würde.

Außerdem wirklich jede und auch die ganz perversen Dinge, mit deren Umsetzung sich eine sich später entwickelnde Filmindustrie zumindest Eigentumswohnungen leisten konnte.

Bärbääl aus Soggsen stellte sie sich vor und hätt das gar nicht tun müssen. Jeder kannte Bärbel. Zumindest jeder, der für wenige Pennies williges Fleisch schänden wollte. Dem es Freude bereitete, einer solchen Wuchtbrumme ein paar zu verpassen, bevor er sich durch wogende

Brustmassen kämpfte und sich dem Zahnlosen Maul anvertraute, das der Umschreibung „Ihm einen Abkauen doch recht spottete."
An dieser Stelle möchte ich nochmals erwähnen, dass eben geschilderter Vorgang eine absolut zärtliche und harmlose Variante, dessen war, das Bärbääl sonst zu geben bereit war. Sie nahm es sich oft, indem sie sich in den Pissoirs der Herren versteckte. Und zwar unter der Latrine direkt am Ausfluss, den sie ebenfalls sofort bekam, wenn das Nass ihre Kehle benetzte, und nicht nur das Nass, aber ich lass den Scheiß jetzt!

Meister Lloodt, war etwas irritiert über all die Ausgelassenheit, konzentrierte sich aber auf seine Aufgabe, den man hatte ihm eben eröffnet, um was es geht und das die Schulden bei den Lieferanten übernommen würden, und fühlte sich bereit.
Warum er dabei die Augen jedes Mal schloss? Er der Blinde, wurde nicht überliefert.

Bärbel wurde auf den Holztisch gelegt, ihres Unterrocks befreit, was simpel war, da sie keinen anhatte, ebenso wenig wie Unterwäsche.
So trat ein Meister zur rechten und einer zu linken, umfasste ihre Hufe und zog die Beine auseinander, was einen schmatzenden erdigen Ton erzeugte.
„Das Moor hättet ihr belassen können, wo es war" sprach der Meister.
Auch wenn es das Holz überdeckt und seinen unverkennbaren Duft überlagert, so muss es

doch ein Hartholz aus den Sümpfen von Trafalga Kar sein, nur welches" fragte er sich selbst.
Er schnüffelte und saugte, inhalierte, schnalzte und rollte den Gaumen, die Zunge und kam nicht drauf.

„Fürwahr, ich bin sicher das ich dieses Stück Holz schon erschnüffelt habe, es liegt mir auf der Zunge. Was den Tatsachen entsprach den der alte Lloodt, hatte diese Schnalle mehrmals mit einem Strick aus Hanf gegürtet und auf einen Bock gebunden und dann ihr zentrales Lustorgan mit der Zunge nach Sackratten abgesucht.
„Mooreiche kann es nicht sein, aber Eisenholz aus dem ein Schweinetrog geschnitzt ... nein auch nicht".
Der Meister grübelte und schnüffelte und schniefte, nichts .... gar nichts das so derart übel roch, erinnerte ihn an irgendein ein Holz, das auf dieser Erde existierte.
Er wollte aufgeben und seine Niederlage, der feixenden Bande gestehen, da entrang sich der Bärbääl ein Wind, tief aus dem innersten, geboren aus vergorener Ziegenmilch, mit altem Hering und ältesten Kartoffeln, dazu Zwiebeln und gedünsteten Bohnen.
Heureka entfuhr es dem Meister Lloodt, ohne zu wissen, dass er den griechischen Ausdruck für Freude verwendet hatte, den er war nie in Griechenland.
Das, das Folks ist es, muss so sein, ich bin absolut sicher, das ist die Scheißhaustür von einem alten Fischkutter.

Das war die Legende .... habt mich gerne, aber noch heute wird sie an manchem Stammtisch erzählt und sorgt für Erheiterung.

Die Tür und schwedische Möbelhäuser

Sveeney und Bernadette indes verschmolzen in der Tischplatte, lösten sich auf, nur um aufzufahren, wie in den Himmel, nur auf Erden, die ein Tisch war und nur ein Teil von allem, das viel großer ward.

Ihre Körper beschleunigten so unwahrscheinlich, bekamen einen Drive, der galaktisch war, schossen durch Zeit und Raum und eher doch nur in einen Raum. Dieser aber war unbeschreiblich, also lass ich es, das beschreiben. Da war er wieder der kleine Reimlein Lieder Frieder, der Svenney und seine Bernadette,

Der Lektor war auch da, mit ihm dieses entsetzliche Grinsen.

Nicht das allerschrecklichste, zu dem er imstand war, aber doch so furchtbar, dass sich der Bernadette augenblicklich Muttermilch in ihrem Busen bildete, nur um gerinnen zu können.

Was der Oberweite eine attraktive Note verpasste.

Und späteren Chirurgen als Vorbild für ihre absolut verunstalteten Vorstellungen, einer attraktiven Brust, oder der perfekten Brust diente.

Beide Nippel standen nach links und rechts eindeutig weg, weswegen im 21 Jahrhundert die Pornostars aussehen, als würde ihre Titten schielen.

So erstarrt, ergriff sie die Hand des Sweeney, der sich dachte na klar, will 5 Finger, wo sie doch einen, dafür Großen haben könnte.
Er wies Bernadette aber nicht ab.
„EeeeeeSweeneyaaa," donnerte es aus High End B-O-se Schallmodulen.
„Du bist eine Enttäuschung, eine gewaltige, Du selbst stehst Dir im Weg, längst könntest Du in Dun Bleisce Doon sein, dem Weg folgen zu Deinem ersten Ziel".
„Häää?" Konterte der O Shea geschickt, als ihm einfiel, ja das Reiseziel die Festung der Huren und der Schatz, den zu finden er bis eben geglaubt hat, sich in seinem Spiegelbild befand.
„Sweeney, Du nimmst nichts ernst, bist nicht bei der Sache und doch ist es so wichtig, den Weg des Barden zu folgen, den Schlüssel zu bekommen.
Für Dich ist es nur ein Schatz, den zu bekommen Du Dir erhoffst, aber vergiss nicht für mich sollst Du auch etwas finden.
Etwas, von dem das Schicksal des ganzen Universums abhängt, den es wird nicht geboren und kann folglich ach nicht untergehen. Das aber muss es, den sonst würde die Zeit dazwischen nicht existieren, in der all das geschieht. Auch Du, Dein Sein, das von Bernadette und all den Detten in ihrer Sippe."
„Svenney, sprich zu mir, was hindert Dich daran, Du selbst zu sein?"
„Das Strafgesetzbuch" erwiderte der Gefragte bestimmt und spontan und war sich dessen sicher.
„So seid ihr Menschen, ihr besteht zu 90 % aus Wasser.

Also seid ihr nur Tomaten mit Bedürfnissen und Depressionen" und ihr seid zu Fett!
Wie schön wäre die Welt, wenn Moskitos Schmalz statt Blut saugen würden."
Darauf verfiel der Lektor in ein tiefes grübelndes Schweigen und sah Svenney nur durch dringlich an,
„Du hörst mir gar nicht zu"! Donnerte er.
Worauf sich O Shea nur dachte, eine seltsame Art eine Konversation zu beginnen und dann muss man ja Zeit haben, einfach dazusitzen, und nur mal für sich selbst da zu sein.

Auch der Lektor koppelte seine Neuronen, welche die Gedanken über ein kompliziertes Netzwerk von Synapsen, mit dem künstlichen Universum, das er erschaffen hatte, jetzt kurz ab.
Er hatte eine schnelle Aufgabe zu erledigen. Für ein hypercyberfähiges Werbeschild, welches an interstellaren Bahnhöfen, Abzweigen und auf Hygiene Inseln für die Notdurft zwischendurch aufgestellt werden sollte. Das sich mit den Unterschieden von Haar oder Borsten Shampoos zwischen männlich und weiblich befassen sollte.
Frauenshampoo:
Nur für feines, langes strukturiertes Haar, hellblond leicht brüchig mit dem Re-O-Pair Effekt und langanhaltenden Jojoba Keimen, für Schwung und Eleganz und natürlich für stumpfes Haar.

Männershampoo:
100 in einem, für Kopf, Körper, Socken, Unterwäsche, Auto, den Hund, Haus und Abwasch

Ja, das war gut und so widmete der Lektor sich wieder dem Svenney, um diesen endlich auf seinen Weg zu bringen.

„ So gehe Deinen Weg, ich mache es Dir einfach und Du wirst unweit der Festung" ....

„Langsam, mein Gepäck ist noch in meiner Bleibe und ...." Entgegnete der Svenney.

„Und so soll es sein, sprach der Lektor, gehe in Deine Herberge, packe alles zusammen und dann verlasse diese, geh an dem Kutscher vorbei, der auf Dich wartet. Den Bernadette wird mit ihm zu den Detten zurückfahren, Du aber stellst Dich auf die Straße, eine Tür wird dort erscheinen, diese ist zu öffnen und dann tritt hindurch und Du wirst unweit des Ortes Dun Bleisce Doon sein.

Die letzten Silben hörte der Held gar nicht mehr, um ihn herum wurde alles schwarz. Es gab grässlich nagende Geräusche, knirschend und malmend und ja es waren Holzwürmer, die den Sweeney samt seiner Bernadette aus der Schreibtischplatte des Lektors herausbrachten. Nur indem Sie das Holz um sie herum auffraßen, es lichter und heller wurde, bis beide wieder in der Kammer der Herberge standen, die sie sogleich wieder verließen.

Bernadette war die Erste, die aus dem Zimmer ins Treppenhaus gelangte, dicht gefolgt von einem sich beeilenden O Shea, was doch erstaunlich war, ein Svenney in Wallung zu sehen.

Beide rannten zum Tor, das nach draußen führte, erst Bernadette dicht gefolgt vom Helden.

Der Butler rief dem O Shea zu „jemand hat etwas für sie hinterlassen".

Svenney: „Oh ja, legen sie es zu den anderen Sachen und ich hinterlasse auch was, eine offene Rechnung."... sprach es im Vorbeirennen und verschwand, Bernadette folgend auf die Straße.

Die Kutsche stand da, wie bestellt, also wie abgestellt, was einen Unterschied ausmacht, und Bernadette beeilte sich in das innere zu gelangen. Svenney half ihr, ganz der Gentleman in die Kutsche, indem er seine Hand an das Gesäß der Bernadette drückte und sie emporschob, was hilfreich gewesen währe, hätte sich da nicht ein Finger ....
Bernadette´s Gesicht versteinerte, aber nicht zu sehr, als das man sich sorgen müsste.
Irgendwie war in ihrem Gesichtsausdruck Platz für die Annahme, das der Finger seine Position gefunden hatte, die richtige.
Sie drehte sich ein wenig um und beugte sich zurück, küsste Ihren Sweeney erwartungsvoll aufs Goscherl und verlor für einen Moment das Gleichgewicht.
Der Finger stabilisierte ihre Lage sofort und verhinderte Schlimmeres und Schlimmstes, dabei tat er gut und so stieg Bernadette in das innere der Kutsche und lies zuerst den Finger aus sich und dann sich selbst in die Polster gleiten.
Sweeney, stand entrückt vor dem Vehikel. Er schaute zu seiner Bernadette auf, deren Gesicht in einem erregt Rot flackerte und andeutete, das sie ihren Finger vermisste, ein Gemüse oder sonst etwas Passendes.

Er griff in ihren Nacken, zog sie zu sich hinab und massierte mit seiner Zunge ihren Rachen, in einer Art und Weise, die unanständig war.
Indessen begann die Luft zu flimmern und flirren, bläulich schwarze Nebelschwaden verdichteten sich zu einer art invertierter Leinwand. Und so wie man ein schwarzweiß Negativ betrachtet, wurden zuerst die gnadenlosen Augen und dann das restliche harte Gesicht, mit diesem schrecklichsten aller Lächeln sichtbar. Die Luftmoleküle ionisierten und man spürte den eisigen Wind, der aus dieser Vis-O- matic aus wehte. In der selbigen Nanosekunde, in der das Übertragungsbild die Lippen bewegt, fügten sich Nanopartikel zu einer Schrift und die Luft fing an zu schwingen und aus den Staubpartikeln, welche in ihr enthalten waren, klirrte die Stimme des Lektors. „Auf den Weg jetzt, hol deine Zunge sofort dort heraus und geh durch die Tür, eilends."
Während die schwarze Leinwand aus Nebel, sich verflüchtigte, wurde ein Schriftzug sichtbar, vielen Dank das Sie Ultravision benutzt haben, Übertragung beendet.
Aber das sah Svenney gar nicht, auch hörte er die Stimme gar nicht, er war zu beschäftigt damit, sich in den glänzenden Augen der Bernadette zu verlieren, in deren Tränen er sich spiegelte, bis die Geliebte ihn von sich wegstieß.
„Geh, hier ist ein Beutel mit Gold, besorge Dir alles, was nötig ist, und bade mal anständig. Kauf Dir ein Gewand, aber verprass nicht gleich das ganze Gold, für Wein und Weiber.

Dun Bleisce Doon ist nur eine Station auf diesem langen Weg, Deine Reisen die vor Dir liegen, denk an den Schatz den der wird uns beide vereinen .... blaa blaaa blaaahh.
An dieser Stelle wird es langweilig und kitschig, deswegen möchte ich die Aufmerksamkeit meiner Leser auf die Stelle zurücklenken, an der eben noch eine Vis-O-matic Übertragung ausgestrahlt wurde. An deren Stelle jetzt aber eine Tür, mitten auf der Straße stand.
Es war eine simple Holztür, pessimistische Menschen würden Sie als schäbig bezeichnen, was sie auch war, die Farbe blätterte schon ab und die teilweise freiliegende Maserung lies auf eine billige Holzsorte schließen, das Design und die Verarbeitung auf das Türblatt „Faxe", einer schwedischen Möbelkette, in deren Kantinen man Köttbullar, an hungrige Kaufwillige verkaufte.

Eine unglaubliche kulinarische Entgleisung in Form von „Fleisch"Bällchen, die einen ahnen lassen, warum die Nordmänner früher so aggressiv waren und gerne von zu Hause fort, um andere Länder zu überfallen. Insbesondere da dieses Köttbulla das mit Abstand schmackhafteste ist, das es in diesen Kantinen, völlig übertreuert zu kaufen gibt.
Ich frage mich in diesem Zusammenhang, was passiert eigentlich mit all den Kindern, die aus dem „Kinderland" nicht mehr abgeholt werden, die im Bälle Paradis untergehen und nicht mehr gefunden werden, aus was besteht eigentlich Köttbullar??

Die Tür stand einfach da. Etwas in sich verdreht, nicht stabil, was sicher an einer Schraube lag.
 Die berühmte Schraube die in den Packabteilungen des Konzerns, absichtlich nicht in das Zubehörsortiment implementiert wurde. Aber auf der kosmischen, völlig unrealistischen Aufbauanleitung unter Zubehör eindeutig aufgelistet war. Was den Effekt hatte, dass Millionen von Stunden, für die Suche, nach eben dieser einen letzten Schraube vergeudet wurden. In Wirklichkeit ist das Herstellen von Möbeln, gar nicht das Ziel oder der Zweck dieses Unternehmens.
Nein, was kaum jemand weiß, ist das diese schwedische Holzplattengießerei, in den Niederlanden ihren Sitz hat und dort, über einen Hyperthron mit dem Gegenstück der Milchstraße, dem Sternensystem Holzweg verbunden ist, unter anderem ein Mitglied der Cyberwood Incastle Corp. Inc, welche ihren Hauptsitz in einer Schreibtischplatte hat und grandios vernetzt ist.

Womit diese Cyberwood Incastle Corp. inWirklich handelt, ist Zeit.
 Verlorene, gestohlene, vergeudete Zeit, eben jene Periode die beim fluffigen Zusammenbau im Kreise der Familie, deren Zusammenhalt auf eine eiserne Probe stellt.
Die Zerreißprobe einer jeder Sippschaft, die sich entschließt, in das blaugelbe Labyrinth einzutauchen, beginnt bereits am Durchgang. Selbstverständlich will jeder Kunde, der in dieser Hölle eindringt nur eines. Teelichter kaufen.

So endet dann manche Beziehung spätestens am Ende des Irrwegs an Lasse, Bosse, Ingo und Fäcktäären vorbei, falls man die Kantine vermeiden konnte. Dann im Geschenke Paradis oder die DEKO Abteilung, wo es die verdammten Teelichter zu kaufen gibt.
Ich wurde da neulich Zeuge, wie ein Typ zu seiner Frau sagte „Nein, du brauchst keine Teelichter" und ich mir nur dachte, Mann!! Der hat aber Eier.

Ich selbst gehe schon länger nicht mehr zu diesem Hotdogstand, der nur über ein endloses Labyrinth zu erreichen ist, seid mal im Spielparadies kein Bier mehr trinken und zu hässlichen Kindern, „Du heißt bestimmt Kevin „ sagen darf.
 Den Spaß an der Kasse, einfach mal zu brüllen, „Sven komm jetzt, WIR gehen", ...und dann das Bücherregal hinter sich herzuziehen ist nur einmal, einen Versuch wert.
Mein Tipp, sind Sie verheiratet, herzliches Beileid, aber wenn Sie liebe, geneigten Leser so blöd sind, mit ihrer Frau in diesen Tempel für schlimmeres wohnen zu gehen, dann sind sie bald gebeutelt.

Falls Sie den ersten Stock überlebt haben, weil sich die bessere Hälfte nicht gleich dort schon ausgetobt hat, wird sie schon bald mit einer neuen Designcouch drohen.
Da bleibt dann die Wahl zwischen teuer, dafür mit abziehbaren Bezug.
 Bedeutet, jeder Fleck kostet Unsummen in der Spezialreinigung. Oder man kauft die billige Couch und schmeißt die einfach weg, wenn sie einen Fleck abbekommt.

Von dort geht es in den DEKO-Shop.
 Da treffen Sie dann auf Wahreleidensgenossen.
Deren Kommentare zum gerade erlebten, deren Frauen ein solches Augenrollen beschert, dass es einem bange wird, das sich deren Netzhaut ablösen wird.
Zurück zu dem eigentlichen Zweck, dieser Company und dem Geschäftsmodell, der Handel mit verlorener Zeit.
Diese verlorene Zeit ermöglicht, einer Cyber-O-Trans Company den Verkauf von Zeitreisen, und zwar genau zu dem Ort und der Periode, da diese verwendete Zeit verloren ging.
Technisch ist das Ganze einfach zu bewerkstelligen, sogar so simpel und lächerlich, das ich hier nicht näher darauf eingehe.
Diese verlorene Phase wird dann in ein Zeit, und Raum Kontinuum eingespeist.
Dann mit den Koordinaten verknüpft, wohin der jeweilige Zeitreisende zu Reisen wünscht.
 Dazu werden kostspielige Telemetriedaten kopiert und abgespeichert, nur um dann kommentarlos gelöscht zu werden.
Um den Kunden auf unbestimmte Zeit zu vertrösten, weil nichts funktioniert.
Ein Umstand, auf den in den Allgemeinen Geschäftsbedingen aber hingewiesen wird.
 Mit dem Vermerk, geleistete Zahlungen werden nicht zurückerstattet.
So mancher glaubt, genau das sei das wahre Geschäftsmodell dieser Corp.inc.
Da stand sie die Tür, schäbig mittenmang auf der Chaussee.

Und, unser Sweeney hat sich tatsächlich von seiner großen und einzig wahren Liebe der Bernadette gelöst und geht auf diese Tür zu.
„Nanu, mitten auf der Hauptstraße eine Tür, was da alles passieren kann, wenn da mal keine Zeugen Jehovas davorstehen" Was absoluter Quatsch ist, den in Sweeneys Zeit gab es diese Sekte ja gar nicht, mir ist hier wohl ein eigener Gedanke irrtümlich entgleist und eingeflossen.

Jehovas Zeugen gibt es auf der ganzen Welt, außer auf Sizilien, der dortige Dorfchef Don Corleone erklärte einst warum,
„Wir mögen keine Zeugen".
Nein ich werde jetzt nicht ausführen, wer die Zeugen Jehovas sind, auch nicht auf den Cluster im 11 Sektor des Beteigeuze verweisen, wo die größte Druckerei aller Welten steht.
 Die in New York ist ja nur für die Erdausgabe von „Erwachet und Wachturm", aber eigentlich juckt es mich schon, so wie es aussieht, läuft Sweeney ja wieder an der Tür vorbei!

Die Zeugen Jehovas sind extrem gläubige Menschen, z.B glauben sie, dass man Ihnen die Tür öffnet, wenn sie klingeln.

Da ist das Stichwort, „Tür öffnen" ich sehe, O Shea steht vor der verdammten Tür, deshalb und weil der Lektor mir das sowieso wieder zusammen streicht, deswegen weiter in der Erzählung, der wahren Abenteuer.

Wie er da so steht und sich fragt, was und wie, geht er ein wenig um die Tür und siehe da, sie ist völlig frei auf der Straße, geschlossen und ein wenig schäbig, aber das hatten wir schon.

Sweeney zögert immer noch, weiß nicht so recht, was er anfangen soll, aber die Neugier siegt. Die Hand geht an die Klinke, umfasst diese und drückt sie herunter, die Tür schwingt auf, lautlos gibt sie den Blick auf das dahinter frei, nein keine Membran, die feucht aussieht, was man aus kitschigen Stargate Filmen kennt. Kein Flirren und flimmern und auch sonst nichts Komisches, hinter dieser Tür war eine Landschaft, und zwar eine völlig andere, als hinter dieser Tür sein müsste, nämlich die Straße und der Ort, in dem O Shea sich befand.

Sweeney ging hindurch, mit einem leisen Fuuuup Schloss sich die Tür und verschwand, was Bernadette im Vorbeifahren aus der Kutsche heraus, beobachten konnte, sie lächelte dabei ein sehr schreckliches Lächeln, das aber nicht an das des Lektors gereichte.

Das Portal der Cyber-O-trans Corp.

15 Dun Bleisce Doon, die Festung der Huren

15.1 Die Mama San

Seid dem Morgen herrscht geschäftiges Treiben in Lolas Pinte, einem betriebsamen Bordell, das einer gewissen Mama San unterstand.

Die Mama San war, ein siamesischer Zwilling, Wanaporn und Supaporn, an den Hüften zusammen gewachsen.
Ansonsten völlig normal, eine Muschi, 2 Titten, aber 2 eigenständige Köpfe, was weiter nicht stören würde.
 Wären da nicht die beiden Münder, die selbst nach Ihrer Beerdigung weiterschnattern und zanken, keifen und Betelnuss kauen würden.
Weswegen man in buddhistischen Ländern, die Leichen lieber verbrennt.
Die Mama S. Stand zur hälfte kauend und mit sich selbst, also mit ihrem anderen Kopf, im unreinen hinter dem Tresen.
Wanaporn war die bessere Hälfte der Mama San, Sie hätte ein gutes Herz, wenn sie es sich nicht mit Supaporn teilen müsste, so gesehen gab es ja nur ein Herz und das war eher griesgrämig.
Wanaporn hatte das freundlichste Gesicht, gütig und von einer asiatischen, geheimnisvollen Schönheit, dem man ansah, das Sie aus dem Land des Lächelns stammte, Siam!

Siam war aber nicht schuld daran, das die beiden Schwestern miteinander verbunden waren, und zwar untrennbar, zu einem siamesischen Zwilling. Das Land des Lächelns, in dem Sie geboren waren, gab nur den Namen für dieses Phänomen.
Die Schuld war eher bei Pornsack Sinawatra zu suchen.

Dieser arbeitete in Chiang Mai auf dem Gemüse und Obstmarkt, dem Talat Nuth was Nachtmarkt bedeutet und er war für das Aussortieren von schlechtem Obst und andere Hilfstätigkeiten zuständig.
Pornsack und den Namen gibt es wirklich, war dem Lao Khao einem exzellenten bis extrem räudigen Reisschnaps zugetan. Liebte aber auch Mekong, einen Thai Whisky, der vorzugsweise mit Kobrablut gemischt wurde und angeblich potent machte. Was bei Pornsack der Tatsache entsprach.
Den obwohl er so hässlich war, dass Mütter ihren Kindern drohten, wenn diese nicht parierten, sie zu Pornsack zu schicken.
Wenn er nicht vorher schon von selbst kam, was dieser Pornsack dann mit ihnen anstellen würde, variierte von Mutter zu Mutter und ihren sadistischen Neigungen und blühenden Phantasien.
Neben Mekong, der nebenbei zu seiner Tätigkeit als Siams bester „Whisky" (in Wirklichkeit ein Rum, da aus dem allgegenwärtigen Zuckerrohr gebrannt) der größte Fluss Asiens ist und dessen Fluten vielen Siamesen besser mundete, als die in Flaschen gezogene Variation.

Pornsack liebte den Hong Tong, eine absolut verblödende Variante des Mekong.
Außerdem war er einer Spezialität Namens Jadong verfallen.
Jadong besteht zum einen aus Lao Khao einer 40-70%igen Alkoholbasis aus Reisschnaps, was nicht erwähnenswert währe, aber zum anderen aus eingelegten Kräutern.
Zu sagen ich trinke jetzt einen Jad O ng, wäre unvollständig, den dieser Suff ist nicht einzig oder artig, sondern der Sammelbegriff für in Lao Khao eingelegte Kräuter. Diese Heilpflanzen aber sind verschieden, jede Stand Bar mit ihrem Jad O ng Verkäufer, hatte ihre eigenen Rezepte.
Es gab Jad O ng für allerlei Krankheiten, fortschrittliche Leser mögen da an Medizin denken und damit völlig richtig liegen.
Es gibt Jad O ng für Liebeskummer, Potenz Jad O ng, für langes Leben und für schöne, aber skurrile Träume.
Auch welchen für Visionen, Beerdigungen und um Leichen zu balsamieren und diese wochenlang haltbar zu machen, bis eine arme Familie, sich die Zeremonie des verbrennen leisten konnte.
Manche nutzten Jad O ng auch, um Feuer zu entfachen, Metal zu entrosten oder unliebsame Konkurrenten zu vergiften. Als Brechmittel und um unglaublich high zu werden.
Andere um attraktiver auf das andere Geschlecht zu wirken, das Selbstbewusstsein zu steigern oder die auserwählte ins Bett zu bekommen,.
 Was so funktionierte, dass man eben diesen speziellen Jad O ng, dieser Person heimlich in ein Getränk mischte, wartete, bis das Objekt der

Begierde hemmungslos zu sabbern begann und sich vögeln lies. Oder nur besinnungslos zusammenbrach, wie eine Leiche dalag, starr, leblos vor sich hinstarrend, was einer normalen Partnerschaft und den sexuellen Rieten am nächsten kommt.
Pornsack liebte Jad O ng, jeden Baht und jeden Stang, den er verdiente, setzte er in diese Aufgüsse der Hölle um. Er kannte jeden Stand in und um Chiang Mai herum, den besten aber gab es auf dem Doi Suthep, dem Tempelberg bei einem Händler direkt an der Treppe zum heiligen Tempel „Wat phra that doi kham" genau dort wo die heilige Naga (Schlangengleicher Drache mit vielen Köpfen) den Beginn dieser Treppe markiert.
Jud, der Jad O ng Meister panschte die Galaktischsten aller Gesöffe, den er kannte die speziellen Kräuter, er hatte die eigenwilligen Methoden.
Er wusste über versteckte und tiefste Geheimnisse in diesen Kräutern bestens Bescheid, den er testete Sie alle. variiert verändert formt und knetet deren Moleküle. Von Homöopathie hält Jud gar nichts, die Masse an geringste wirksame Substanzen und Einheiten bringt den Genuss und Erfolg, so der Jud!
Eigentlich und das war das bestgehütete Geheimnis von Jud, wusste er gar nichts, außer wo die vielen Kräuter, die er brauchte, zu finden waren.
 Er pflückte sie, legte sie ein, machte einen Riesen taamm Taammm drumherum und vergor den Scheiß miteinander, verkostete die Brühe und lies

sein Weib beobachten wie er sich aufführte. Den je nachdem was er tat oder nicht tat oder passierte, beschriftete er hinterher ein Etikett und pappte es auf den Glasballon, was jedem Trank eine Einmaligkeit gab, den war der Behälter leer, war diese „Eigenschaft" eben ausverkauft.

Der beste und von Pornsack begehrteste Ballon, war mit Litschi, Sonnenmohnsaft und Dharmakraut auf einem 25% igen Mutterkorn Derivat aufgesetzt, der kurz und knapp LSD 25 genannt wurde. Von dem Jud, als Kräuterlehrling reichlich verkostet hatte, und seitdem glaubte, selbst ein Bestandteil dieses Jad O ng zu sein.
 Was insofern stimmte, weil ein winziger Bestandteil des Sud´s aus dem Ejakulat der Freude und des Glücks bestand, welches sich auf dem Gipfel der Wirkungskurve aus dem Jud ergoss.

Pornsack begehrte Orapin, die Tochter des Marktfleischers, eine Bärbeißige aber hochnäsige Schönheit mit Überbiss, Mundgeruch und zu vielen Pusteln, die gewohnheitsgemäß zu platzen begannen, wenn man sich ihr näherte.
Orapin aber begehrte sich selbst und das war gut so, denn wenn Sie in einem Moment unkontrollierter Ektase, ausgelöst durch einen stakkatohaften geführten Mittelfinger in Ihr fleischliches Zentrum, in sich explodierte und ihre Zuckungen dem Orgasmus eines Travajanischen Raumschiff Kommandanten nahekamen, platzten alle eitrigen Blasen und Geschwüre gleichzeitig. Was fürwahr kein angenehmer Zustand war, für denjenigen der das einmal erlebt hatte.

Es wird erzählt, aber wer kennt sie nicht die
Tücke der Erzählung, dass manch brachial
verspritzter Eiter und Gebläss, unter Umständen,
genug feuchte Luft, ein tragfähiger Grund und zur
rechten Zeit, ein Blitzschlag, zu eigenem Leben
wurde.
Aber ich selbst halte es für Geschwätz.
Ja, ihr habt recht, meine lieben Leser und die
Zuhörer, ich schweife ab.
Erzählen wollte ich euch, wie Wanna und
Supaporn als Frucht der Verbindung von
Pornsack und Orapin, entstanden.

Pornsack und so steht es im Geburtenregister, in
der Amphoe Tamluung / Chiang Mai in der
Palmblattrolle   Haazip (50) Nüüngroisoong (102)
/ Haa Haa (5,5) Gao Gao Gao (999, was in
Thailand der Code für ein Stundenhotel ist)
geschrieben, ist der Vater von unserer Mama San,
deren Mutter Orapin ist.

Der Akt der Zeugung ist ein ungewöhnlicher.
Aber glaubhafter überliefert als es die Vorstellung
wäre, das ein ständig geiler, Hackevoller
Blödmann, seinen permanent erigierten Dödel
nur in die nähe, geschweige den in, dass
Vollzugsorgan also der vaginalen Keimöffnung der
Orapin injiziert haben könnte.

Der Volksmund tuschelt hinter vorgehaltener
Hand. Und einem darin befindlichen
Taschentuch, das Pornsack nach einem Besuch in
Jud´s Jad O ng Höhle, einen äußerst anregenden
Kräutersud, der wie Jägermeister schmeckte, aber

aus gemahlenen Gorilla Hoden, Stierklöten sowie Stechapfel und eingelegten Engelstrompetenblüten in einem Tollkirscharoma mit Walspermaschönung verkostet hatte.

Dieser spezielle Jad O ng mit dem Namen Naam Quey (Schwanz Wasser), machte seiner Bezeichnung die Ehre.
Weil namentlich genannter Pornsack, den Namen gibt es und er hat nichts mit der Bedeutung zu tun, welche der geneigte Leser in diesem Kontext annimmt.

Dieser Pornsack, voll des Jad O ng erlebte eine Belebung seines Organes, das an Extremität derart zulegte, das später ein fünf viertel Zoll Rohr daneben aussah wie ein Strohhalm.
Der Innendruck vom Hodensack gespeist musste an die 6 Bar betragen haben.
Jedenfalls schleuderte das Produkt aus Hoden, Prostata und Nebenhoden, aus der Harnsamenröhre derart brachial, in die Obstauslage. Bestehend aus Mamuang (Mango) und geschälten Som-O (Pomelo) stücken, das diese Früchte zusammen mit einigen Gruey (Bananen) derart mit dem Eierlikör kontaminiert wurden, das nur übrig blieb diese aus zu sortieren.

Was dem Pornsack sein Job und Lebensinhalt war, neben dem Genuss harten Stoffes, der Orapin nach zu steigen.

Pornsack tat es, indem er insgesamt 2 Eimer, dieser mit eitrigen Schleim überzogenen

Der Jud und seine Jadong Höhle

Matschfrüchte am Marktrand direkt neben dem Stand des Fleischers auskippte.

Orapin sah dieses mit Missmut und Groll in ihrem Herzen und zeigte verächtlich mit dem Mittelfinger, mit dem Sie bis eben, für alle kaum oder wenig sichtbar, ihre Möse befingert hatte.

Sie setzte an, den Pornsack zu erreichen, um ihm eins mit dem Fleischklopfer über zu braten.
Dabei berechnete sie ihren Sprung zu doll, kam ins Straucheln.
 Danach durch den eitrigen Fruchtmus ins Rutschen, der rechte Fuß wollte nach rechts entweichen.
Was der Linke ihm gleichtat, nur zur anderen Seite.
Fertig war der Spagat.
 Den Orapin in einer Grazie vorführte, welche jeder Jury der Welt, 5 Mal die 10 und einmal die 9,8 (das war der Juror aus Österreich) entlockt hätte. Wäre der Marktplatz eine Turnhalle und dieser Spagat Bestandteil der Kür im Kunstturnen.

   Orapin saugte sich regelrecht in diesem Mus fest, da sie keine Unterwäsche trug und so entstand nach 9 Monaten, das Wesen das fern von der Heimat, am Bartresen mit ihrem zweiten Kopf stritt. Die Mama San.

   „Musst du den ständig diese Betelnuss kauen, Deine Zähne sehen aus als hättest Du Kee (Stuhlgang) gefrühstückt und Du stinkst auch so aus dem Mund." Stichelte Wanaporn´s Kopf.

„ Aber Dein Pra Raah (Stinkfisch) und Deine geliebten Durian (Stinkfrucht) duften nach Rosenwasser, außerdem müffelst Du hinter dem Ohr, das Du mir ständig vor die Nase hältst," äzte Supaporn zurück.

„Vor allem kommt das in unseren gemeinsamen Magen, alleine der Gedanke, wenn mir Dein Stinkspeisen wieder hochkommen", so Superporn, „aaaaber das ich ständig mit high bin, von dieser Betelnuss ist Dir egal. Wenigstens eine von uns beiden sollte freundlich zu den Gästen sein und nicht nur benebelt", konterte Wannaporn.

„Wäre ich nicht high, wie sollte ich den sonst ertragen, wenn Deine windigen Lover kostenlos unser gemeinsames Samengrab schänden, den letzten Lappen gibst Du Dich hin, Du Hure", konsternierte Superporn.

„Sicher, die Flachstecker, die Du an unser Törtchen zum Schlemmen lässt, sind wahrlich besser, ausklinken aus unserem Nervensystem möchte man sich, beschwerte sich Wannaporn. „Außerdem saugen und spielen Deine Freier immer mit meinen Titten, sind halt DD Size, statt nur .....,

"Ach halt doch die Fresse, Du saublöde Trine, die spielen an Deinen Eutern, weil Du sie hinhältst, während ich ihnen einen Blase.

So schalt es aus der Superporn zurück, worauf die Wannaporn reagierte, indem Sie ihren Kopf nach hinten legte und ekelige Gurgellaute machte, „zum Glück tangiert deren ekliger schleimiger Samen, nicht meine Geschmacksnerven, sondern fließt in deinem Spermienklo in unseren Magen, sprach Wannaporn würgend.

„Haaa und dieser blonde Hans, der perverse Würger, wenn der noch einmal aus Versehen meinen statt Deinem dürren Hals zusammendrückt, dann beiß ich ihm den Quey (Schwanz) ab, zischte Supaporn.

Mit anderen Worten ein typischer Tag in Lolas Pinte auf Dun Bleisce Doon, der Festung der Huren. Die es bis zum heutigen Tag gibt, in Irland wie die geneigtesten meiner Leserschaft, es selbst herausfinden können.

Für Außenstehende hören sich die Dialoge, der beiden Grazien, welche die Mama San bilden. Die Puffmutter und Eigentümerin von Lola´s Pinte an, als würde man am Teich Enten füttern. Den sie sprechen in Ihrer eigenen Sprache, jede von beiden, die eine in ihrem siamesischen Dialekt, die andere spricht das Lanna, welches in Chiang Mai gebräuchlich ist.

Eine Sprache, die sich vom siamesisch oder heute Thai in Wort aber vor allem in Schrift unterscheidet.

Der Vorteil liegt auf der Hand, da Wannaporn dem Lanna nicht mächtig ist, Superporn den siamesischen Dialekt kaum versteht, ist keine beleidigt oder verletzt.

Ein Vorteil, wenn die jeweils andere genau das beabsichtigt, beide aber aufeinander angewiesen sind.

Das beide Dialoge sich so ergänzen, habt Ihr meine Leser nur eurem Erzähler zu verdanken, der sich bemüht und das redlich, euch all dies unglaubliche, so glaubhaft wie möglich zu machen. Um durch diese absurde Geschichte zu führen. Zudem liegt es in meiner Absicht, subtil auf die Probleme der beiden Siamesinnen aufmerksam zu machen, welches ein gemeinsamer Körper so mit sich bringt.
Außer den beiden spricht niemand Lanna oder siamesisch und so unterhalten sich die zwei, wenn sie im „Geschäft" sind in dem irischen Slang, der zu der Provinz Limerick in Irlands passt.
 Was äußerst praktisch ist, da sie somit nahezu jeder verstehen kann, außer die vielen Gäste, die von woanders herkamen. Meist raubeinige Seebären, die kein Wort von diesem irischen Kauderwelsch verstanden ... aber die Limerickianer eben schon und von dort waren die meisten rekrutiert, wie z.B der Baader.

Der Baader arbeitet schon seit Ewigkeiten bei der Mama San. Bevor diese als spezial Hure nach Dun Bleisce Doon kam, lebte er als Junge bei seiner Oma, die ihn verwöhnte. Aber wie die meisten kleinen Buben war niemals etwas genug und so wurde die gute Großmutter traurig und krank. So sehr das er die Oma pflegen musste, was ihm so gar nicht von der Hand ging.
 Viel lieber schaute er den Mägden hinterher und noch lieber, mit einer polierten Glasscherbe, die er an seine Stiefelspitze befestigte, unter deren Röcke schob, um gewisse Einblicke zu erlangen.

So dann und wann stellte er fest, dass manch liederliche Schlampe untenherum züchtig bekleidet war und so etliche „brave Mädchen" da unten eher Bar, sodass man in den offenen klaffenden Spalt linsen konnte. Den so manches klösterliche Schwesterlein, absichtlich über den Spiegel hielt, damit der kleine Mann ihn sehen konnte.
Dieser und jenen Beschäftigungen, wie z.B das rauchen von Pfeifen. Deren Tabak einem Gemisch aus dem Mohnsaft angeritzter Mohnkapseln, welche nach dem Antrocknen eine bräunliche Färbung bekommen und von den chinesischen Fischern und Seeleuten, nach Limerick gebracht und offen auf dem Markt verkauft wurden.

Das Opium war teuer und der kleine Bub, war nicht reich. Die Oma hatte nur ihr kleines Häuschen, ein Fuhrwerk und 2 Gäule, die es zogen, der Bub transportierte Lasten durch Limerick, aber das Geld reichte nur zum nötigsten und für Oma´s Medizin.

    Opium bringt Omi um, dachte der Knabe und machte seiner Oma eine spezielle Freude, am Sonntagmorgen, dem Muttertag in Irland und zeigte der Frau Großmutter stolz ein besticktes Kissen, das er für diesen Tag für Sie gekauft hatte.

    Gerührt drückte Sie ihren Bub an den Busen und dieser das Kopfpolster in ihr Gesicht, bis das sie aufhörte zu atmen und sich wie verrückt zu wehren. Friedlich schlief Sie, nach dem brutalen, quälenden Kampf gegen den Erstickungstod, für immer ein und hinterließ dem Bub, ihre Habe.

Die Mama San Supaporn und Wannaporn

Dieses tauschte er gewinnbringend gegen Gold und ein wenig Silber und dann trickreich und pfiffig gegen Opium und einen Plattentabak, der wundervoll duftete, wenn er abbrannte.
Den die arabischen Seeleute, meist als schwarze zähe Klumpen, aber oft als roten körnigen wie Sand aufquellenden, aus Ihrer Heimat mitbrachten und ebenfalls auf dem Markt feilboten.

Der junge Mann erlangte tiefe Einblicke in die Welt des Opiums, aber auch in die ebenso entspannende Sphäre, des duftenden Cannabis und genoss beides in rauen mengen, so sie den da waren.
Er lebte nicht übel, den schnell merkte er, das nicht nur er dem Kraut und dem braunen Batzen, gefallen entgegenbrachte, sondern so mancher Taugenichts.
Der nach langer Seefahrt im Hafen den Huren und dem Rauch zusprach und so spezialisierte er sich auf den Verkauf und die Verabreichung der geliebten Droge.
Er hatte die Idee, eine Bettstatt in einer Kammer zu vermieten.
Die aus einem flachen Strohsack und einem Tischchen bestand, auf dem die Pfeife ruhte und fand Gefallen an seiner Idee.
Soviel Wohlbehagen, das er gutes Gold einnahm, von dem er weitere Batzen kaufte und einen größeren Raum mit Wannen vollstellte.
Einer Feuerstelle, die für angenehme Wärme sorgte und für reichlich heisses Wasser. Welches aus einem trickreichen Rohr und Rinnensystem, zuerst in den obersten Pool floss und dort recht

heiß ankam. Sich aber mit dem Wasser mischte, das kühl und perlig, aus einem Wasserfall abgeleitet direkt in das Bad des jungen Mannes gelangte, der von da an der Baader genannt wurde.
Von diesem ersten Pool oder Becken, floss das Wasser abgekühlt in zwei weiter unten liegender Bassins, die aber schmaler waren als der zentrale oberste Pool. Von dort aus, wurde das Wasser in Rinnen in 4 kleine Wannen geleitet, weiter abgekühlt und für die meisten Gäste am angenehmsten. Unter diesen Becken befand sich nochmal ein längerer flacher Pool, indem das Flussfallwasser, das kühle frische, direkt eingeleitet wurde und das, ob seiner Reinheit und Kälte so belebend wirkte.
In jedweden Wannen und Pools, aalten sich die Süchtigen und verdorbene. Meist Halunken und unfähige zu jeglicher Art der Arbeit.
 Heute würde man Sie den Investmentbankern vielleicht der Kaste der Politiker zuordnen, und Sie rauchten das Pot oder die langen Opiumpfeifen.
Wäre da nicht meine Geschichte, die ich euch zum Erzählen beauftragt bin, würde der Baader heute, zumindest seine Uuuuuuruurruuuuuurr-Enkel, jenes erste SPA der Geschichte betreiben. Dies aber meist illegal, was den Gewinn eher optimiert statt zu mindern, denn nichts wird besser bezahlt als Unerlaubtes.
So aber, da dieser junge Mann ja bei der Mama San als Baader in Lolas Pinte, die Leiber der Freier und der Huren wässert, musste ja etwas

geschehen sein, das ihn dorthin verbrachte und das war so.
Eines Tages legte die Dork Than Ta Wan (Sonnenblume) aus dem fernen Siam, am Kai G in Dun Bleisce Doon an, an Bord ein Glas Ballon, nein mehrere davon, mit ominösen Flüssigkeiten, auf denen sonderbare Etiketten klebten.
Mit an Bord, ein Mann oder ein Dämon ein jemand, mit einem unglaublich schrecklichen Lächeln und einem Haar, das so schwarz war, aber das hatten wir schon bei der Beschreibung des Lektors.
Es war der Jud, aus Chiang Mai, der am Doi Suthep seinen Stand für Jad O ng und nebenbei seine Destille hatte,.
Die aus nahezu unerklärlichen Gründen, gleichzeitig in dem Ort Limerick/ Grafschaft Limerick und im germanisch mecklenburgischen Güstrow, als Garten mit Gartenhaus und Lauben vorkam.
 Es waren 3 verschiedene Orte mit jeweils eigenen Koordinaten, die sich an einer einzigen Kreuzung treffen würden.
Hätte es zu dieser Zeit, schon GPS Koordinaten gegeben, was aber keine Rolle spielt. Zeit ist die Beschreibung einer Abfolge von Ereignissen, hat somit eine eindeutige unumkehrbare Richtung. Nach der Relativitätstheorie bildet die Zeit mit dem Raum eine vierdimensionale Raumzeit, in der die Zeit die Rolle einer Dimension einnimmt. Dabei ist der Abschnitt der Gegenwart nur mit einem einzigen Punkt definierbar. Während andere Stellen, die weder in der Vergangenheit noch in der Zukunft dieses Punktes liegen, als

raumartig getrennt von diesem Ort bezeichnet werden.

Die markanteste Eigenschaft der Zeit ist, dass es einen Punkt zu geben scheint, der die Gegenwart genannt wird und der sich von der Vergangenheit unbeirrbar in die Zukunft bewegt.

Jenes Phänomen wird als das Fließen der Zeit bezeichnet. Dieses Strömen entzieht sich einer naturwissenschaftlichen Betrachtung, wie im Folgenden dargelegt wird.

Selbst die Geisteswissenschaften können die Frage nicht eindeutig klären.

Den Geister, die Wissenschaft betreiben, würden als äußerst fragwürdig in den gelehrten Kreisen angesehen.

So ist beispielsweise die Aussage, dass die Zeit fließe, nur sinnvoll, wenn eine davon unterscheidbare Alternative denkbar ist. Vielleicht auch mehrere, was denn dann aber zu verwirrend wäre. Die naheliegende Auswahlmöglichkeit der Vorstellung einer stehenden Zeit, beispielsweise, führt zu einem Widerspruch. Da sie nur aus der Sicht eines Beobachters denkbar ist, für den die Zeit weiterhin verstreicht. Sodass der angenommene Stillstand als solcher überhaupt wahrnehmbar ist. Viele Physiker und Philosophen sehen die Zeit somit als reine Illusion.

Einstein, den es in unserer Geschichte gar nicht gab, was aber wenn Sie den folgen Text begreifen, völlig Wurst ist, beschreibt in seiner Relativitätstheorie, den Widerspruch zu den Newtonschen Theorien.

Das die Zeit an jedem Ort im Raum gleich sein müsse …. So beurteilen Beobachter, die sich relativ zueinander bewegen, zeitliche Abläufe unterschiedlich. Wie immer Einstein darauf gekommen ist, wahrscheinlich ist seine Frisur und das markante Weiß seiner Haare ein Hinweis, das der Gedanke an sich, grauenhaft sein muss.

Das betrifft sowohl die Gleichzeitigkeit von Ereignissen, die an verschiedenen Orten stattfinden. Als auch die Zeitdauer in der Mitte von zwei Treffen zweier Beobachter, die sich zwischen diesen Begegnungen relativ zueinander bewegen. Oder weniger bedingt bis langsam.

Da es kein absolut ruhendes   Koordinatensystem gibt, ist die Frage, welcher Beobachter die Situation korrekt beurteilt, nicht sinnvoll.

Man ordnet daher jedem Betrachter seine sogenannte Eigenzeit zu. Ferner beeinflusst die Anwesenheit von Masse den Ablauf der Zeit. Sodass diese an verschiedenen Orten im

Gravitationsfeld unterschiedlich schnell verstreicht.

Zeit und Raum, erscheinen in den Grundgleichungen der Relativitätstheorie fast völlig gleichwertig nebeneinander.

 Und lassen sich daher zu einer vierdimensionalen Raumzeit verwurschteln.

Was aber völlig schnuppe ist, sich aber cool anhört, weil wir ja nur 3 Dimensionen kennen, außer die Personen die gezeichnet sind, die Cartoons, die sind nur 2 Dimensional.

Was die Relativitätstheorie sonst so alles besagt, was sie bedeutet und warum das für diese Geschichte so wichtig ist, wird der geneigte Leser kaum jemals begreifen, den ich tue es schon nicht und ich erzähle diesen Batzen an Wissen ja.

Eigentlich will ich nur darauf hinaus, wieso unterschiedliche Orte an verschiedenen Zeiten, gleichzeitig vorhanden sein Können und es offensichtlich ja auch sind, und ob Zeitreisen möglich sind oder wären.

Jedes dieser Gartenhäuser, sowohl in Germanien, im Paris Mecklenburgs, also Güstrow, wobei mir unbegreiflich ist, wie man diese grausige Ansammlung von Gemäuern und Slums, Straßen und einem zentralen Parkplatz, auf dem man unbedingt vermeiden sollte, sich das Schloss davor anzusehen, dass Paris Mecklenburgs nennt. Einer Stadt in dem sich die Hunde zum Sterben auf die Straße schleppen, wie man das alles mit PARIS in Verbindung bringen kann. Wo doch nicht mal das traurig fließende Bächlein die Nebel, mit der Seine konkurrieren kann und Güstrow über keinerlei Lagerfelds oder Chanels verfügt und überhaupt.

Jedes dieser Orte, ob der Garten und die Destille in Chiang Mai/ Siam, in Limerick oder jenem gruseligen Ort im Mecklenburgischen unterliegt eben diesem Phänomen der Relativität.

Die erwähnten relativistischen Effekte lassen sich im Prinzip als Zeitreisen interpretieren. Inwieweit über die Krümmung der Raumzeit und andere Phänomene, Reisen in die Vergangenheit prinzipiell möglich sind, ist nicht abschließend geklärt.

Eventuell wäre eine solche Zeitreise über ein Wurmloch denkbar, da sie Bereiche der Raumzeit mit unterschiedlicher Zeit verbinden könnten. Aber die Erforschung und praktische Nutzung übersteigt selbst unsere heutigen Möglichkeiten. Von daher ist es eher von nutzen, wenn jedem meiner immer geneigten Leser sich mit einem Exkurs über Magie und den Lektor als Magier zufriedengeben würde.

Zumal mein etwas konfuses Erklärungsgebilde, einer Überprüfung durch einen Universitätsrat eher standhalten würde, als Doktor Arbeiten, der meisten Politiker in unserer Zeit.

Was dennoch so abstrakt ist, das ich augenblicklich da ich dieses hier erzähle die Lust und das Interesse verloren habe. Dem hoffentlich weiter geneigten Leser lieber endlich erkläre, was mit dem florierenden Geschäftsmodell des Baaders passiert ist.

Nachdem die Sonnenblume aus dem fernen Siam, in Dun Bleisce Doon anlegte und der Jud mit seinen Glasballons das Schiff verließ.
Dabei eine Melodie pfeifend, die heute eine beliebte Sängerin aus dem Isaan dazu ermächtigen würde, von deren Tantiemen, den kompletten Isaan plus ein Vorkaufsrecht auf Chiang Rai in die Grundbücher der zuständigen Amphoe´s eintragen zu lassen.
Begab dieser sich zum Baader, von dem er so vieles schon gehört hatte.
Sein Anliegen war es, ihm seinen Aufguss, als Essenz für die Therme feilzubieten und sich den einen oder anderen Extrakt, mit dem Baader einzugießen und ihn traditionell über den Magen auszuschwitzen.
Ballons waren reichlich im Gepäck des Jud, die 2/3 des Laderaums belegte.
Zieht man den Schwund der inneren Verdunstung ab. Dem gelegentlichen Probieren und das die Überfahrt etwa 11 Monate länger als die

veranschlagten 3 gedauert hat, aufgrund navigatorischer Probleme.

 Weil der Ballon mit der Aufschrift Goorg-O-nzola neben dem mit Anis O. Uso, in einem 2/5 Gemisch, den gefürchteten Knock A-O-ut, einem mörderisch nach Lakritze mit Zahnpasta riechenden Halluzinogen, entstehen lässt, welches schnell aus dem Laderaum auf die Brücke des Kapitäns Laang Ekalat wechselte.

Dieser verstand sich vorzüglich, auf das exakte Mischen und hatte diesen kindlichen Drang alles zu erforschen. In diesem Fall auch andere Zusammensetzungen.

Unter zu Hilfe Name vom guten alten RUM, den man in Siam aber Hong Thong oder Mekong nannte. Zu dessen Verfeinerung, einige Kobras an Bord verbracht waren, da deren Blut dem Siam „Whisky" den nötigen Schliff gab, es wurde überliefert, das dies das erste Viagra der Welt sein sollte, wenn auch die kleinen blauen Pillen später, einfacher zu dosieren waren.

 Die Verbindung allen „Treibstoffes" an Bord des Segelschoners inklusive, weiterer Ballons und sogar Petroleums für die Positionslampen an Deck. Sowie der Innenbeleuchtung, weshalb die Sonnenblume, ein bei Nacht, äußerlich schwer zu identifizierender Nachen wurde.

 Die Besatzung und deren Kapitän sowie der JUD waren durch den Stoff derart von innen beleuchtet, dass Sie alle immer und immer wieder das Lied ....

Kaptain Laang

„Ooh dee Baag deng Moo, Oh de Baag
Som-O, oh de Baag …(Pause) Mapraauu Naam
Hom sangen, was übersetzt in etwa bedeutet:

Was seh ich da, sind es Melonen?
 Sind es Pomelo?
 Oder sind es Kokosnüsse?
Mit diesem wundervoll duftenden Wasser?

 …bezogen auf die Oberweite von Kerstin,
einer drallen Germanin, die als Nordfrau getarnt,
alleine einen Angriff auf das Empire starten
wollte.
Kerstin, war auf der Überfahrt immer mehr von
Ihrem Plan abgerückt, geschuldet einem Ballon,
mit dem Etikett Bail-O-sis.
Ein für Damen konzipierter Likör, der später als
das Bridge erfunden wurde, dem Eierlikör der
heute noch in Germanien, bei Frauen über 50 zu
jedem Kaffeeklatsch gereicht wird, als Konkurenz
entgegenbracht, wurde.
Denn beide Gesöffe sind für Männer nicht nur
unerträglich, sondern leidlich giftig. Was aber
nicht bewiesen wurde, da kein Kerl es jemals
geschafft hat, eines der beiden Liköre hinter den
Gaumen zu bewegen.
 Da dieser sich mit nahezu Lichtgeschwindigkeit
hin und her bewegte und ein Schlucken
verhinderte, gelangen aber dennoch Aromen
hinter diesen Schutzwall, des Gaumensegels.
Förderte eine Peristaltische Bewegung, der
Schluckapparatur in Fachkreisen, vor allem an
medizinischen Fakultäten auch Würgen genannt,
diese wieder nach oben.

Dieser Bail auf Haselnussbasis, mit einer O creme, bestehend aus fetter Sahne. Die in einem Opossummagen geronnen ist, versetzt mit einem Schuss feinsten, dem irischen Whiskey wesentlich näher als dem Siamesischen, der ja ein Rum ist, veränderte nicht nur die Pläne, sondern die Persönlichkeit von Kerstin.

Die statt am Meucheln und schlitzen, jetzt mehr am keucheln und schwitzeln Lust empfand. Vor allem wenn Sie von hinten genommen, den hässlichen Schändern nicht anzusehen brauchte und stattdessen mit geschlossenen Augen, darüber träumen konnte, das dieser Ziemer, der in ihr ein und ausfuhr, niemand anderem gehörte als Heino einem germanischen Barden. Der so steif war, dass man Rosenstöcke neben ihm anpflanzte, damit er diese anlernen können, gerade nach oben zu wachsen, während er den blauen Enzian besang.

Was Kerstin fälschlicherweise davon ausgehen lies, dass er ihre blauen Augen damit meinte und eine offene Liebeserklärung an Sie war.

Heino war der Grund, warum Kerstin sich ursprünglich auf dem Kriegspfad gegen Engelland, wo Heino seine Liebe fand, befand.

Den Gumba Ja, eine braunhäutige exotische Schönheit, mit schwarz lockigen Haar, die bei allen Auftritten des weißhaarigen Stars, immer am ersten Tresen saß und ihre Unterwäsche auf diesen Barden warf.

Sie war, nachdem Ihre Familie vom schwarzen Kontinent, über die Meerenge von Gibraltar gerudert war oder es wollte. Irgendwann unterwegs, vom Kurs abgekommen, mit etwas Verspätung in Britannien angekommen ist.

Von wo aus diese zarte Versuchung, die gerne in Milch schwimmt, sich der Tingel Tangel Band, the No Maden anschloss, die ihrem Leader Heino ermöglichten, Braunschweig, Hannover mit allen Welfenländerreien und Ostfriesland käuflich zu erwerben.

Was sich erst später als Fehler erwies, da dort schon ein Otto von Dingsbums, mit faden Witzen und einer Ukulele, die Fans peinigend, dazu ermunterte, ihm Otto soviel Honorar auszuschütten, damit er sich dieses Ostfriesland leisten könnte.

Was zu einer Immobilienblase bestehend aus Angebot 1 x Ostfriesland und Nachfrage 2 x Käufer führte. Vorgänger der heutigen Maklergilde, versuchten aus Westfriesland, ein neues Friesland zu gestalten, um dieses ebenso teuer zu verkaufen.

Die Holländer, die damals ebenfalls koloniale Ambitionen hatten, waren dagegen.

Mangels eines Südfrieslands, funktionierte man Nordfriesland um.

Was gut gelang, da man Heino damals nicht nachsagen wollte, dass er neben einer guten markanten Stimme, irgendwelche Hirnaktivitäten vorzuweisen hätte, die über das komponieren von gefälliger, aber einfach gestalteter Liedkunst hinausging.

So war eben dieser Barde Heino der Earl of Ostfriesland wie er sich selbst proklamierte und dieser dubiose Blödelbarde Otto, der Elefanten zugetan war, weil sie eine größere Nase als er hatten, im Disput!
Ich schweife wieder ab, nur soviel, später äffte dieser Blödelbarde, die germanische Heulboje gerne und oft nach, was ihm unverdiente Popularität, unzählige Auftritte bei Dorffesten und sogar den Adeligen dieser Zeit verschaffte. Und er von den Tantiemen, doch noch gegen den Widerstand, der Niederländer geführt von einem Rudolf dem Car Rell, Westfriesland zu seinem Besitz in Ostfriesland hinzufügen konnte.
 Sich dann aber fragte, was er mit diesem Stück Watt, Schlick und Senke anfangen sollte.
Er kam zu dem Ergebnis, das er die Ortsnamen, wie Alkmaar und Drechterland, Hoogwood in verballhornter Form in seinen Späßen, die man später Sketche nennen würde, einfliessen lässt. Ansonsten Nordfriesland, in Nordholland zu verwandeln und sich dann selbst zu überlassen, so wie es bis heute ist.

    Zurück zu Kerstin und dem Grund, im Groll und Gram gegen Engelland zu fahren.

    Den es kam der Tag, als in ihrem Ort, Heino und die No Maden, einen glanzvollen Auftritt absolvierten.

    Kerstin, die wieder am ersten Tresen sitzende, aufgeregt auf ihrem Hocker rutschende und damit intime Säfte in ihr Untergewand reibende Gumba Ja, entdeckte welche dieses Kleidungsstück im Laufe der Show, auf die Bühne schleudern würde.

Just in dem Moment, als der Rhythmus der Band umschlug, etwas militärischer wurde und der von ihr so geliebte Heino sang „Schwarz-braun ist die Haselnuss...Schwarz- braun bist auch DU .... schubiduuuu..."
In Kerstin zerriss alles, an ihr ebenfalls, den sie riss sich ihr extra für diesen Auftritt genähten Minirock mit einem Schlitz in der Länge und Art, wie er alles freigab statt zu verhüllen, vom Leib. Sie ärgerte sich nicht einmal oder schämte sich, dass auch das Oberteil, für diesen Anlass genäht und mehr zeigend wie verdeckend ebenfalls zu Boden sank.
Wie Sie, die Kerstin so dastand mit nichts an, als das Licht aus, stand sie nur so da und blieb, so stehen, zum Gefallen, der Burschen und der Wüstlinge. Welche Sie mit Ihren Augen verzehrten, Begehrten und einige sogar verehrten.
 Den Kerstin, war drall und gar wundervoll geformt. Nicht so dünn wie die Gru-O-pies der Band, die so fragil waren, das sie beim Trinken von Himbeersaft aussahen wie ein Fieberthermometer. Vor allem die grässliche Heidi, die gerne rauchte und man immer glaubte, vor einer brennenden Dachlatte zu stehen. Aber nicht so Fett wie Wamba, die im Winter zwar wärmte und im Sommer guten Schatten spendete, aber ständig schwitzte und garstig roch und alles in ihrer Umgebung einfach auffraß, selbst wenn es lebte.
Nein Kerstin, war geschwungen im Rund Ihrer Kurven. Ihre ausladende Oberweite, die schmale Taille und das stoßfreudige Becken, das in schönen, kräftigen Schenkeln über herrliche

Waden in göttliche fesseln auf zartem Fuße standen, machten Kerstin, so wundervoll und schön.
Doch nun, war sie weg die Zartheit, aufgefressen von der Leidenschaft die mit Eifer sucht, was leiden schafft, der Eifersucht und wich einer gnadenlosen Härte und einem Hass auf alles Haselnussbraune, auf Britannien.
So fand Kapitän Laang, von der Sonnenblume sie bei seinem Landgang erstarrt da stehe. Er wunderte sich ob der Folkloren Gesangesskunst, eines weißhaarigen Ömmes, der sich kaum bewegte. Der dunkle Fenster auf seiner Nase balancierte, was an sich cool aussah und ihn an seinen Freund Ray Baan erinnerte, der in Mae Sai an der Grenze zu Birma, einen Puff betrieb und dort der Papa Saan war.
Kerstin gefiel dem Laang und er besann sich, dass alles am Strand Gefundene, behalten werden durfte.
Und so wurde Kerstin an Bord geschafft, begutachtet und mehrfach probiert.
Das ganze auf einem Brett liegend das zum Beladen des Schiffes und zum an Bord gehen verwendet wurde. Die Gang Way, weshalb Kerstin die erste Walküre und Frau wurde, die einen Gang Bang erleben durfte.
Was Sie aber gar nicht mitbekam.
 Weil Sie in Art Schockstarre verweilte, die man nicht mit der Duldungsstarre einer gewissen Michaele S. Die sich nicht Gina -ierte Wild zu sein, verwechseln sollte. Da diese freiwillig geschah und dem Kameraleuten, die später für ein bekanntes Pornolabel, eben diese Loveposition

zum Feinjustieren der Schärfe ihrer Kamera-O-matics, ausnutzten.
 Was dem fertigen Produkt, kleine schmierige Filmchen, welche in Sol-O-cabins gegen Einwurf eines Geldstücks dazu Berechtigte, sich diesen Streifen an zu sehen.

Dem Putzteufel, der für diese Kabinen zuständig war, wurden Sauereien, in Form abgeschlagenen Erbgutes, auf dem Boden hinterlassen.
Kurz eine schmuddelige Branche die es zu dieser Zeit, von der ich euch erzähle, schon gegeben hat, wenn auch ohne High tech Equipment und mit anderer Reizwäsche.
Kurzum zusammengefasst, Kerstin gelangte an den Glasballon des Jud, oder das aus dem Ballon geriet in Kerstin.
 Es gefiel ihr, sie sah, dass es gut war und tat und ihr Groll wich einem irdischen verlangen, nach mehr von diesem Schlampenwasser.
Das sie so wild willig und immer heiß machte und Laang und seine ´Crew diesen Zustand reichlich nutzten, um sich zu erleichtern, bevor er Kerstin in der Hurenfestung einem Bordell gegen gute Bezahlung überlassen würde.
Jetzt aber saß der Jud mit dem Laang beim Bader und pries seine Extrakte an. Man mischte, es zischte, man schnüffelte und zog, es roch wunderlich oft grob, man plantschte in den Wannen, trank ballonweise aus Kannen.
Man rauchte Opiate, küsste Innenschenkel zarte, aber nicht gegenseitig, wovor man sich bewahrte.
 Nein aus dem Puff lies man sie kommen, die Schenkel der nicht so ganz frommen.

Man plantschte mit Dirnen, fickte in die Gehirnen. Durch Münder so rot, doch erstes Gebot, macht keine von ihnen tot, den sonst vor dem nächsten Morgenrot, ist die Party aus dem Lot.

Weiter gelutscht und gemuckt, von hinten gebockt, von vorne verlockt und das ganze aufs Neue, den man buchte keinen Scheue, nur Schlampen so willig und ist es nicht billig, wer hat der hat und so machte man die Ballone platt.

Sie ließen Luft aus den Gläsern, verzichteten auf Präsern, die es ja noch nicht gegeben, liessen Syphilis erleben und Ejakulat auf den Tischen kleben.
So eklig und dreckig, im Suff lachten sie sich scheckig, doch dann gab es einen Knall, so laut und überall.
Als zeuge dieses einen Vorfall.
Des Baaders Gelände fand jäh sein Ende, den es waren die Prozente im Alkohol am Ende…
Zu viele und mit den Kerzen zu erweichen der Dirnen romantischer Herzen, erkannte man unter Schmerzen, mit brennbaren Flüssigkeiten und Kerzen, ist nicht zu scherzen!

15.2 Der Baader

So und nicht anders kam der Baader zur Mama San in Lola´s Pinte und war dort für das zuständig, was er am besten konnte.
 Und zwar das was er an diesem Morgen tat.
 Die Strohsäcke in den Opiumnischen aufzuschütteln, die Pfeifen einzusammeln, zu reinigen und für das Ereignis das bevorstand und von dem die Mama San in freudiger Erwartung schon feucht wurde, in den Augenwinkeln, wie im Schritt.
Der Baader nicht ganz bei sich, wie immer am zeitig Morgen, den er so hasste wie das frühe Aufstehen.
 Es war eine Stunde vor Mittag, wunderte sich bei einem Strohsack ob des Gewichtes und als er genauer hinsah, entdeckte er, im Sack, dessen Naht geplatzt war, Sir Roland von Edinburgh.

 Opiumsüchtiger adeliger Stammgast, und er beschloss, ihn dort zu belassen.
Einerseits weil er nichts Besseres mit Sir Roland anzufangen wusste und andererseits, weil dieser mit dem Strohsack schon eine Symbiose eingegangen war. Die darin bestand, dass der Sack von den Abscheidungen des Sir Roland von E. das Stroh speiste. Das im Gegenzug dafür sorgte dass Sir R. Von E. Immer trocken lag und der Gestank, der ihn umgab, nicht die anderen Gäste störte.

Irgendwie gab es Bakterien, Kleinstlebewesen die ebenfalls für den Komfort des Sir R. v.E zuständig waren.
Doch so viele Ausscheidungen gab es kaum, den Sir Roland ass so gut wie nichts, er trank mehr und rauchte.
 Wenn er ab und an und immer seltener aus seinem Delirium auftauchte und dann gewaltig nervte, weil er ungefragt Geschichten von seinen Heldentaten zum Besten gab.
Die aber nicht wahr sein konnten, weil Kisten mit Rädern die alleine fuhren und manche mit Ketten an den Rollen, auf denen Geschütze montiert waren, niemand absolut keiner kannte oder jemals gesehen hatte.
 Er, Sir Roland aber auf deren Existenz bestand.

Dies führte dazu, dass viele und andere Gäste gerne für einen Krümel Opium zahlten, damit der Baader dem Sir, diesen in der Pfeife bereitete und dieser dann wieder in seinen Dremens Deliri abgleitet.
An diesem so frühen Morgen, kurz vor Mittag, bemerkte der Baader, dass der Strohsack immer komplexere Strukturen und Bioformen ausbildete. Er schob diese Beobachtung aber auf den frühen Zeitpunkt und maß ihm keine weitere Bedeutung zu.
Es gab zu tun und so rief der Baader nach dem Ostiarius, einem gemeinen fiesen Schläger, mit enormer Kraft. Der für die Mama San, unbequeme Gäste und die nicht zahlenden, aus der Pinte feuerte und dies dank seiner beachtlichen Pratzen gut und effektiv.

15.3 Der Ostiarius

Woher der Ostiarius stammt, wusste niemand nicht einmal der Ostiarius selber.

Aber er wusste das er nicht aus dem Westen hierher gelangte, das war schon alles. Was die Möglichkeiten seiner Herkunft gewaltigen Stoff zur Spekulation gab, die aber so nicht stattfand, den niemand wollte wirklich wissen, woher der Hüne kam, es interessierte eben nicht.
Es musste aber ein brutales, fieses Land sein, eins indem Drachen hausten, Legenden entstanden und wo man kochendes Wasser aus Tümpeln schöpfen konnte.
Ein Land indem Gwärschner lebten, Fabelwesen die durch ihre Brutalität, schiere Kraft und durch ihr Aussehen, das so grausam war, wie die Gedichte, die sie schrieben. Welche von Eiter und Goorm handelten, indem Nixen schwammen, die Blutbeutel unter Ihrer Haut hatten. Von Geschwüren und Warzen an Stellen, die ich hier erspare, von Ekzemen und dem dreieckigen Schnurpselspiel, das in etwa so ging:
Das man einen dreieckigen Schnurpsel, vor sich her rollte und dabei sang, „ich rolle meinen dreieckigen Schnurpsel vor mich her."
Gwärschner, hässliche üble Kreaturen, sowie der Ostiarius wusste über Sie Bescheid denn er erzählte an dunklen Abenden, oft und gerne von Ihnen. Und wenn man ihn im flackernden Licht

der Kerzen beobachtete oder seinen Schatten, den er an die Wand warf, hatte man ein Bild, wie diese Gwärschner beschaffen sein müssten.
Der Ostiarius liebte seine Tür, an der stand er nämlich, er lebte davor und dafür den es war SEINE TÜR, seine Bestimmung, ER alleine bestimmte wen er einließ und wem er das gefürchtete „Du gummsch do Ned nei"! Entgegenschleuderte.
Oft schleuderte er eine seiner Pratzen, die so groß waren wie eustachische Klodeckel oder Latrinenverschlüsse und in etwa so rochen, in das Gesicht eines Abgewiesenen.
Er half durch grobe Physik den Lehrsatz Kraft mal Weg durch Zeit, gleich Leistung zu verstehen, wenn der Kadaver des nicht Eingelassenen an den Kastanienbäumen gegenüber Lola's Pinte jäh abgebremst wurde.

Wenn der Ostiarius lächelte, was er Gott sei dank so gut wie nie tat, denn der Anblick war ein Gomorra ohne Sodom, dafür mit vielen Speiserückständen. Die in einer sichtbaren Amylase, von Speichel um Zahnruinen, aus deren Löchern klebriger Schleim quoll, dessen Herkunft jedem Mediziner und der Zahnfee, Rätsel aufgaben.
Schön war das nicht, wurde aber von einem bärigen Mundgeruch übertroffen. Den man in einer solch gepflegten Mundhöhle nicht vermutete, sondern voraussetzte und so war er da in Dissonanz zum Anblick.
Sein Gesicht war einmal schön, ebenmäßig geformt, starke willige Augen. Deren Dominanz

etwa 12 Mega SM ausstrahlten, nur leicht rot
geädert waren. Dazu diese wundervollen blauen
Augen. In denen sich, solch manche Maid
verloren hatte. Die in einer Harmonie zu den
schwarzen großen Pupillen lagen, welche
umgeben vom strahlendsten Weiß, das den
Gesamteindruck der Augenpartie einen Charakter
verlieh, als wäre Schnee erst frisch gefallen.
Danach aber eine Horde Huskies ihre Notdurft
darin abschlugen, und zwar jede Form. Seine
Leber zeichnete Ihre Schatten, nicht nur dies
Organ war von Zehrrose zerfressen. Nein, diese
selbst zersetzte sich schon, seid der Ostiarius auf
der Milz weiter soff.

Die Nase, im fernen Gallien, genauer in einem
kleinen Dorf, lebte ein dicklicher junger Mann,
der im Herstellen von Hinkelsteinen, sein
Wildschweingelage verdient, der gerne blau-weiß
gestreifte Ballons als Hosen trägt. Wenn meinem
Leser, das Bild jetzt klar wird, dann fokussiere er
auf den Stein den er auf seinem Transportrücken,
zur Auslieferung trägt.
Genau so, sieht die Nase des Ostiarius aus.
Noch verworfener und vor allem an der knolligen
Spitze geädert. An seiner Borte hängt so gut wie
immer, ein sich länger ziehender Schleimtropfen,
der in sich stabil ist und der Physik, was die
Tropfen lehre angeht, spottet. Den er reißt und
reißt nicht, bis er es dann doch tut. So mancher
Gast und das Personal, schließt Wetten ab, wann
es den soweit ist.
Ja 20% des illegalen Glücksspiels in Lola´s Pinte
befasst sich mit diesem Tropfenpoker.

Neben Black Jack, Daniels und allem anderen, was man in einer solchen Absteige vermutet aber meistens nicht glaubt und dann überrascht ist, es dort vor zu finden.
Die gleiche Konsistenz wie der ständig existierende Tropfen an der Nasenspitze, haben die Speichelfäden im Mund des Ostiarius.
Vor allem diejenigen die auslaufen und ekelhaft keck, am Kinn hinabrinnen.
Die Haare trug der Ostiarius lang und zu einem Pferdeschwanz gebunden, den Schopf so blond und von einer festig und Zähigkeit, wie ein Zopf Pisanghanf und ebenso stumpf und matt, verfilzt. Es gibt einige die darauf Wetten, dass es sich um einen Zopf Hanf handelt. Welchen der kahlköpfige Ostiarius in einem extrem frostigen Wintermorgen, aufsetze um seinen Schädel gegen die Auskühlung zu schützen.
Ihn dann aber vergessen hatte und der jetzt mit seinem Haupt nachhaltiger verbunden war, als es eine Wurzel genährte Haarsträhne es je könnte.
Bevor der geneigte Leser lästerlich empfindet, angeekelt wäre angebracht, aber lästerlich, so sei ihm gesagt, kein Regen, kein Schnee, keine Sonne kann dem Ostiarius etwas anhaben. 7 Uhr morgens, Kälte der Schnee im Starkwind, das Haar sitzt.
10 Uhr Küche, Dampfschwaden, Hitze, das Haar perfekt.
 13 Uhr, Schlafgemach, extreme Temperaturen, lufttrocken, starke mechanische Einflüsse, das Haar einwandfrei.
18 Uhr, nicht duschen, nicht waschen, kein nichts und das Haar wie immer.

22 Uhr die Tür, Wind, rauer Regen, nahezu senkrecht, Blitze, Luftfeuchtigkeit 89% das Haar sitzt immer noch.
Mitternacht, die 13te Schlägerrei, die Frisur sitzt.

Ja er ist ein hässlicher Vogel, der Ostiarius aber richtet ihn nicht, auf das ihr nicht gerichtet werdet, den innerlich war der Türsteher herzensgut.
Gut, der Vergleich ist nicht angebracht, den viele der Abgewiesenen behaupten steif und fest, dieser Mensch, so er einer ist, hat gar kein Herz.
Statt eines Brustmuskels, pumpt eine Membran das Zeug, das anstelle von Blut in seinen Adern und Systemen fließt.
Tatsächlich brach der Muskel, der einst in seiner Brust pochte, an dem Tag, als Marusha Bloombotton, eine jüdische Irin, die zwar lispelte, dafür aber Ihren Mund komplett um das Ungetüm des Ostiarius schließen konnte, in der Absicht durch saugen und lutschen, diesem eine feuchte Freude und den Eiern, die so groß wie Blutorangen waren, etwas Druck entweichen zu lassen ...
...Den unter Druck war er damals schon unleidlich, dieser Muskel brach just als Marusha in seinen starken Armen verblutete und mit Ihrem Leben ihre Liebe ins Reich mitnahm, wohin sie der Fähren Führer brachte.
Marusha war bis 3 Minuten, bevor sie den Fährmann rief, eine vaginale Jungfrau.
Nur mit ihrer oralen Blüte, diesem riesigen Mund, den Sie hatte, der es ihr erlaubte, beim Küssen nebenbei Liebling zu sagen. Aber auch den

Hammer des Ostiarius aufzunehmen und das so tief, was bei der Länge des Hammerstiels nötig war, dass der Eichelschaft von der Gurgel zart massiert wurde.
Das Frauen, gar keinen Kehlkopf haben, ist dem verliebten Ostiarius niemals und nicht aufgefallen. Auch das Ihre Hände etwas grob waren und ihre tiefe Stimme, fiel ihm, gar nicht auf.

Marusha war die einzige Blume, auf dem unheiligen, dornigen von Flechten und Eisenkraut sowie dem Giftefeu verdorbenen Acker, den der Ostiarius sein Leben nannte.
Den er bewohnte und so waren ihm der Spott und der Hohn einerlei, der ihm entgegenkam, wenn er seine Marusha ausführte. Meist zu der dicken alten Eiche am Dorfrand, wo sie ihren Kopf in den Nacken legte und der Ostiarius sich ihrer süßen endlosen Lippen bediente und sich von ihrer Gurgel massieren lies, zumindest ein Stück von ihm.
Es machte ihm nichts aus, den bevor Sie ihn einen Homo schalten, brach schon deren Nasenbein.
 Oft aber machte auch die Zähne beim Verlassen, der Rachenscharte einen solchen Lärm, das die Schimpfworte vom Geräusch und dem Schleier des fliesenden Blutes mild überdeckt wurden.
 Für den Rest sorgte, die maßlose Geilheit und die Vorfreude auf orale Dehnungen. Oder die Explosion, der Rausch der Sinne, wenn die Oberschenkel wieder etwas näher zusammenrücken konnten, da der Speicher eine

gute Lieferung durch den Schusskanal nach außen befördert hat.

An dieser Eiche verlor der Ostiarius sein Herz, in der Sekunde in der Marusha ihm eröffnete, dass sie bereit ist, ihm jede Pforte zu öffnen, außer der weiter vorne Angebrachten, die sie sich für die Hochzeitsnacht sparen wollte.

Der geneigte Leser durchschaut diese List, ist doch an der angeblich vorderen Pforte, ein Kitzler.

In jener Dimension, der manchen Schwanz spottet und hebt man den Sack daran, kein Tor, keine Pforte, nicht mal ein Türchen, gegen den dieser Beutel klopfen konnte, um Einlass zu begehren.

Nur der Ostiarius nicht, der lies sich blenden, öffnete den Latz, polkte den Lümmel aus ihm und drückte ihn gegen den Schlund, der ihm hingehalten wurde.

Er drängte und presste mit aller Kraft, doch das fette Ding wollte nicht gleiten, nicht dringen, nicht gewinnen gegen die Gegenkraft.

Welche, von einer trainierten Poperze ausging, um dann doch laut reißend, dem Drängen und der Begier nachzugeben.

Und den Ostiarius sein Herz, mit Liebe und mit Wollust und unter einem ohrenbetäubenden Schmerzensschrei, seinen Phallus, in den Anus verbrachte. Doch den Schrei, den er als Ektase und Lust, des Verlangens missverstand, war der des Schmerzes. Hervorgerufen, durch die Dehnung, den der Pleuel der in Ihr pumpte, zerriss sie und das Blut strömte an seinem Schaft vorbei ins Freie.

Das deutete er als ein zu frühes kommen, der weiblichen Säfte und so vernahm er den Laut nur scheinbar, als der Anus zu reißen begann und der Riss nicht mehr aufhörte sich zu vergrößern.

Marusha überlebte dieses Torturnament nicht, sie hatten den Arsch buchstäblich offen und das war es.
Tragisch für den Ostiarius, den außer Marusha interessierte sich schon damals kaum jemand für den ansehnlichen und stattlichen Hünen.

 Zurück in der Gegenwart, dieser weit in der Vergangenheit liegenden Geschichte, zur Tür an Lola´s Pinte vor der, der Ostiarius seinen Dienst verrichtete.
„Oh, wie entzückend", flötete der Türsteher, als eine scheue, liebreizende Maid, mit langem Blauschwarz glänzenden Haar, das kaum ein Mann je mal zur kenntnis- nahm, weil sein Blick immer in der ausladenden Oberweite, die vor dem Körper, dieses schönen Wesens, straff und kraftvoll, aber auch so rund und weich so proper, in ein Mieder gegürtet, derart drapiert waren, das dieser Blick immer genau da und dort hängen blieb.
95 trippel F stellten Büstenhalter, jedes Mieder und andere Apparatur vor eine gewaltige, nahezu unlösbare Aufgabe.
So kam es oft vor, dass mancher Geselle sein Augenlicht verlor, wenn diese Pracht unter reisenden, platzenden Geräuschen, sich ans Licht

der Öffentlichkeit drängte, weil das Material, ob der süßen Last zu müde, einfach aufgab.
Was kaum einem männlichen Bürger je auffiel, war das zarte marienhafte Gesicht. Die hübschen Augen, blau die aus dem weißesten aller reinen Antlitze, hell und strahlend in die Welt blickten und so freundlich waren, dass man niedersinken wollte, würde man jemals dieser Augen gewahr.

15.4 Die Maria und der Eddie

Maria, eine Dirne aus dem fernen Bavaria, aufgewachsen auf einem Bauernhof für Waisen. Allerdings waren Ihre Eltern nicht tot, sie leiteten jenes Institut und sie waren voller Güte, Milde und beschenkt mit reinen und riesigen Herzen. Weshalb ich dieses rührselige Elend überspringe um meine geneigten Leser, welche vielleicht an Diabetes leiden, mit all dieser Süße nicht zu überfordern, und komme jetzt zum Kern.

Maria liebte ihre Eltern und die Tiere auf den Wiesen und Feldern und war zu allen gut. So auch zum Öhi, der auf der Alm wohnte und einen Enkel hatte, den Eddie.
Der aber nur zu Besuch, im Sommer in den Ferien vorbeikam.
Ansonsten in Vienna, meistens in St. Pölten, seine kleinkriminellen Lausbubenstreiche abzog.
Der es übertrieben hatte, Eddie hatte die Wahl, in den „Häfn" den Kerker ab zu wandern oder beim Großvater zu einem brauchbaren Bub erzogen zu werden, den auf der Alm da gibt es nicht nur Koa Sünd, doa güübs goar niggs.
Außer Sonntags in die Kirche, zu der man 3 Stunden Alm abwärts und danach 4,5 Stunden Alm aufwärts zu kraxeln hatte.
Beim Ziegen und Schafskäse herstellen, wird der Lauser schon nichts anstellen. So dachten die Eltern, als sie den Eddie in seinem besten Anzug in die Kutsche verfrachteten, welche ihn ins schöne Bayern brachte, aus der Stadt und seinen

Verlockungen, in die Beschaulichkeit der
bayerischen Umwelt auf die Alm.
Die Natur gab dem Menschen die Pubertät und
nicht nur der kleine Eddie ward dieser
unterworfen, auch die Maria, fühlte das Pulsieren
in ihren Lenden und dem Dreieck, das wie
schwarze Seide auf ihrem Schamhügel wuchs.
Im christlichen Glauben unterdrückte sie diese
Lust und strafte sich selbst, wann immer die
Phantasie ihre Schwingen ausbreitete, um Maria
in Wolke 7 zu tragen.
 Und den Bildern, die sie aufnahm, in ihrem
Geiste der Wollust der linken Hand, welche sie
schenkte, zu unterbinden.
In Ihrer Phantasie, die ihr Innerstes sendeten, war
der Eddie allgegenwärtig. So mancher Psychologe,
sensible Leser deuten dies als zartes Verliebtsein,
was es in seinen Anfängen wahr.
Maria liebte den Eddie, schon seid seinem ersten
Besuch auf der Alm, als er gerade 8 war, himmelte
Sie ihn an, Sie mochte seinen Wiener Dialekt, den
Schmäh.
Sie floss hin, schmolz, wann immer der Eddie zu
ihr sprach. „Joo Gääh, Ian Wieaan hodd´s a
bloaas a boor Flitscherl und die Käärls san´s oals
bloas a boar Wappler" antwortete der Eddie auf
Marias schüchterne Frage, ob er Wien lieber
mochte als das Leben auf der Alm und das kam
nur gehaucht über ihre süßen Lippen, „mich"?
Sie liebte, wenn er von Wien und von St. Pölten,
was sich immer wie Wiaan un Saangt Böölden,
anhörte.

Von den feinen Damen, den Gentlemen, den feschen Gendarmin von denen der Eddie, recht viel und anschaulich zu berichten wusste.
„Grüaas Sie Goodd Höörr Kerkaamaaister üüü büün wiadda dooah, der Dauergaast in diesaaam Gnaast aus Zelle Numma zwoaa, ...
Ein Satz, den später im fernen Austria mal eine Linzer Gruppe, die EAV, in einen Hit verwandelt, dessen Tantiemen für die Steiermark, das obere Tirol und Miteigentumsanteile am Wiener Prater ausreichte.
Der Eddie, war schon als Bub mit allen Wassern gewaschen, ein eitler Pfau selbstverliebt und immer auf seinen Vorteil bedacht.
Fesch kam er daher, nur der Großvater durchschaute den Ganoven und mochte ihn gar nicht in der Nähe von Maria sehen.
 Den er wusste, Sie war so brav und lieblich wie sie Schönheit ausstrahlte, unverdorben und rein im Herzen und der Seele.
Doch bemerkte er, dass die Maria da anders dachte, wann immer der Eddie um die Ecke kam.
Sonntags stand er vor der Kirche, in diese zog es den Tunichtgut so gar nicht hinein.
Den der Eddie sagte sich, die ganze Woche, früh aufstehen und am Sonntag das gleiche. Nur um sich 2 Stunden anzuhören, dass man ohnehin in der Hölle landet, das tut sich nur jemand an, dem der Verstand nicht wichtig genug erscheint.
Für ihn waren alle Kirchgänger Scheinheilige. So unrecht hatte er gar nicht, der Eddie bekam vieles mit, er war faul, aber dumm gewiss nicht.

Die Mädels im Dorf waren ihm alle angetan. Der Eddie schöpfte aus dem Vollen, erzählte jeder von denen das, was sie hören wollten.

Das er ihnen Wien zu Füßen legen würde, und dachte dabei doch immer nur daran, die Mädels in der „Heizlergasse" unter die Laternen zu stellen. Wo sie das, was er sich einfach nahm, teuer an den Freier vermieten.

Die Schillinge dann dem guten Eddie, der dafür ja auf seine Mädels aufpasst und sorgt, dass ihnen nichts fehlt, außer ab und an ein Zahn, das bleib nicht aus.

Der Eddie war nicht zimperlich. Einer Keilerei mit der Konkurrenz ging er niemals aus dem Weg. Aber wenn seine Dirnen glaubten, ihn betrügen zu müssen, lernten Sie schnell, der Eddie sieht alles.

Beim bestrafen sah er zu, das er die Ware, seine Dirnen nicht zu sehr beschädigte. Aber wenn der Jähzorn zu stark wurde, vergaß er sich gerne mal und das Flitscherl, konnte man hinterher für ein paar Tage vergessen.

Die meisten Freier liebten die orale Lust.
Wenn ein Zahnloser Mund, ein gewisses Risiko ausschloss, empfanden diese Herren das Kobbern, wie man das Anbieten der fleischlichen Dienstleistung nannte, als wenig prickelnd.

Wenn man zu hören bekam:
„Maa Füüfer, foll iff dir ma auffa Flöppe fffpielen"?
„Fehn Filling maim Faaafps und iff maff diff glüfflich".

Weniger schön, wie bei Isolde, deren Unterkiefer mehrfach gebrochen war. Die eine Narbe quer im Gesicht hatte, weil der Eddie das unglückliche

Ding, in einer Scheune in einen Pflug gefaltet hatte.
Nur weil das Hascherl seinen Vorgaben nicht so nachkommen konnte.
Ja der Eddie war ein schlimmer und er kam Jahr für Jahr zum Öhi, der sein Großvater war und den er hasste.
Nachdem jede Maid im Dorfe und denen in der Nachbarschaft, die Muttermale auf dem Phallus des Eddie genauer kannte, als die eigene Kittelschürzentasche und dem Schlingel so ganz und gar fad war.
 Weil hatte er eine Maid geschändet, verlor sie schnell den Reiz, vor allem da der Eddie Neigungen hatte, die nicht jedem der jungen Häschen gefielen.
 Nur denen die ganz und gar für den Eddie alles an Hingabe und Aufopferung in einem falsch verstandenen Gefühl, das nicht Liebe sein konnte, sondern Hörigkeit, gaben. Sich für ihn aufgaben, nur um die seine zu sein, machten alles mit.
So mancher Knabe zerbricht sein Spielzeug. Aber die jungen Männer, wie der Eddie einer war, machten es kaputt. Manche Magd war nach der Liaison mit dem Luden zerstört oder für das Leben gezeichnet.
 Es musste im Dorf auf der Alm reichlich Treppen geben, die in einem Zustand waren, der erbärmlich zu nennen ist. Denn so viele Treppenstürze und nur die jungen Dinger betroffen, das war seltsam.
Dem Eddie war öd, so beschloss er, die Maria zu umgarnen. Auf die aber sein eigener Großvater aufpasste.

Nicht nur der, so etliche brave Vater so manche Mutter durchschaute den Schelm.
Aus Wien kam die Kunde, über den Wüstling und so versuchten die Familien, ihre Töchter zu schützen.
 Doch wenn das junge Verlangen lodert, der Geist vom Herzen überdeckt wird. Wenn das vibrieren in den Lenden, der taufrischen Geschöpfe nur durch die Hand, den Finger oder selbst geschnitzte Hilfsmittel, zu besänftigen war, dann konnte man sein Kind nur durch das Kloster, sonst indem man es zu entfernten Verwandten schaffte, schützen.
Maria im Stift, dies liebe Ding, diese zarteste Versuchung. Deren Rundungen schon als pubertierendes Mädchen, jeden männlichen Verstand sprengten, sowie den Pinguinen, so nannte man die Nonnen dort. Das wollte der Maria niemand antun, ein Fehler.
Ich mache es kurz, der Eddie gewann ohne Mühen die echte, die wahre Liebe der Maria und schaffte es, Sie zu entführen, zuerst nach St. Pölten. Wo er sie in die Geheimnisse der Nacht einweihte. So gar schnell einen freigewordenen Laternenplatz für Maria hatte, die diesen gelehrig und mit Freude für Ihren Eddie bewirtschaftete und ihm niemals nur einen Schilling unterschlug. Doch bald kam die Gendarmin auf den Plan, den Maria wurde vermisst und es war klar wohin und mit wem sie davonzog.
So ging es dann nach Wien. Wo Maria eine brandneue Gaslaterne in der Nähe des Praters bekam.

Der Eddie, die anderen gewerblichen Objekte, in der Heitzler Gasse oder in den einschlägigen Etablissements zur Miete kurzzeitig verlieh und gut verdiente, was ihn wohlhabend aber nicht gleichermaßen beliebt machte.
Seine Popularität, brannte deswegen auf Sparflamme, weil er wie schon gesagt recht jähzornig, arrogant, rechthaberisch war. Ein zu großes Ego pflegte, er war ein Arsch und um den Ringmuskel konzentriert, das Loch desgleichen.

Maria aber liebte ihren Eddie, sie erhoffte was alle Schicksen und Hicksen, Dirnen und die braven Mägdelein träumten.
Eine Familie mit feschen Buben und Dirndl, das diese eine Ausbildung bekamen und später für die Eltern Vorsorge treffen.
Aber jetzt sorgte Maria für die Familie und die bestand nur aus dem Eddie. Der die ersparten Schillinge, in feine Garderobe, kostspieligen Schmuck und seine goldene Taschenuhr eine Savonnette mit Sprungdeckel und Aufzugsmechanismus, investierte.
Eine in 24 Karat Gold, was keine Kampfsportart oder deren Dan- Gürtel symbolisierte, die enden bei Schwarz, sondern die Goldauflage war gemeint und die auf Eddies Uhr war schwer mein Herr!

Der Eddie wusste seine Maria zu schätzen, so schlug er sie nie, mit der bloßen Hand. Dafür hatte er Samthandschuhe, samtig wie der Paletot des Lektors, niemals so schwarz wie dessen Haare, die im Vergleich zu seinen Augen, nicht mal hellgrau waren. Die dämpften keinen Hieb, aber der Eddie war sehr auf Kontrolle bedacht, auf Regeln und waren Sie nur zu seinen Gunsten, er bestand auf deren Einhaltung.

Marie erfüllte und bedachte alle Regeln, dennoch bekam Sie regelmäßig Prügel, dem Eddie gefiel das so und er hielt sich eben eisern an seine Gebote und befand, dass es so gut ist.
So kam der Tag, das Arg Roh in das Leben der beiden trat, eher gepoltert ist, aber immer der Reihe nach.
Ansgar Richard Günter Roh, in Tabakgeschäften und mit dem Im vom Export befasst, aber auch gerne ein kühles Pilz oder ein Weisses aus Bavaria genießend, hat ein Auge auf Maria geworfen. Zum Glück nur eins, den das war ihm verblieben, über der Augenhöhle des anderen hatte er eine Augenklappe gezogen. Die aus den Augenlidern, seiner verblichenen Feinde zusammengenäht war. Die er wie ein Indianer den Skalp, selbst entfernte. Diese bedeckte die komplette linke Gesichtshälfte, das war recht clever, den sonst hätte sie das intakte Auge verdeckt und Arg wie man ihn verkürzt nannte, würde gar nichts sehen.
 Doch konnte sehen und seit er sie erblickte nur Sie, die Maria und so geschah es.
Man könnte es Liebe nennen, wenn man es nicht besser wüsste und das Begehren als geile Lust, haben wollen oder nur als Besitz ergreifen, wegnehmen, stilisieren mag.
Ja, das war es, den Arg Roh nahm sich, was er wollte, gerne das Geld der Leute, die Unschuld

der Mägde und hatten die keine mehr, das eine oder andere Leben.
Es begab sich, dass Maria eines Nachts, etwas gehandicapt war.
Bei aller Fürsorge vom Edderl, der dachte das Maria, Schillinge unterschlug, was sie bei Gott nicht tat.

Sie liebte das Arschloch von Herzen ...
Mit vielen Schmerzen
Von dem Wachs der Kerzen.

Wenn Eddi, seinen Marquise de Sade Fimmel auslebte, den damals niemand kannte, weil der Schmus gar nicht aufgeschrieben und veröffentlicht war, waltete er gewissenhaft und kreativ.
Deshalb liebte die Dirne diesen Arsch, trug die Kostüme, die liebreizend, aufreizend vor allem knapp waren.
Sie trug Kleider, die vorne offen waren, aber nicht so wirkten, bis Maria das Fähnchen teilte und man alles sah.

    Dem Umstand das die 95 tripple X recht lecker waren (Körbchengröße) der Schwerkraft strotzten und es keinen Dr. Botox sowie Baumarkt Silikon gab. Als auch die Scham der Maria nicht nur einen Venushügel beherbergte, der ein Armageddon recht gefertigt hätte, sondern den Einmarsch in Polen, was für Österreicher ja durchaus einen erotischen Aspekt darstellt.
    Die Bauchpartie dazwischen war so lecker, vor allem der Nabel, dass der Erzähler, eurer hier jetzt

mal kurz unterbricht, um die Sachlage neu zu überdenken ...
Dieser Umstand und die anderen, bewogen Arg Roh, der Dirne Maria, trotz ihres Veilchens und der lädierten Garderobe, die dadurch knapper und aufreizender, sich zu präsentieren im Stande war.
Für etwas mehr als die dreifache Menge der üblichen Schillinge, für ein stell dich ein, Ringel mit Pietz und andere Schweinereien zu buchen.

Ja Sauereien, da Arg Roh, ein echtes Schwein war, passt einzig dieser Vergleich.
Maria war es gleich, den Ihr Herz so gut und rein, ihr Repertoire an Gefälligkeiten, die man für Schillinge, hier den Österreichischen, ... Es gab die Währung des Lektors und der Schilling war die Valuta vieler afrikanischer Staaten, wie Uganda oder Kenia.

Maria schlug niemanden und niemals einen Wunsch ab, auch keine Forderung und wollte man sich mit Gewalt nehmen, was Maria aus Liebe zum Eddie so anbot, bekam man das eben, so groß war ihr Herz.
Arg Roh war im Grunde ein Netter, ja nicht wirklich. Er hatte es lieber, wenn eine Dirne leise verging, besonders nachdem er sie stundenlang gewürgt hat. Was aber nie passierte, weil meistens nach 5 Minuten oder weniger, das Leben aus einer Schlampe wich.
Das Gleiche geschah sogar mit den geehelichten Frauen, was der Grund war, das Arg Roh sich den Dirnen bemächtigte.

So und es ist überliefert, erlagen in Wien am Prater und in den Bezirken viele Maiden dem Mangel an Sauerstoff. Was dem Gehirn entzogen, so mancher das Leben raubte, indem der Tod eintrat.

„Grüß Gott, i bin der Tod furbei is deine Not komm dei Zeit is um…
Geh Mach Koa Theater bin's, der Gevatter".

Für diese Feststellung konnte sich besagte Band aus Österreich (EAV) die Steiermark und Bludenz dazu erwerben. Was erstaunlich ist, da dieses in der Schweiz liegt. Was nur das kosmopolitische Begehren dieser alpinen Boygroup unterstreicht.

Würgen führt zum Ableben, was heuer ein Filmstar beweist, der sich in Bangkok erhängte in einem Kleiderschrank.
Der erstaunten Polizei präsentierte, der in Kung Fu Filmen schon brillierte als ich euer Erzähler noch ein Kind war.
 Und später in kill Bill, als wortgewandter Langweiler, den verdienten Tod durch Herz Punktion starb, was ich als ebenso unglaubwürdig einstufe, wie all das, was ich euch bis hierher erzählt habe.
Was aber genauso war und sich abgespielt hat, darauf habt ihr mein Wort.
Arg Roh und hier fang ich nochmal an, hatte die Maria bezahlt und so war er in Vorleistung getreten.
 Das ist juristischer kauderwelsch und ebenso ein Mist, wie 80% der gültigen Gesetze, die sich damit

befassen die 20 % der erst recht bindenden und vor allem sinnvollen Bestimmungen auszuhebeln.
Er hatte freie Hand nur eine, die andere war damit beschäftigt das alte Mütze Glatze – Mütze Glatze Spiel zu spielen, indem man die Vorhaut des bei ihm stattlichen Gemächtes, vor und zurück schob, was diesem Spiel den Namen gab.
Mit der anderen Hand umfasste der gemeine Wüstling den dünnen Hals der Maria. Welche er käuflich und real unter einer vorbestimmten oder zugeteilten Laterne erwarb.
Er besorgte es der Maria so richtig, leider nicht so wie Sie es als angenehm empfand und so röchelte, fiepte und winselte sie in die Nachtluft, zur Ignoranz aller.
Das blau ihres Kostüms, begann mit der Gesichtsfarbe zu harmonisieren.
Ihre Stakattohaften, exsaltorischen Zuckungen, waren im Gleichklang mit den Konvoluten Würgelauten.

 Sie glitt dahin, ihre dralle Oberweite sprengte von der ganzen Spasmen und Reflexen längst die oberen Knopfreihen vom Mieder, das nur spartanisch vorhanden war und so lag sie da.
LUST und Verlangen einer Helene oder für euch meine Leser, eine Gina Wild, in Park Position!
 Ein Wonne und Proppen für diese Augen Freude, ein Bad in sämtlichen Genüssen und währe ich in der Lage, Gefühle zu artikulieren, Lust oder ... Es wäre Geilheit pur.
 Lasziv, prickelnd alles was man heute ja gar nicht mehr kennt und deswegen umso reiner und erregender.

So bot sich das Bild, Maria am Ende ihrer Kräfte,
Arg Roh vorm Abspritzen seiner Säfte.
Ein Satz für den mir Mecklenburg, plus Bodden
und Stralsund unter Ausschluss von Demmin,
aber mit dem Woldeforst zusteht, werden einst
meine Erzählung gelesen.
Arg Roh schändete die Maria über Gebühr, der
Eddie aber passte auf seine Flitscherl auf. So
nannte er sie, für sich und vor den Amigos und
Freiern, was das Gleiche war, den Freunde hatte
er keine.
Während Maria ins Nirwana des
Sauerstoffmangels abglitt, der Arg Roh ins
Delirium des männlichen Orgasmus. Der nur
einmal stattfinden konnte, im Gegensatz zum
Weiblichen, der Multiple sein kann, schlug er ab.
Den Stoff dessen Konsistenz, wenn sie länger auf
der Bauchdecke verweilte, zu ziepen beginnt und
sich mit den Haaren und der Bettdecke verklebt.

Der Eddie, der seinen Ludenjob, als seine Passion
verstand und im weiteren Verlauf dieser
Geschichte sogar fortsetzte. Darum erzähl ich es
ja, nahm seinen Job ernst, um seine Investition zu
schützen.
Eddi fand es nicht hinnehmbar, das der Verlauf
der Transaktion 5 Schillinge, gegen die zeitweise
Überlassung des Körpers seiner Maria, diese für
ihn nachteilige Wendung nahm.
Der von ihm überlassene Körper, war der Gefahr
des Ablebens durch Sauerstoffmangel, durch
Würgen ausgesetzt.

Eddie schlug beherzt zu, seinen Teil des auf mündlicher Basis getroffenen Agreements hatte er, in Gestalt seiner Maria und ihrer weiblichen Anatomie, die ein großes Reizpotential innehatte erfüllt. In dem Moment, da Mengen an Erbgut aus dem Schaft des Freiers, der er ja laut Gesetz war, flossen.
Somit war der Dienst erbracht und der Umstand das seine Maria, gleich den letzten Dienst getan, aufgrund des Aspektes, das die Luft alleine, die uns umgibt, für sie zur Mangelware wurde, demnächst verbleichen würde.
 So wandte er sich dagegen. Dies geschah durch eine in Stroh umwickelte Rotweinflasche, Vino Tavola aus den Abruzzen. Ein italienisches Anbaugebiet für Trauben, die niemand mochte, es sei den man fasste die Weinbeeren in eine Kelter, presste diese aus, sodass deren Saft entwich. Fortan als Most bezeichnet, einer Gärung unterzogen wurde, die im Aufziehen auf eben diese Flaschen, bauchig mit Bast umgarnt, den Weg in die Welt fanden.
Den Begriff Ex oder Import kante man da noch nicht, die Türken waren ja vor den Toren Wiens geschlagen worden, man sprach von Handel.
Ein solches Kaliber, freilich entleert, man möchte nichts verschwenden, landete auf dem Haupt des Arg Roh.
In einer Wucht, dass es diesem nicht gefiel. Er zeigte sein Missbehagen eindeutig, indem er sich der Maria überdrüssig, dem Aggressor zu wand, diesem mit grimmiger Miene sein Ärger äußerte, was diesen kalt lies.

Den dieser, ganz Genießer hatte einen Riesling kühl gestellt, der ihm besser mundete, da aus der Pfalz in sein Land verbracht. Aber ebenfalls in einen Glaskörper gefüllt, nun leer. „Keule macht Beule" auf den Freier einwirkte.

Eddie indes sorgte dafür, dass jenes Bewusstsein nicht das einzige war, das Arg Roh verlor.
 Als arger Schnitter (der Tod) beraubte dieser den Arg Roh seines Gemächtes.
 Indem er blanken geschliffenen Stahl, in Form einer Klinge, die er aus einem Hirschgeweih bestückten Heftes, ausfahren lies, in den Torso des Kontrahenten stieß. In der Absicht, diesem das Leben zu nehmen, was ihm nicht sofort gelang.

So war er gezwungen und das unter Notwehr, die Rieslingflasche erneut auf das Haupt des Vertragsbrüchigen, niedersausen zu lassen. Diese brach ab, und zwar unter dem Hals des Weingefässes, in gezackter und somit gefährlicher Form.
 Was der Eddie erkannte und mit einer ausladenden Bewegung, in die Brust des Arg Roh verbrachte, der daraufhin endlich sein Leben aufgab, in wessen Hände er es legte, bleibt uns ungewiss, aber er lies davon ab. Gewiss tat er das.

Maria, die ihren Eddie bisher nur liebte, vergötterte ihren Retter.

Kein Papst kein Bischof, stand mehr zwischen
ihrem Tun.
„Streich den Samen ab, der in deinem Gesicht
ruht" sprach er, hilf mir und schaffe den Leib in
den Fiaker, unser Herrgott Gnade kennt er,
sieht so aus, als wenn er pennt der.

Drum in den Wagen, verbracht ...
Keinen Ärger mehr, ER macht.
Brings ihn, vor die Mauern,
möchts Gesindel auf ihn lauern.
Es kann nicht lange dauern.
Wir zwei ein Schiff besteigen, nach Irland
Nur wir beiden.
Die Festung der Huren wird unser Ziel,
ich weiß nicht, wo es ist, doch gehört habe ich
Viel.
Du und ich, ich und Du,
finden dort, unsere ruh.
Weit weg von hier ...
Doch zuvor nach Frankreich, dann suchen wir
„Die Pier."
Einen Hafen zuerst, dort besteche ich den
Maat
Befolge meinen Rat, Du Hurensaat, das wird
Hart.
Sind wir auf dem Nachen, bewachen uns die
Drachen.
 Die Tat ....
Die ich tat, war moderat.

Den ER, hat Dich,
meine Liebste geschändet.
Was unser Schicksal nun wendet!

Angetan von seiner Poesie, ruhte der Eddie nach dem Mord in sich, Maria war hingerissen.
Ihre Liebe gemeißelt, so fest, doch naiv, was den Eddie auf den Plan rief.
„Komm meine Holde, spräääiz die Hoxn, i mächt dir fei fruchten".
 Diesen Satz hatte er vom Großvater dem Öhi gelernt, dem er gerne zusah, wenn er Weibesfrucht auf seinem Leinen der Lust ausbreitete, um diese dann zu besteigen.
Dieser Aufforderung kam Maria mehr als nur gerne und gefügig nach.
Die beiden flohen aus Wien, es ward ihnen verziehen und die Überfahrt erspare ich euch, den ich hab so vieles zu erzählen und nicht alles ist wichtig.
Vielleicht das noch.
Eddie und Maria kamen in Frankreich an, unbehelligt, daher der Erzählung nicht wert, in Paris gab es einige Laternen und eine davon direkt am
     Pigalle,
     Pigalle, Pigalle,
Der Speck in dieser Mausefalle
Schmeckt so zuckersüß.
Da sieht man Tuerken, Perser, Inder und Chinesen,
wer auf der Welt was auf sich hält, ist dagewesen.
Pigalle, Pigalle,
Das ist die grosse Mausefalle
Mitten in Paris.

Bill Ramsey   ein deutsch amerikanischer Jazz
und Schlagersänger erkaufte sich mit den
Liedrechten, den Montmartre, seine Heimat Ohio
und wusste dann nicht, was er damit sollte. Mit
Ohio, den er tauschte die Erbpacht gegen den
Pigalle plus Gare du Nord und nach seinem Erfolg
im heutigen Deutschland, für Hessen und eine
Enklave im Saarland.

Zu erwähnen bleibt, dass nach dem 2ten
Weltkrieg nicht mal die Franzosen am Saarland
festhielten, weswegen es ein Bundesland blieb.
Das Elsas und Lothringen gaben sie nicht auf, ja
so viel dazu.

Aus dem Saarland kamen einige Größen empor,
neben oder vor allem nach Erich, der wie auch
immer in die anderen Repliken der Deutschen
demokratischen Replik rübergemacht hat.

Maria lernte Französisch, nicht die Sprache, dazu
war Sie mit ihrem Eddie zu kurz dort.
 Sie erlangte Kenntnisse, als da wäre, den
Brechreiz komplett auszuschalten, wenn ein Glied
in ihren Mund fuhr, darüber hinaus in den
Schlund und dann in den Rachen abtauchte, ohne
das die Peristaltik einsetzte, jener Schluckreiz der
uns „Gemeine" das schlechteste Essen dennoch
hinabwürgen lässt.
    Sie wurde zur Ikone, des Troat Job, wobei
Troat für Hals steht und JOB für Arbeit .
       Den das war es, Arbeit .... den Dödel eines
Freiers hinab zu würgen, dem Duschen weniger
geläufig war, als Rotwein aus einem Glas zu

trinken.
Heute noch nennt man diese Kunst oder Leidenschaft französischen Verkehr.

Ein Umstand, den man Maria, vor allem ihr zu verdanken hat.

Tat sie es doch aus Liebe und Hingabe und war jeder Dorn in ihrem Schlund, immer der des Eddie, den sie so anbetete.
Maria erntete manchen Franc und viele Sous.
„Sans devant derriére sans dessus des Sous," sang man ja schon im Mittelalter, ohne zu wissen, das Dessous in der heutigen Zeit einen hohen Marktwert besitzen.
Für Svenney besonders, ihr erinnert euch?? Der eigentliche Held dieser Erzählung.
 Er liebt Seidenstrümpfe, Nylon gab es ja noch nicht.
Was jetzt der Sous mit Dessous zu tun hat, bleibt ein Geheimnis, aber ich brauchte diese erotische Exkursion einfach mal, ... ihr meine getreuen Leser ebenfalls, daher freuen wir uns gemeinsam.
Maria benötigte keine Dessous, sie war eine Göttin, perfekt, die reine Lust und dennoch, sie trug diese mit Leidenschaft, sie gefiel sich selber darin.
Vor allem den Strümpfen war sie verfallen und sie trug diese mit Lust und sie liebte das Gefühl, der zweiten Haut, das in den Knien so erotisch Falten schlug wie am Knöchel. Aber auch Ihre Mieder, pressten sie doch das empor, was Mutter Natur ihr reichlich gab und was ihr Markenzeichen war, Sie die Bajuwarische mit dem Holz vor der Hüttn.
Die Sünde mit dem Herzen einer heiligen.

Ja, ich bin bei euch, zu schade für den Eddie, aber es ist eine Geschichte und so, wie sie ist erzähl ich sie.
Ihre Liebe zu einem Arschloch, das sie nicht verdient hat.
 Doch würde sie ihn hier am Pigalle verlassen, würden wie sie in der Festung der Huren nicht mehr wieder sehen.
Gut auf den Eddie könnten wir verzichten, aber ich habe ihn angekündigt und beschrieben, findet euch mit ihm ab und eventuell gibt es ein Happy end oder eben nicht.

Lange blieben die beiden nicht in Paris, wenn auch der Liebreiz der Maria die Kunden Schlange stehen lies.
 Was aber mit sich brachte, dass gemeine Schurken die Zeche prellten und dann vom Eddie aufgesucht wurden, dem es nicht immer gelang, den Schuft am Leben zu lassen. Anfangs konnte man die Gendarmen bestechen, mit ein paar Franc und einer Stunde Maria, aber schon bald waren die verblichenen Hurenböcke zu viele und das Paar musste fliehen.
Nach Calais, einem kurzen Zwischenstopp, wo die fleißige Dirne ihre Muschi miauen ließ und etliche Pfund Sterling verdiente. Für die Überfahrt und den Neubeginn, ging es an Bord der „Seute Deern", einer Bark mit Gaffeltakelung über den Kanal, nach Dover.
Die Überfahrt dauerte nur einen Tag, der rasch verging mit Poker einer netten Keilerei und dem Ableben eines Matrosen.

Der sich zu offensichtlich für Maria interessierte. Der ihr freundliches Lächeln falsch interpretierte, dafür dann mit eingeschlagenem Schädel leise weinend über Bord ging.

Von Dover führte es durch das Königreich Britannien, ohne nennenswerte Vorkommnisse.

Dann weiter zur Grenze zu Irland. Dort endete eine Meinungsverschiedenheit über Zollbestimmungen, der Gültigkeit von Papieren, zum Nachteil des Beamten.

Der sich innerhalb von 3 Minuten von 2/3 seines Blutes trennte, das ihm aus der aufgeschnittenen Kehle trat und sicher eine Mitschuld am Ableben des bis dahin wackeren Zöllners hatte.

Es ging an der Küste entlang, immer weiter und weiter, bis die beiden eines Abends vor einem Schild standen, Lola´s Pinte.

16 Lolas Pinte

Und hier erzähle ich heute weiter, den jetzt sind sie alle da und beisammen, in Dun Bleisce Doon der Festung der Huren und genauer in Lola´s Pinte.

Dieses Etablissement war nicht das einzige Bordell, der Ort hatte mehrere, warum das so war lässt sich damit erklären, das es einen größeren Hafen dort gab. In dem Schiffe von weit her, ihre Waren handelten, tauschten und auch mal einen Landgang für die Mannschaften anstand, die ihre Matrosenhosen dann mal zu etwas anderem aufknöpfen konnten, als nur zum Pinkeln.

Wie schon erwähnt war ein besonderer Morgen, an dem die Geschichte des Hurenhauses in Dun Bleisce Doon begann.
Den es stand etwas an, das die Ortsansässigen, aber vor allem das Freudenhaus, als etwas Besonderes feierten.
Wie an 360 weiteren Tagen im Jahr .
Nur 5-7 Tage im Kalenderjahr war Lola´s Pinte geschlossen. Meist wenn die Eintreiber König Georg´s kamen. Um den Zehnt der eher der halbe war und die Sonderabgaben einzutreiben.
Sowie, die Ergänzungsabgaben Cx zur Steuer O.
Im Bundle als Cox Abgabe, nicht zu verwechseln mit der direkt bei Lieferung zu bezahlenden Cox oder Koks Steuer, die für Brennstoff immer fällig wurden.

Es half nichts, zu sagen was interessiert mich das Koks, ich heiz mit Kohlen, den dafür wurde die eineinhalbfache Brennstoffsteuer fällig, mit dem Zusatzblatt K4, für Tage oder kompliziert Untertage Abbau.

Für dessen Eintreibung, eine andere Abteilung Ihrer Majestät oder Ihrer Gnaden, im ganzen Land Britannien, Schottland, und dem irischen Raum unterwegs war.

Deswegen waren 5-7 Tage geschlossen, man wusste nur das dieser Zehnt und die anderen Zwangsabgaben, in der ersten Woche, des abgelaufenen Monats, des Erntedankfestes bezahlt werden mussten.

Oder entrichtet wurde, wie man diejenigen die weniger Moral zur Zahlung empfanden, nicht entrichten lies, sondern hinrichten.

Was in der Bilanz dann als finale Schuldverschreibung des Betriebes Anwesens oder anderem Vermögen, des zur Abgabe der Lehnschuld nebst Leben verpflichtet wurde.

Das Besondere an diesem Morgen und jeder Tagesbeginn in Dun Bleisce Doon, vor allem Lolas Pinte war etwas Spezielles.

Außer die meisten Tage, die fingen eher öd an. Was für die restliche Zeit galt und zugegeben, ich wusste nicht recht wie ich einen öden Morgen, nach all den Abenteuern, die ich bisher erzählt habe, besser rüberbringen sollte.

Gut, im Grunde war es ein Tagesanbruch wie jeder andere, Lola´s Pinte hatte noch die Düfte der vergangenen Nacht in sich und morgen ist geprahlt den in Lola´s Pinte bedeutet der frühste

denkbare Tagesbeginn 1: oo PM, was bei uns 13 Uhr wäre, mittags knapp verpasst.
Die Schwaden standen, die Urinlachen spektrummilierten in vielen Farben. Den mancher Priem, ein Kraut aus Tabak, der wegen seines Nikotingehaltes gerne von den Seeleuten gekaut wird. Da man über Deck eine Pfeife nur schwer in Gang halten konnte, es sei den die Windgeschwindigkeiten lagen unter 3-4 Beaufort. Was aber dumm war, weil die damaligen Segelboote, dann nur träge oder gar nicht vorankamen. Was wiederum den Drang, einen Priem in den Mundwinkel zu stecken, um an das beruhigende Nikotin zu kommen, etwas bremste. Weil bei Flauten eher der beliebtere Rum, von Begehr angefüllt aus den Fässern konsumiert wurde.
Da ein Priem sich im Gegensatz zu einem Candy, nicht vollständig im Mund auflöst, aber den Speichelfluss doch mehr als wenig anregt, neigt der Konsument dieser Art, Tabak zu verzehren dazu, den überflüssigen Speichel aus zu spucken. Den das Nikotin wurde über die Schleimhäute aufgenommen und der Saft des Tabaks, ist als eher beißend bis beizend anzusehen, schmeckt bitter und würde dem Magen zusetzen.

Der Hauptgrund für die große Gruppe der Seeleute unter den Tabakkauern bestand aber in der Tatsache, das Schiffe gerne und zu der Zeit ausschließlich aus Holz gefertigt waren.
Was im Kamin für Wärme sorgt, tut es auf hohe See ebenfalls, wenn der zündende Funke aus der Pfeife fuhr und auf das trockene Deck fiel.

Das aber nur von kurzer Dauer, den wenn man im Kamin jederzeit Holz das man gelagert hatte, nachlegen konnte, war die Heizleistung eines Schiffes begrenzt auf seine Masse.
Sie endete spätestens mit dem Untergang des Schiffes, somit bestand von Seiten umsichtiger Kapitäne ein Rauchverbot.

In einer Spelunke wie es ein Seefahrer Puff, wie Lola´s Pinte eben war, führten diese Rotz mit Eiter und Tabakmosaikviren und Blättern, vermischten Batzen zu allerlei Coleur auf der Auslegeware. Die meist zugunsten der praktischeren Dielenböden entfernt war, im trocknen Holz aber blieb so mancher Abdruck, den ein in Speichel vermengter Batzen, der Nachwelt erhalten.

Die Launen des Stammpersonals waren um diese Zeit, den differenzierten Aromen in der Umgebungsluft durchaus angepasst und tendierten kapriziös zwischen beschissen, angepisst, und wie ausgespuckt.
Nur eine Person, die aber nur ein eigenständiger Kopf war, Wannaporn werkelte wie immer fröhlich guter Dinge und voll der positiven Energie.
Sie hatte manches freundliche Wort und freute sich an ihrem Tee, den Sie so gerne mit 5 Stück Zucker trank und genau 5 Tropfen Milch. Sie blinzelte wohlgemut über ihre Teetasse und ein zufälliger Beobachter, würde aus dem Bild, dass die hübsche Asiatin in den Raum warf, Kraft und Freude schöpfen. Wäre da nicht diese andere

Rübe auf denselben Schultern, die missmutig und muffig wie immer, ihren ganzen Frust in den „Morgen" ätzte und von der Freundlichkeit der Wannaporn provoziert ihr Gift in den gleichen Raum spuckte.
Die Besitzerin jener Spelunke oder richtigerweise die beiden Besitzerinnen.
Wannaporn stellte die Teetasse ab und richtete Ihr Wort in den vor ihr liegenden Raum, sie selbst stand da, wo die beiden fast immer weilten, hinter dem Tresen, aber nicht direkt am Schanktisch.
Den da wurschtelte der Barkeeper, und wechselnde Animierdamen.
Die Mama San hatte dort aber ihren Tisch, an dem ein Teil von Ihr, Supaporn mit den Gästen soff, stritt, sich zankte, sie an ätzte, vergraule, beleidigte, meist alles auf einmal.
Oft mit einer Gerte, einer Bullenpeitsche, die gute 8 m ihre Reichweite Verlängerte auf Gäste sowie auf Dirnen einschlug, die sich für Supaporn unmöglich oder unerträglich benahmen, und das war so gut wie jeder.
„Maria, ein wunderschönes Kleid nähst Du da, ich kann es kaum erwarten, Dich heute darin zu sehen.
Bezaubernd wirst Du sein, achte nur das Dekolletee nicht zu klein und sparsam zu umnähen, lass die Gäste teilhaben, an dem, was Du besitzt".
„Ach," kam es schüchtern und mit sanfter Stimme, die dennoch eine tiefe Erotik hatte, wie Töne in Moll, die in einer zu hohen bis ins gestrichene C abgleitenden Partitur eingebettet darauf warten, das man sie heraushörte, zurück.

„Ihr wisst doch Madam, alles gehört nur meinem Eddie und ich möchte nur ihm gefallen, für ihn ist das Kleid".
„Was dem Lappen gut stehen wird, wenn er Titten hätte, würden bei dem Ausschnitt von diesem Fummel, niemand in sein überheblich dummes Gesicht schauen müssen ätzte Supaporn. „Sieh aber zu das er sich seine dürren Waden rasiert, bevor die Trine in das Gewand da schlüpft".
Wannie, so nannte die den Schwesternkopf oder manchmal nur Wuan, was auf siamesisch Süß bedeutet und eine Anspielung auf den Zuckergehalt des Tees war, den Wannaporn gerne so trank.
„Erinnere mich doch bitte daran, den Stundenpreis für Eddie festzulegen, falls ein Raubein Lust darauf hat den Lutscher in diesem Kleid zu nageln, einen knackigen Arsch hat Dein Eddie ja".

Maria errötete leicht, bis schwer und sie antwortete zaghaft, „Aber Madame, der Eddie zieht das nicht an, ich trage es für ihn und er ist nicht, hiihi mein Eddie der ist doch nicht andersrum".
„Papperlappapapapapaa, falls den nur einer für 10 Pence mal über seinen Lümmel rutschen lassen wollte, würde ich ihm den Eddie für 5 Pence dafür doppelt so lange vermieten".
„ Madame aber was habt ihr gegen den Prachtkerl, er hat doch so süße Lippen, einen so sinnlichen Mund".
„Ja, fürs Blasen 2 Pence, das war mir bis eben vorgeschwebt, aber Du hast recht Flittchen, wir

nehmen 4 Pence, dafür muss er aber richtig kauen, haaar haaaar".
 Meckernd krächzte der Schwesternkopf sein fieses Lachen in die Umgebung und Maria beeilte sich, aus dem Sichtfeld der Mama San zu verschwinden, obwohl sie diese mochte, sie war zur hälfte ihre einzige wahre Freundin, so war das.

Nebenan war es nicht so geschäftig, den dort lag das Reich des Baader.
 Gestelle die zum Liegen einluden reichlich gestopfte Matratzen, allerlei Kissen und niedrig gehaltene Tische.
Einem Kanapee oder Chaiselongue Ähnliches relax Möbel. Auf Beistelltischchen lagen flötenähnliche Objekte.

Mit einem Kopf am vorderen Ende und einem meist kunstvoll aus Bambus oder Holz gedrehten Mundstück. Andere, aber ähnliche Gegenstände waren durch einen Schlauch mit einer Art Karaffe verbunden, in der Wasser, ab und an Kokosmilch oder der Flüssigkeit beigesetzte Aromen waren. Welche um diese Tageszeit aber kalt, abgestanden, nach einem uralten Lagerfeuer, in dem vorwiegend nasses Laub vor sich hin glimmte, rochen.
Und dem Wasser eine Farbe gaben, wie das nässende Furunkel am Arsch des Ostiarius. Ein eitriges Gelbbraun, mit rötlichen Schlieren und einer anderen undefinierbaren Farbe, welche sich aus dem Umstand erklärt, wozu das Wasser in dieser Karaffe eigentlich diente.

Nein, es war nicht der Cha Tra Mue Tee, der mit Milch und im Sommer mit Eis getrunken wurde, aus der Heimat der Mama San. Auch kein grusinischer Barl Hur oder der Gorg-O-nz olla, welcher die Nacht überlebte.

Die Karaffen und die daran durch Schläuche verbundenen länglichen Mundstücke, waren als Konglomerat unter dem Begriff Wasserpfeife, in der Inventarliste.
 Im Ali Baba Laden in Limerick, käuflich erwerbbar.
Sowie diverse Zubehöre, wie extra feine gepresste Holzkohle. Klebrig bis matschigen Tabak mit den Duftnoten Apfel, Pflaume und etwas bröseligen, unangenehm riechenden, was Kamel Dung sein konnte.
Was dem Begriff Shit für manchen Tabak, den man in diesem Laden unter dem gleichen Ausdruck erwerben konnte, eine Berechtigung gab.

Im Ali Baba´s gab es alles. Absolut sämtliches, außer das was man als legale Ware oder Tauschgegenstand bezeichnen könnte. Dazu waren laut dem Eigentümer ja genügend andere Geschäfte in Dun Bleisce Doon angesiedelt.

Der Besitzer, ein kleiner Drecksack vor dem gerechtesten aller Herren Allah, nein so hieß der gerechteste und größte Herr.
 Der Miesling hörte auf den Namen Abu Hadschi Haleff, Karabenemsi Hadschi ,Haleff, Abdulla

,hatschi bin Fasa, Hallef, Omar ul Furruk, Kabing, Ben Ibn Dawul.
Das war nur der abgekürzte Teil, des Vornamens, aus Platzmangel lasse ich den Nachnahmen jetzt weg bzw. reduziere ihn auf Haddedihn, womit dem geneigten Leser, jetzt 0,001% des Familiennamens geläufig sind.
Der neun oder Zehnmalkluge unter euch, wird mathematisch den Beweis anführen, das die gesamte arabische Schrift gar nicht genug Zeichen hat, sollte der tatsächliche Familienname, weitere 99,999% beinhalten. DOCH!
Den jeder 5te aufgeführte Begriff im Nachnahmen, wiederholt sich mit neuen Kombinationen, der Bedeutungen.
An eurer Stelle würde ich mir weniger Gedanken machen, als darüber… aus wie viel Pergament die Geburtsurkunde besteht und wie lange der Beamte diese Rolle beschrieb.
Oder ob es in Arabien überhaupt so viel Papier gab, aber damit habe ich mich an dieser Stelle nicht zu befassen.
 Ich garantiere für die absolute Wahrheit und warum sollte ich lügen? Meine Wenigkeit schreibe ja nicht von Langnasigen Holzpuppen, die Gevattern Gepettos auf die Nervenstränge gehen oder von auf kanonenkugelreitenden Spinnern, sonder erzähle das, was ich genau so erfahren habe und lasse eher weg, als das ich hinzudichte.

    Gut, der eine oder andere wird diesen Namen schon einmal gehört haben.

Glaubt er zumindest, es stimmt zum Teil, den, Abu Hadschi Haleff, Karabenemsi Hadschi ,Haleff, Abdulla ,hatschi bin Fasa, Hallef, Omar ul Furruk, Kabing, Ben Ibn Dawul ,... Haddedihn erinnert an den Namen des Hadschi Halef Omar Ibn Hadschi usw usw. aus einer Buchreihe von Abentuererzählungen des in Radebeul geborenen Karl May.

Der mehr Einnahmen durch kriminelles Engagement als mit seinen Büchern erzielte, was ihm aber die dazu benötigte Zeit verschaffte, da es in Zuchthäusern allgemein an Zeitraum nicht mangelt und eher zu viel davon gab.

Wobei Karl May, das eigentliche Schreiben erst nach dem Zuchthaus begann und ich mir somit den vorangestellten Satz auch hätte sparen können.

Man kann streiten, ist der Ursprung dieses Namens den K. May ca 1874 benutzte eine Inspiration aus dem Namen, des oben benannten Ladenbesitzers, der ja laut meiner Erzählung im 17 Jahrhundert spielt.

Lange bevor der Karl aus dem Geburtskanal auf diese Welt gepresst wurde, oder ist es umgekehrt?

Die Logik sagt nein und es tut nichts zur Sache.

Tatsache ist, dass Karl May, der diesen Namen schriftstellerisch im 19 Jahrhundert erst benutze, sich von den Tantiemen für seine vielen Bücher, Dresden, die Stollenwerke dort, fast komplett Merseburg und die Felsenlandschaft der sächsischen Schweiz kaufte.

Sollten Erben May´s ihrem Karl wegen Plagiaten gegen mich vorgehen, muss ich auf den Umstand verweisen, dass Karl May damit angefangen hat. Indem er Werke von dem Schriftsteller Gerstäker kackfrech abschrieb und es fragwürdig ist, wie er auf den Namen gekommen ist.

Eben dieser Abu Hadschi Haleff, Karabenemsi Hadschi ‚Haleff, Abdulla ‚hatschi bin Fasa, Hallef, Omar ul Furruk, Kabing, Ben Ibn Dawul.... Haddedihn hatte das Monopol auf orientalische Gewürze. Egal woher der Name stammt, er behauptet von seinen Eltern.

Auf Gewürze und anderes.
Wie Teppiche, Rauchwaren fein und von bester Qualität war der Syrische Latakia, den pur zu rauchen eine Verschwendung gewesen wäre und zu schwer verträglich.
... im Mix mit anderen orientalischen Tabaken, wie Burley und Virgina Tobak aus dem frisch entdeckten Amerika, war diese Sorte der Magnet für rauchende Seefahrer.
Und viele Briten, die gerne bei Abu Hadschi Haleff, Karabenemsi Hadschi ‚Haleff, Abdulla ‚hatschi bin Fasa, Hallef, Omar ul Furruk, Kabing, Ben Ibn Dawul.... H. (ich kürz es mal ab) einkauften.

Charakterlich eine Blume von Mensch, der seid Monaten Wasser fehlt. An die ein Wasserbüffel seine Exkremente abschlug. Er war meist fröhlich, was die finster und arglistig bohrenden Augen zwar nicht bestätigten, aber sein Handeln war immer korrekt und ehrlich, was kein einziger in Limerick oder auf der Hurenfestung lebender jemals bestätigen wird.

Aber er war hilfsbereit und aufopfernd um seine Mitbürger, außer den direkten Nachbarn besorgt. Selbstlos war er den Frauen gegenüber, die er mit seiner schmierigen, schleimigen aber doch aalglatten Art mit Komplimenten überschüttete.
 Welche jedem der sie hörte, außer ihm selber peinlich waren.
Seine Hilfe bot er gerne den Schwachen, den Senilen und nicht Beieinanderseienden an. Die nachdem Hadschi HAHBFHOU etc etc ihnen geholfen, schwören konnten, das die Börse mit Gold, Silber, Pfund und Schilling, der Barren oder was immer von Wert, bis davor noch da war. Jetzt aber nicht mehr.
Zu seiner Frau war der gute Ladenbesitzer, was man als treuen, sich sorgenden und aufopfernden guten Ehemann nennen würde.
 Alles wirklich alles unterliegt immer einer gewissen Definition.
Im Gegensatz zu seinen Kunden, die Abu Hadschi etc. niemals schlagen würde. Vor allem wegen seiner mickrigen gebückten Gestalt, den dürren Armen und dem Muskelschwund, enthielt er dieses seiner Frau nicht vor.
Den diese hatte das Recht auf diese Zuwendungen, ebenso wie seine Tochter Fatima und sein zweiter Abkömmling Fatima, die beide den Namen ihrer Mutter trugen. Was eine

Wertschätzung des geliebten Ehemanns und Vaters an seine Weiber war.
Keine konnte sich je beschweren und niemand könnte bezeugen eine Beschwerde dergestalt je gehört zu haben, dass ein weiblicher Familienpart sich über fehlende Zuwendung durch Züchtigung, jemals beklagt hätte.
Gütig war Abu Hadschi etc. seine Frau und die Töchter durften die Karren, welche die Waren von den Docks brachten, immer alleine ausladen und die Waren in die Regale oder Magazine verbringen. Diese vom Staub befreien und was an Tätigkeiten rund um den erfolgreichen Einzelhandel sonst so anfiel.
Niemals bürdete der treusorgenden seinen Mädchen und der Frau irgendwelche ungeeignete Hilfe auf, die er hätte dafür bezahlen müssen.
Was das Erbe, das er seinen beiden Blumen Fatima und Fatima später niemals überlassen würde, in irgendeiner weise schmälern könnte.

Selbstverständlich durften nur und ausschließlich, Fatima, Fatima und Fatima, das Wasser vom Brunnen schleppen. Der zum Glück nur 1 Englische Meile vom Laden und Wohnhaus der ehrbaren Familie Haddedihn ....etc. entfernt war.

Leider und zum Nachteil der tripple F gestaltete sich das englische Maßeinsystem als Falle und Blendwerk.
Man stelle sich vor, eine englische Landmeile, unterteilt man in Yard, Fuß und Zoll.
Nicht in einem metrischen System, was logisch wäre und auch kleine Abstände einfach und

skalierbar machen würde, dem Überblick und somit der Einfachheit dienend.
Nicht in England und Irland schon gar nicht.
 Vernünftige Menschen, würden Einteilungen in etwa so vornehmen 1 Meile sind 10 Yard oder 1000 Fuß und 10000 Zoll als Beispiel.
Zum Glück kann eine Nation und damit die halbe Welt oder darüber hinaus, das Leben viel komplizierter machen. Den tatsächlich sind 1 Meile erst mal 1609 meter plus 344 cm.
 Tja im Gegensatz zur Seemeile oder nautischen Meile, die durchaus eine Berechtigung hat, wenn auch diese einen recht krummen wert, zusätzlich beugt.
Den eine SM beträgt 1852 Meter, und 216 cm, was aber gar nicht zu dumm ist.
 Denn als die Erdkugel zur Navigation ein Gitternetz verpasst bekommen hat, wurde die SM auf die Bogenlänge einer Winkelminute, auf den Großkreisen, zu denen der Äquator gehört und die Meridiane, festgelegt.

 Aber die Seemeile explizit erkläre ich in einem späteren Kapitel ausführlicher und deswegen nicht weniger verwirrend.
Den ich darf schon hier verraten, der Svenney ist nicht an Langeweile gestorben oder an seiner eigenen Fähigkeit.
Nein, er ist der Festung der Huren näher als meine Erzählungen es erahnen lassen. Er wird später sogar zur See fahren, so viel habe ich schon mal erfahren, den parallel zu euch fiebere ich seinen Abenteuern genauso abwesend entgegen wie ihr.

Der Brunnen war nicht um die Ecke und den 3 Frauen des Abu Hadschi, wurde jede Ehre zu Teil, die ein Man seiner geliebten Familie zu geben im Stande war.
Auch verweigerte der treusorgende Gatte, jede Hilfe von außen, wenn es um das bereiten des Mahls ging.
Niemand anderes als seine 3, in bodenlangen Gewändern bekleideten Grazien, durften diese Ehre genießen.
Eleganz strahlten sie aus, die man aber nur erahnen kann, raten oder im Kaffeesatz der Wahrsagerinnen lesen.
Den nie hat jemand im Umfeld des Abu Hadschi, die Früchte seiner Lenden oder deren Mutter jemals gesehen.
Weil sie meistens im inneren des als Basar aufgezogenen Ladengeschäftes unsichtbar vor sich hin werkelten.
Oder wenn Sie der großen Ehre des Wasserholens nachgingen, komplett zu gehangen waren.
Was man aber über sie wusste, sie hatten alle 3 kräftige Singstimmen. Die im Chor von Dun Bleisce Doon oder sogar Limerick in Limmerick, große Euphorie ausgelöst hätten.
Wenn eine von ihnen das Ave Maria stimmlich in die perfekte Akustik des Doms zu Limerick oder der Dorfkirche in Dun Bleisce Doon getragen hätte.

Jeden Tag hörte man die 3 in ihrer heimatlichen Sprache, die Lieder ihrer Heimat singen, die oft rhythmisch mit Stockschlägen untermalt waren.

Meistens einem eigenen, orientalischen Takt folgend.
Tatsächlich ist die Melodie des Orients unseren Ohren fremd, böse und gemeine Zungen, behaupten das Gesangskunstwerk, das die Besitztümer des Abu Hadsch vortragen, erinnert an Ziegen, die in den Pflug geraten sind.
Eine Beschreibung, die man heute als „das klingt wie ein Maulwurf im Rasenmäher" umschreiben würde und den Timbre des Leids, das dieses Liedgut zu uns transportiert sinnbildlich verdeutlicht.

Abu Hadschi Haleff, Karabenemsi Hadschi ‚Haleff, Abdulla ‚hatschi bin Fasa, Hallef, Omar ul Furruk, Kabing, Ben Ibn Dawul , war ein angesehener Mann.
Jeder mochte ihn, was man gerne offen legte, in dem man einen großen Bogen, um ihn machte und es vermied, seinen Laden selbst zu betreten, und schickte Botenjungen, welche die Einkäufe tätigten.
Das Geschäft lief bestens, den Abu Hadschi, hatte alles zu bieten, was der Orient preisgab.
So gab es eine Abteilung fliegender Teppiche, meist Auslegeware mit gewöhnungsbedürftiger Optik, vor allem bei den Mustern fragte man sich oft, was Berber so zu sich nehmen, als das sie auf diese Designs kommen.
Spricht man Abu Hadschi auf das Fliegen an, werden die Aussagen und Antworten ausweichend und verwirrend.

Was der allgemeine Tenor der Auswertung verschiedener Aussagen von Abu Hadschi ist, ist so zu verstehen.
 Nicht unbedingt das Produkt der Knüpfkunst fliegt.
Eher man selbst, wenn der Teppich nicht in der sich eigenen, ausgebreiteten Form Plan auf dem Dielengrund ruht.
 Sondern durch mechanische Diskrepanz etwas gewellt, daniederliegt oder sich an einer Seite gar aufgerollt hat. Da so der Kern dieser Aussagen, ...passiert es das durch den Teppich Flugverkehr möglich wird.
Aber nicht durch eine thermodynamische Kraft unterhalb des Berberläufers, der diesen empor trägt, sondern durch umgekehrt wirkenden Schwerkraft.
Welche die Person, die unachtsam über die orientalische Knüpfkunst stolpert, zuerst in einer Parabel tatsächlich den Erdenboden zu verlassen hilft.
Dann aber unter der physikalischen, just letzten Monat von einem Sir Isaac Newton entdeckten Gravitationskraft F (F steht wahrscheinlich für fallen) die da lautet:

F ist gleich G mal m mal M und das Produkt teilen wir durch R im Quadrat.

Im Grunde beschreibt die Gleichung das Phänomen, das auf jeden Massenpunkt auf jedes andere Elementarteilchen eine Gravitation ausübt. Diese Gravitationskraft ist entlang der Verbindungslinie zweier Partikel gerichtet sowie

in ihrer Stärke proportional zum Produkt der beiden Massen und umgekehrt proportional zum Quadrat ihres Abstandes.
Das klingt jetzt kompliziert, bedeutet aber in Kürze und im praktischen Gebrauch nur, das Personen, die sich dieser newtonschen Theorie aussetzen unweigerlich fliegen.
Allerdings und dank dieser Masse die man dann selbst darstellt und der Erdboden als weitere wesentlich gewichtigere Materie, vor allem auf die Fresse und das mit Karacho.

Neben diesen geknüpften Cessnas, gab es die feinsten und edelsten Gewürze.
Auch die Mama San aus der Pinte Lola´s gehörte zu den Kunden, des Abu Hadschi.
Liebte die Mama San ihre siamesische Küche doch so sehr, wie sie diese vermisste.
Curry gelben, roten und den mit Ingwer veredelten grünen, für ihre Suppen wie Tom Kha Gai, Tom Yum Gung, Gang Panaeng und die Liste der siamesischen Spezialitäten ist ewig.

Ich würde sie hier gerne fortsetzen, aber muss euch enttäuschen, liebe Leser. Auch Kokosmilch, das Fett dieser vielseitigen Nuss und Früchte Ihrer Heimat bot der gebückte fiese Knilch feil, vor allem auf die Durian Frucht oder Stinkfrucht hatte es die Mama San abgesehen.
Käsefrucht die Göttin der südostasiatischen Fruchtkörper, die Frucht schmeckt, wie der Himmel aber stinkt wie die Hölle!
Denn der Geruch der stacheligen, kokosnussgroßen Spezialität ist süßlich-faulig.

So übel das in südostasiatischen Bahn, Zuglinien das Mitführen von dieser Zibetfrucht streng verboten ist.
Wahrscheinlich ist die Durian deswegen eine der teuersten Früchte, den auf dem Schiff transportiert, verkäst diese den gesamten Ladenraum.
Sie überdeckt in ihrer Penetranz das Aroma, d Ór der Käsefüße und Monate alten Untergebinde, welches die Matrosenhose vom Unterleib des Seemanns trennte. Und zusammen mit Schweiß und den Rumausdünstungen, so manche Kakerlake an Bord in den Selbstmord trieb.

Tabake hatte ich schon erwähnt, Rauchgeräte und Pfeifen aber auch allerlei Rauchgewürz, das ebenso famos duftete wie es danach Träume verursachte, waren in der Auslage des geschäftigen Edelkaufmans zu finden, wie Opium.

Ein Mohnsaft, der durch Anritzen der unreifen Schlafmohnkapsel gewonnen wird, der milchige Saft wird getrocknet und verfärbt sich dann zu Braun bis Schwarz.
In der Heimat des Händlers wurden die Kapseln schon auf dem Feld am frühen Nachmittag angeritzt, die Milch trat aus und am nächsten Morgen, konnten 10-50mg pro Kapsel als Ernte verbracht werden.
Zum Verkauf war das Opium vor allem für den Baader der Mama San bestimmt, dieser kaufte es roh und wandelte es in das Chandu um, das Rauchopium, dessen Dampf inhaliert wird.

Dazu musste der Rohbatzen mehrfach geknetet und vorsichtig geröstet werden.
Danach eine mehrmonatige Fermentation durch einen Schimmelpilz, welcher ausschlaggebend für die psychotrope Wirkung dieser heiligen Droge war, unterzogen werden.

In erster Linie hilft das Opium bei Schmerzen, der Baader hatte in seinen Kästchen und Tiegeln verschiede Opiate, die er einzeln extrahierte und gegen Krankheiten einsetzt.

Vor allem bei chronischen Durchfall, den die Seeleute oft hatten, half sein Derivat.
Aber eben auch gegen Schmerzen. Musste in Limerick oder Dun Bleisce Doon jemanden ein Gliedmaß amputiert werden, ein Weisheitszahn entfernt, fand eine klare Flüssigkeit den Absatz, den sie verdiente, zur Schmerzlinderung.

Aber am beliebtesten war der Batzen, den der Baader in die Pfeife füllte, nach einem Ritus der ihm von Cheng High Druff, einem chinesischen Mönch gezeigt wurde, der behauptete nach Mitternacht die Sonne aufgehen, gesehen zu haben.
 Was der Baader nach einer Verkosten seines ersten Batzens bestätigen konnte.
Zudem ganz andere Beobachtungen, zu denen seltsame Tiere mit eigenartigeren Gebaren und komischen Farben und Filtern, Schleiern und aus dem Zusammenhang gerissene, in sich aber immer schlüssige Handlungsstränge entstanden.

In deren Verlauf sich Gebäude aus dem Nichts bildeten und unter obskuren Möglichkeiten oder Unmöglichkeiten wieder verschwanden.
Aber alles in allem war das eingelullte Daliegen ein Genuss und währe die Wirkung eines Opiats welchem auch immer, ewig es gäbe weder Armut noch Leid.
So aber wird der gemeine Süchtige gezwungen, den Gegenwert eines Batzens ständig aufs Neue zu erwirtschaften, was ihm mit der Dauer seiner Sucht immer schwerer fällt.
Das Opium, macht stumpf, nimmt die Lust am Essen, was erst mal positiv auf die Bilanz des Anschaffungspreises für einen Klumpen von genügender Menge steht. Da man das gesparte Essen ja in etwas mehr dieser himmlischen Substanz um setzen kann.
Aber trotz dieser euphorische klingenden Beschreibung, dieses wunderbaren Suchtmittels, möchte ich nicht das Leid verheimlichen, das es auslöst, werde es aber dennoch tun.

Ein mit dem schwärzesten aller Haupthaare und dem schrecklichsten Lächeln, welche geborene Menschen jemals zu sehen imstande waren, ohne das ich behaupte, dieses Grinsen unbeschadet verkraftet zu haben, beorderte mich erst neulich, an den Rand der Welt.
In Form einer mehrfach beschriebenen Tischplatte, in der ich 10 Minuten, die ich auf sein Erscheinen warten durfte, den kompletten Zusammenbruch eines Sternensystems beobachten konnte, bzw. die zuerst stattfindende Expansion jeglicher Materie.

Welche einen Augenblick später, umgekehrt reziprok alles wieder zusammen zog.
Sich verdichtete und bündelte und weiter, bis ein komplettes Universum oder war es eine Galaxie, in solchen Dingen bin ich euer Erzähler nicht so bewandert, in einem Stecknadelkopf großen extrem ultra, exorbitant, extremen schwarzen Loch komprimiert wurde.

    Welches Geld könnte man verdienen, wäre man der Herr dieser Schreibtischplatte, den neben all dem Müll, den man kostenpflichtig über diese Weg entsorgen könnte, währe das leidliche Problem der Altpolitiker Entsorgung gelöst.
    Die momentan das Duale EU Parlamentssystem nutzen, auf deren geistigen Müllkippen in Brüssel und Straßburg wechselweise, der nicht kompostierbare politische Sondermüll der Landesparlamente, samt ihren Schergen deponiert werden.

Die Wartezeit auf den Lektor erfuhr dann einige Zugaben. Da dieser immer kurz erschien, hinter seinem Schreibtisch geschäftig, an etwas herumbaute.
 Dazu wichtig in einen nebenstehenden Monitor schaute, wie gestochen von einem Stuhl aufstand, dessen Möglichkeit, die er bot, zu sitzen die geringste war.
Neben Rollen, auf denen diese Konstruktion glitt, wie der Unterarm des Viehdoktors in den Pferdearsch, gab es Hebel und Knöpfe, die der Lektor etwas hilflos, aber mit einem fiesen Lächeln überspielend, betätigte. Um die nahezu

endlose Tischplatte herum glitt, um dann den Raum wieder zu verlassen.

Während einer dieser Zugaben war ich Zeuge einer gewaltigen Supernova, wie ich zuerst dachte. Die Tischplatte war so etwas wie das Dielektrikum eines Kondensators, natürlich habe ich davon keine Ahnung, fand an dieser Stelle aber, das es sich zumindest gescheit anhörte, den wann immer ich in diesem „Raum" dieser endlosen Grenzenlosigkeit, die jeden Verstand sprengt, würde es einem gelingen, diesen in diesen Kosmos mit hineinzubekommen, wann immer ich ihn betrete, bin ich eher ratlos befangen.

Also diese Supernova war ein Urknall. Was man an der stattfindenden maßlosen Expansion erkennen konnte.

So war der Raum vorher endlos groß, die darin vorgehenden Ereignisse unendlich, unwahrscheinlich.

Unfassbar, so verzehnfachte sich dieser Effekt und das war ebenfalls wahnsinnig eminent.

Zum Glück trat der Lektor in eben diesem Augenblick wieder in diesen seinen eigenen Raum ein.

Er griff einen in seiner makellos glänzenden Oberfläche einmaligen Spiegel. Gönnte diesem einen seiner kostbaren Blicke, und bemühte sich nicht zu viel davon an einen speziellen Reflektor zu vergeben, den was er sah, schien den Lektor zu beunruhigen.

„Que Putada" pressten die dünnen Lippen des Lektors diesen Schall in den Raum, „ por dios".

Was in etwa bedeutet das irgendwas, dass er in diesem kunstvoll gearbeiteten Rahmen, das sein Spiegelbild erzeugte, gesehen haben musste.

Etwas das dem Bild, das er von sich selbst hatte, ein Abbild in geißelnder Perfektion, absoluter Ästhetik und Eleganz und nahezu unmenschlich, den genau das war der Lektor.

Alles nur kein Mensch und wenn ein wesentlich perfekterer, was ihn dann letztendlich ohnehin entmenschlicht hätte.

Er würde niemals so weit gehen, in seiner Bescheidenheit, sich als Gottes Schöpfung zu sehen. Schon gar nicht seiner perfekten Kreation, den dieser Gott spielte wahrlich nicht einmal in seiner Liga.

Schaue man sich nur mal die Erde und die Menschen an. Er sah ein Haar in seinen Kopfhaaren verharrend, das nicht mehr schwarz genug war, jedes Sonnenlicht einfach zu verschlucken, zu eliminieren, sondern eins das nur unendlich schwarz war und das störte ihn.

Mit dem Zeigefinger deutete der Lektor auf die Tischplatte, seines Schreibmöbels, drehte nur mit Kraft seiner, ja was eigentlich, die Platte längs und scrollte über das Furnier. Systeme kreisten, verflossen vergingen, verbanden sich mit allem Möglichen.

Dann tauchte er den Zeigefinger ein, in das von mir vorhin beobachte frisch entstandene Loch.

Er polkte sich ein wenig davon auf den Finger, zerdrückte diese endlose Masse, die vor Minuten eine Galaxie war und schmierte sich das Zeug aufs Haupt.

„de Putta madre" (verdammt geil) ward darauf den schmalsten Lippen entlockt. Nachdem ein erneuter Blick in den Spiegel der strengsten aller Überprüfungen standhielt. Woraufder Lektor sich wieder in seinen Gautama EX, Strato 4 Rollenstuhl mit unzähligen Sonderfunktionen fallen lies.

Um dann umständlich erneut hinter seinen Schreibtisch zu rollen. Was für jeden der es zu sehen bekommt, immer wieder unfassbar ist.

Weil die tatsächliche Umrundung, dieses mit Utensilien, Kram und Kaffeetassen, sowie Propeller und elektronischen Bausätzen, Lötkolben und anderem, vollgestopften Tisches, gar nicht möglich ist.

Für den Lektor wurde es immer schlimmer, den beim versuch schwungvoll die Unendlichkeit der Ausdehnung zu umkurven, verkrachte er sich mit einem Dreibein, auf dem ein einer Ziehharmonika ähnlicher Apparat, mit einem Auge vorne dran, die Drift doch stark abbremste.
Was dem Lektor ein Que mierda, Me estás tocando los cojones entlockte das nicht freundlich klang.
Ja, da saß ich, wie jedes Mal, wenn der Kalender den Termin rot anmahnte. Da ich zur Audienz beim Lektor gefordert wurde. Still und bescheiden um nur nicht auf zu fallen und irgendwelchen Unmut zu erwecken, was aber niemals gelang.

Ich beschreibe das nur kurz, weil ich euch liebe Leser das Leid, welches Rauschmittel wie das Opium mit sich bringen ausmalen wollte.

Um meinen Teil beizutragen, dass diese Welt ein Stückchen besser wird.
Auch für mein Karma, den vielleicht gelingt es meinen Worten, den einen oder anderen von diesen Dummheiten ab halten zu können. Aber die Meinung des Lektors ist klar formuliert.

„Schreib nicht immer so einen Dreck, Scheiße ... das hat doch gar nichts mit nichts zu tun. Kausal falsch, Rechtschreibung Katastrophe, Kommas wo keine sind dafür woanders dann 2 die fehlen und man schreibt Mann mit 2nn, wie dann, was ein DEPP, da weiß ich das man 2 pp schreibt am Ende.

So vergehen oft 2 Stunden und 2 weitere, in denen ich beim Lektor nachsitze.

Wo mein Selbstbewusstsein vergeht, die Achtung vor dem Leben und die Idee ihm freundlich gestimmt zu bleiben.

Diesmal keine Abschweifung mehr, ich folge jetzt nur der Erzählung.
Aber zuerst würde ich gerne über den Zusammenhang der cholerisch wirkenden Ausbrüche, im Nexus mit Filterkaffe und Spekulatius nachdenken.
Den diese materialisieren sich immer aufs Neue, neben Keksen die dazu geeignet wären Weltmeere auszutrocknen, was der Lektor auf Nachfrage gerne bestätigt, das sie genau dafür gebacken wurden.
Ab und an kristallisieren sich aus irgendwelchen Neuronen Netzen, die aus der alles beherrschenden tektonischen Tischplatte hängen,

belgische Kakaobasierende, mit Schokolade glasierte Pralinenklumpen.
Welche unter belgischer Trüffel angepriesen, auf einem Nebentisch oxidierten.
Doch nie, niemals hat sich irgendwer oder jemand jemals getraut, einen dieser Klumpen aufzunehmen. Diesen dann dahin zu verbringen, wozu ihn ein belgischer Konditor hergestellt hatte, nämlich einen Junk zu stillen, der auf Heißhunger auf Süßigkeiten basiert.
Über das genaue Alter gibt es Spekulationen.
Ich selbst habe dieses Konglomerat an Plombenziehern bei meiner ersten Audienz mit dem Lektor vage wahrgenommen.
Es ist eine Weile her, den es war Winter und heute neigt sich das Jahr erneut. Man sagt mir und in den Gängen, in denen getuschelt wird, vernimmt man bestätigend, dass schon manche Sommer und Winter, auf das Pralinen Kleinkunstwerk eingewirkt hatten.

„Vaca ignorante!"
Was auf einen Paarhufer hindeutete, der vor allem als Steak, am besten Medium mundete, bedeutet für mich, den Fingerzeig eines zu sein, ein Rindvieh, darauf der bedrohliche Hinweis jetzt ja nichts zu sagen
„cállate! Ino me ralles".
Allerdings wesentlich unhöflicher als ich es hier darstelle.
 Den der Zensor sieht am Ende ja alles.
Zum Abschied immer ein „vete a la mierda!", was in etwa verzieh dich bedeutete und ein paar mit Grunzlauten unkenntlich gemachte Wörter, die

mich bewogen zurück zu meinem Erzzählerstatus zu finden und die Geschichte weiter erzählen. Es geht nun fürbass im Text.

In Lola´s Pinte

Ein typischer Morgen, in Dun Bleisce Doon, Lolas Pinte. Wie immer ging dort einem Tag ein Weiterer voraus, wobei jeder Tag anders gleich war.
Die Mama San stand hinter Ihrem Tresen, ein junges Ding übte sich in erotischer Tanzdarbietung, der Eddi lies seinen prüfenden Blick streifen und eben hat mir der Lektor mitgeteilt, das die Höchstseitenanzahl erreicht ist. Ich sehe schon die kalten schwärzesten Augen rollen und drum werd ich mich jetzt trollen.

ENDE

Ich erzähle euch den Mumpitz im dritten Band, Svenney O Shea „auf Biegen und Brechen weiter.

EPILOG

Das war jetzt krass, mitten in der Erzählung das ENDE, aber ja mit dem Sweeney ist Schluss für heut, keine Bange es gibt ja die ganze Serie.

Im nächsten Band erreicht der O Shea, die Festung der Huren endlich.
Father Keith und den Aiden gelingt es ebenfalls, Mama San´s Pinte zu erreichen.

Aber was wirklich abgeht, den Schatz des Svenney betreffend, was Bender und Biegeeinheiten sind.
Was diese mit dem Rad des Universums zu tun haben, das alles erzähle ich in Band 3.
Ganz ehrlich, mit den Wendungen in der geschichte, habe ich so nicht gerechnet.

Vorschau

Die Sweeney O´Shea Reihe

Band 1
Sveeney O´Shea
SoS die wahren Abenteuer.

Der Lektor

Neulich
Irgendwann im 17 Jahrhundert und ein paar Mal
Übermorgen

Svenney O´Shea oder besser SOS (Gefahr)wenn dieser Held kommt, ist alles zu spät.
Nur Bernadette seine Liebe, hat dieses „kommen" noch nicht erlebt.

Helden in Strumpfhosen gab es schon aber Sweeney, „to be on Top, ist sein Job" und sein

unsagbares Glück verwickelt ihn in einen Mordanschlag, er erfährt dabei nicht nur das Geheimnis von einem riesigen Schatz.
Mit einer eminenten Liebe zu sich selbst, einem Ego so groß wie ein Planet und unglaublich wenig Einfühlungsvermögen, bar jeglichen Talents außer dem Gespür für Fettnäpfe und völlig frei von irgendwelchen Werten, Grips und Verstand, schafft es unser Held sich über die Seiten zu retten. Denn dies ist keine Geschichte, es ist eine Erzählung und ich selbst bin jedes Mal, wie der Held selbst überrascht, wie sich alles entwickelt. Der Lektor, hat alle Mühe die Welt, in dieser Erzählung, die so schrill und schräg, wie amüsant ist, mit all seinen Huren, Helden und obskuren Figuren, den Un aber auch den glaubwürdigen Abenteuern, im Griff zu behalten, das er gleich selbst zur Figur wird und diese Erzählung aktiv beeinflusst.

Wer ist die Mama San, der Baader oder Gorm, was ist der Ostiarius oder woraus besteht ein Gorg-On-Zolla Gesöff?
Finde es heraus,

Die wahren Abenteuer des Svenney O'Shea

Der Lektor

Die wahren Abenteuer des Svenney O'Shea Band 1 ...... Der Lektor ......

Sven Bork

Neulich

Irgendwann im 17. Jahrhundert und ein paar mal übermorgen Svenney O'Shea oder besser SOS. Gefahr, wenn dieser Held kommt, ist aber zu spät. Nur Gerüchte seiner Liebe hat dieser bekommen, noch nicht erlebt.

Helden in Strumpfhosen gab es schon aber Svenney, so ne ein Ton ist sein Job und sehr unsagbares Glück verwickelt ihn in einen Moridanschlag, er erfährt dabei nicht nur das Geheimnis von einem tjeyloch Schatz. Mit einer unglaublichen Lüge, zu sich selbst, einem Ego groß wie ein Planet und Doolanblich wenig Fingerspitzenvermögen, oder jeglichem Talents außer dem Hang zum Formuge und völlig frei von irgendwelchen Gütes und Verstand, schafft es unser Held sich über die Seiten zu retten. Denn dies ist keine Geschichte, es ist eine Erzählung und ich selbst bin jedenfalls, wie der Held auch, so gut übertrascht, wie sich alles entwickelt. Der Lektor hat alle Mühe die Welt, in dieser Erzählung die so schrill und schräg, wir amüsant ist, mit all seinen Hirten, Helden und obskuren Figuren, den Überblick auch glaubwürdigen Abenteuern, im Griff zu behalten, da er gleich selbst zur Figur wird und diese Erzählung selbst herumfunst.

Wer ist die Matha-Sin, der Deader der, sowenig was ist der Ontartes oder worauf besteht ein Gorg An Zella Grenzhandlers heraus.

Band 2.
Sweeney O´Shea
SoS die wahren Abenteuer.
Die Festung der Huren

Wie geht es weiter mit dem Helden, kommt er je an, was wird er in der Hurenfestung vorfinden?

Zuerst einmal führt ihn der Weg nach Limerick in der Grafschaft Limerick. Im blutigen Knochen, einem Wirtshaus in dem es so zugeht, wie der Name verspricht, erlebt er ein extra Delirium, aus der er gerade mal so noch erwacht, beinahe wäre die Erzählung dort zu Ende gewesen.
Aber sein Hirn macht einen Neustart, ein Reboot vom feinsten durch.
Außerdem erzählt Father Keith etwas über die 13 Gebote auf 3 Steintafeln, die Moses direkt von Gott auf einem Berg erhalten hat, von denen aber nur 2 Tafeln unten wieder ankommen.
Der unglückliche Aiden, trifft bei Father Keith ein und alle drei treffen sich dann in der Festung der Huren, genauer bei der Mama San in Lola´s Pinte, im Ort Dun Bleice Don in

Irland, was übersetzt Festung der Huren bedeutet.

Vorher aber erfahrt ihr, wie man einen guten Gorg-O-n Zolla braut, wie man Ziegen melkt und das es gar nicht so einfach ist, wenn es Böcklein sind.
Wie ein irisches Frühstück geschaffen ist, und ihr erlebt Bernadette in Rage und ganz heiß.
Ihr Kutscher der Ashton, mit dem Sie als junges Mädchen eine amouröse Zeit hatte, bringt sie noch heute überall hin, so zum Sweeney, den Sie in Limerick überrascht.

Der Lektor kommt auch wieder vor und für euren nächsten Spanienurlaub, lernt ihr in diesem Buch die übelsten Flüche, auf Spanisch, ganz der Lektor eben.

Ein alter blinder Schreinermeister, der alle Holzsorten am Geruch erkennt.

Türen die mitten auf der Straße stehen und durch die man nicht in einen anderen Raum gelangt, sondern durch den Raum aus Zeit und man dann ganz woanders hinkommt.
Schwedische Möbelhäuser und natürlich Dun Bleisce Doon, die Festung der Huren, werden beschrieben.

Aber auch die Hauptdarsteller, wie die Mama San, der Ostiarius, der Baader, Maria und der Eddie werden ganz genau vorgestellt.
Normal ist von denen keiner, aber deswegen erzähle ich die Geschichte ja.

Lolas Pinte und ob unser Held es schafft im Band 2 dort anzukommen, ich habe so meine Zweifel, werdet ihr in Band 2 auch erfahren oder im Band 3.

Band 3

Sweeney O Shea
SoS die wahren Abenteuer.

Auf Biegen und Brechen

In Band 3 der Reihe um den liebenswerten Tölpel erreicht dieser endlich die Festung der Huren, der erste Schlüssel und somit der erste Schritt zum großen Schatz ist greifbar nahe.
Was den Apfel Adams mit diversen alkoholischen Getränken verbindet.
Und
Was Whisky von Whiskey trennt.
Und
Wie es in Lola´s Pinte so hergeht, was Sveeney, der endlich angekommen ist,
Dort alles abzieht, wie die Mädchen in Dun Bleisce Don so drauf sind.
Das erfahrt ihr in diesem Teil, aber das ist nicht alles denn,
langsam löst sich das Rätsel um den Lektor.
ZZZ
Zusammenhänge - Zeitachsen - Zy- tronen

Und
Die Biegeeinheiten die Bender, die das Rad
des Universums stabilisieren sollen.
Diese aber von einer unbekannten Macht
sabotiert werden.
Das ganze bekannte Universum ist in Gefahr.
Die Zusammenhänge werden langsam klarer.

Die Universe One, die absolut größte Techno
und Rave Party, aller Welten
wird beschrieben.
Was Tappakopische Perque und Juristen
miteinander zu schaffen haben.
Türen, Port- All e und allerlei Gedöns.
Und
Natürlich Sweeney, der Aiden Father Keith,
die Mama San und ihre Girls
Kortex das Pferd und Duud, der Kater

Die Svenney O´Shea Reihe

Teil 4 Die Insel der Druiden

Das wird drollig, mehr kann ich hier nicht verraten.

Zauberer vs. Druiden, eine Insel vor Irland, die sich auf Korsika materialisiert oder manifestiert, die Suche nach den Schlüsseln geht weiter. Hat der Schlüsselmacher auf der Insel etwas damit zu tun?

Wir werden sehen, erst muss die Geschichte erzählt werden

Die Bibel auf dem Giebel
Hugin und Munin

Es geht um 2 Raben, Hugin und Munin, die Augen des Odin,

die sich immer auf ihrem Ast, einer riesigen Eiche treffen,

der zu einer Villa der O´Shea´s gehört.

An einem stürmischen Abend beobachten die beiden Raben, wie Blätter, Seiten und immer mehr davon an Ihrem Ast vorbeifliegen,

es sind Seiten aus einer Bibel,

Der Bibel genau.
Als Odin oder Wotans Raben, die ja zu Odins Zeiten diesem immer berichteten, was sich auf der Welt so zugetragen hat, können die mit den

Geschichten der Schöpfungsgeschichte gar nichts anfangen, sie veralbern und kommentieren jede einzelne Textzeile bis zum Ende der Schöpfung.

Und dann, sogar über Noahs Arche, es wird gelästert, geulkt ...

Bis Hugin sich wünschte, zu erfahren wie den die Schöpfung nun tatsächlich stattgefunden hat. Ja wenn Odins Raben sich etwas wünschen.
Zapp werden Sie auf einen absolut leeren Planeten verbracht,

dieser Planet ist aber wesentlich mehr, als er scheint,

dort werden Himmelskörper gebaut, designt, ganze Galaxien entworfen,

komplette Universen ja mehrere den es gibt kein Universum,

es existiert ein Multiversum.

Die beiden lernen den Schöpfer kennen, nicht den Gott aus der Bibel, der Schöpfer ist nur einer von vielen weiteren Schöpfer,

so nennen sich die Mitglieder einer alten Gilde, die alles Mögliche bauen, erschaffen.

Sie sehen wie ein Planet montiert wird, wie jedes Molekül eine genau Adresse bekommt und wie sich aus Plasmastrahlen, die verschickten Planeten genau an dem Ort installieren, da jedes Molekül seinen Platz kennt, für den sie bestellt wurden. Hugin und Munin lernen die Auftraggeber kennen,

nämlich meistens Götter, Räte oder Erben von reichen TV oder Musikstars,

die sich Luxus gönnen und an den Bewohnern Ihren Frust auslassen können,

indem Sie im reichlichen Zubehörmarkt, auch Plagen, Naturkatastrophen, wie Erdbeben und Vulkane oder andere Schikanen erwerben und über die Ihren kommen lassen können.

Während ich das Buch, das einfach nur als Satire über die Bibel,

gedacht war Schrieb, entwickelte es sich dann völlig anders.

Anfangs sind da nur die Bibelpassagen, die von Hugin und Munin bretthart kommentiert und die Widersprüche in diesem schlecht recherchierten Buch entlarvt wurden.

Auf diese Art und Weise sollte es weiter gehen, nach Noah,

wäre das zweite Buch Mose Exodus dran gewesen,

aber wie bei Svenney O`Shea´s wahren Abenteuern,

entwickelten die beiden Raben ein Eigenleben, indem sie selbst zur Geschichte wurden,

die Schöpfung, die sie eben noch verhöhnt hatten, mit eigenen Augen in der Realität,

oder einer der Realitäten wie sie stattgefunden haben könnte, selbst sehen,

und dabei unmissverständlich erfahren, das Odin, Walhalla und diese

germanische Schöpfung, noch viel lächerlicher und unglaubwürdiger ist.

Im Höhepunkt dieser Geschichte taucht
Tsering Khy, ein nepalesischer Lama auf,

der die Reinkarnation aus der Inkarnation heraus erklärt und in 1000 den Jahren,

einige Inkarnationen und die folgende Reinkarnation,

das Auflösen durchmachte um am Ende sein Nirwana, als Computerprogramm,

zu betreten und somit nicht still unsterblich den Kreislauf des Seins unterbricht, sondern. ...... lest es selbst.